有沢橋

神通明美

鳥影社

有沢橋　目次

有沢橋

有沢橋

一

麻子は救急センターの受付の前の長椅子に座っていた。

周囲は蛍光灯が灯されていて、日中と変わらない明るさだった。が、それは救急センターの前からせいぜい二、三十メートルで、その向こうの脳神経外科、外科、整形外科の前辺りは、明度を落としたり消灯されたりしていて薄暗く沈んでいた。

そうした中に一人でいると、麻子だけが強いライトの中に一人立たせられ、周囲からじろじろ眺められているように思えてきた。あるいは、右手の整形外科の前辺りから、そして左手の救急患者専用出入り口と書かれたドアの向こうからも闇がじわじわと押し寄せていて、そのうち自分がそれに飲まれてしまうのではないかと。

何ひとつ音がしないのも麻子には不気味だった。

健一が救急車から救急センターの中に運び込まれてしばらくは、ぼそぼそと話す人の声や金属の触れ合う音、餅でもついているかのような音が聞こえていた。が、それも聞こえなくなると、しーんと静まり返った。麻子のいる階はほとんどが診察室か処置室だが、二階から上には病室があって多くの患者が寝起きし、医者や看護婦も立ち働いているはずであった。それなのになぜか、全く音がしない。それがなんとなく不自然で、怖く感じるのだった。音が聞こえないのは自分だけで、本当はひそひそ、がやがやと、あるいは呻き、泣き叫ぶ声が聞こえているのではなかろうか。そしてその音は次第に増幅されていて、やがて自分の上に覆い被さるのではないか。

じっとしていられなくなった。だから、長椅子から立ち上がると、ふわふわと宙に浮いているように思える体を、足に力を入れながら前に押し出すようにしてセンターのドアの前まで運ぶと、目の高さにつけられた小窓から中を覗いた。

が、何も見えなかった。蛍光灯で壁も床も天井も皓々《こうこう》と照らされているというのに、健一の寝ている姿もなければ、動き回っている医者や看護婦の姿もない。

健一はどこに行ったのだろう。最善の医療を受けているはずなのに。あのカーテンの影にでも寝かされているのだろうか。それとも手遅れということで、何の治療も受けずに放置されているのか。……そんなことはない。救急車からセンターへ運び込まれたとき、ストレッチャーに歩み寄った医者は、既に救急車から連絡が行っていたらしく、すぐてきぱきと指示を出していた。だから今も手を尽くしてくれているはずだ。

だったら、どうしてこんなにも時間がかかるのか。

頭がくらくらした。立っているのもつらくて、ドアに寄り掛かるようにしながら受付の前の椅子のほうへ体を向けると、目の前が暗かった。慌ててこめかみを揉むと、少しは明るくなったが、それでも、一メートルばかり向こうの長椅子に腰掛けている人々の動きも、ただ気配としてしか感じられない。

疲れているのだ。少し休んだほうがよいかもしれない。今自分がどうかなっては、それこそ何もかもがめちゃくちゃになってしまうのだから。

相変わらず宙に浮いているように思える体を前に押し出すようにして受付の前の椅子に戻ると、目をつぶった。しばらくは何も考えないようにしようと思いながら。しかし、なかなかそうはいかなかった。

大丈夫だろうか、健一は。このまま目を覚まさないなどということにならないだろうか。いや、そんなことにはならない。必ず目を覚ますはずだ。風邪以外に病気になったこともない人なんだから。煙草も吸わず、酒もほどほど、健康診断を受けても何ひとつ引っかかったことがないと言っていたんだし。それに、このまま目を覚まさずに終わったら、健一自身、自分の人生を恨むだろう。私も、このあとどう生きてよいかわからない。まだまだ二人で、いや子供たちと四人で、楽しく生きていくつもりでいたんだから。

とにかく、だれかに来てほしい。来て、この心細さを支えてほしい……。

健一の名を呼び、肩を揺すっても、重くてびくともしない丸太に触れているような気がした数時間前からのことが思い出された。

一時間くらい前、ということは多分、今日、六月二十八日に日付けが変わってそれほど時間もたっていなかったころだ。

「ウオーッ」という、ライオンか虎でも吠えたかのような、とにかく体の奥深くから絞り出されたかのような恐ろしい声を耳にし、麻子は驚いて飛び起き、周囲を見た。息子の直樹がまだ二歳三か月で、少し前まで三時間置きに授乳やおむつ替えに起きる生活をしていたから、かすな物音にでもすぐに覚醒するように体が慣らされていたのである。

直樹のほうへ立ち上がろうとしたが、横で寝ていた健一の辺りから聞こえたような気もしたので、怖い夢でも見たのかと思い、健一の名を呼んでみた。が、健一は目を覚まさない。体も動かさない。電気を点けて肩を揺すっても、ぴくりともせず、むしろなんとなく強張《こわば》っているような気がした。

自分一人では対処できないことが起きているのではなかろうか。

麻子は怖くなり、すぐに二つ向こうの部屋へ走った。そして、そこに寝ていた義父母を起こし、健一の様子を話すと、義母が言った。家中の者が診てもらっていて往診にも来てくれている開業医の長森医師に電話をしてみてはどうかと。言われたとおりにそこへ電話をすると、長森医師は言った。酒を飲んでいるので行けない、救急車を呼ぶように、と。

そこで初めて救急車が頭に浮かび、慌てて一一九番に電話をすると、住所、氏名、いつ、だれがどうなったのか、目標物は何か、などと聞かれた。一刻も早く来てほしいのに悠長な対応で苛々した。それでもそれを抑えて聞かれたことに答え、救急車の出動を要請して待っていると、そう長い時間を置かずに救急車は来てくれた。そして健一は心臓マッサージなどを受けながら、ここ富山市民病院の救急センターへと搬送されてきたのだが……。

救急患者専用の出入り口から急ぎ足でだれかが入ってきた。初めははっきりしなかったが、近くまで来たのを見ると義母で、その後ろに、家から歩いて五分くらいのところに住む義姉の夫もいることからすると、多分、彼の車で送ってきてもらったのだろう。義父の姿が見えないのは、小二の洋子と二歳の直樹を連れてくるわけにいくまいというので、家に残ったのかもしれない。

義母は、義姉の夫が迎えに行くまでに着替えたか、サマーセーターとズボンという姿だった。麻子はそうした余裕もなかったから、パジャマのままである。

義母と義姉の夫が麻子の前に来て、その後の健一の様子について聞いた。けれども、救急車搬送口の前で救急隊員か病院の職員に手で制されてセンターの中へ入れてもらえなかった麻子にも、それはわからない。だから首を横にして「それが、センターに運びこまれたあと何の説明もないんで」と答えると、義母は黙って麻子の横に座り、義姉の夫は救急センターのドアの前まで行くと診察室のほうに耳を傾けた。

義母と義姉の夫が来てくれた。だからもう、自分は独りではない。そう思っても、麻子の心細さや恐怖感は和らぐことがなかった。むしろ時間が経つに連れてさらに強くなり、めまいや体の震えも覚えたから、麻子は自分の両手で自分を抱くようにして耳だけそばだてていた。

「寝るまでは別にどうもなかったがけ」

義姉の夫が麻子の前に来て聞いた。

「ええ。特に疲れた様子はなく食欲もあったんですけど」

「そう……」

義姉の夫はそれ以上は聞かず、今度は麻子の隣にいる義母の向こうに腰を下ろした。

前日、六月二十七日の日は、健一は午後九時過ぎに会社から帰ってきた。帰るとすぐにパジャマに着替え、夕食をとった。主菜は彼の好きな豚カツだった。その揚げたてを、一枚では足りないと言ってさらに一枚食べ、そうしながら仕事の話をした。今日は夏のボーナスについて一日中、労使交渉だった、労務課長というのは使用者側の窓口だから自分もいろいろと大変だった、などということを。そしてそのあと、参考にしようと思ったか、麻子のボーナスの額を聞いた。麻子は、裁判所速記官という、どちらかというと技術職的待遇を受けている自分の額は民間会社の参考にはならないのではないかと思った。そこで公務員の平均的な額を言うと、彼は言った、「そうか。じゃ、そろそろ妥結だな。それに近い線まで行ったから」と。そして食事を終えると、まだ起きていた直樹を背中に乗せて馬のように座敷のテーブルの周りをぐるぐる回り、いつものようにウイスキーのお湯割りを飲んだ後、床に就いた。ウイスキーをお湯で割って飲むことは、前の年の暮れに彼の叔父の家へ遊びに行ったときに覚えてきたもので、麻子はあまり体によくないのではないかと思い、たまに注意していた。が、健一はコップに一杯くらいだから問題ないだろうと言い、その後もそれをやめようとはしなかった。

床に入り、三十分くらいたったころだろうか、台所にある電話が鳴った。こんな時間に電話をかけてくるのは多分、健一に用事のある人間に違いない、と麻子は思った。春闘やボーナス闘争の時期になると、入手した情報でも知らせてくるのだろうか、そうした遅い時刻にでもよく彼に電話がかかり、三十分や四十分、あるいは一時間でも話したりしていたからだ。「電話よ」と麻子が言うと、健一は既に目が覚めていたらしく、「うん」と言って起き上がり、台所に行った。そして十分か十五分、いつになく短い時間で話を終えて部屋に戻ると、床に入り、すぐに寝入った。

それなのに、それから一、二時間後にあのような声を上げ、救急車でこの救急センターまで搬送されることになろうとは……。

どのくらいの時間が経過したのだろう。一時間も二時間も、いや、それ以上に待たされたような気がした。

ようやく救急センターのドアの向こうから看護婦が出てくると、

「中へお入りください」

と低い声で言った。

特にだれにということでもなかったから良くない話を聞かされる気もして恐る恐る入っていくと、健一はベッドの上に寝かされていた。そして、その横に立っていた医者が言った。

「あらゆる手を尽くしましたが、だめでした」

信じられなかった。だから麻子は思わず、健一の横にある心電計を見た。モニターには左から右へデータが線となって繰り出されていた。が、それは全く起伏のないまっすぐなもので、計器の外へ送り出されている記録紙に描かれている線も同じく平坦であった。

それでも麻子はなお、医師の言葉を受け入れることができなかった。

つい数時間前まではあんなにも元気で、機嫌よく話し、食欲もあったじゃないか。それなのに「あらゆる手を尽くしましたが、だめでした」なんて、そんなばかなことがあるものか。嘘だ。医者の言ったことは何かの間違いだ……。

わっと声を上げて泣く義母の隣で、麻子は呆然と立ち尽くしていた。涙が出ていたかどうか、わからない。もしかしたら、あまりにも衝撃が強くて、涙腺も働かなくなっていたのではなかろうか。

医者から、死因がはっきりしないし解剖させてもらえないかという話が出た。麻子は答えに窮した。考えてもいないことだったからだ。そこで助けを求めようと義母のほうを見た。そのようなことは嫁の自分が決めることではなく、健一と血のつながっている人たち、特に健一の体を生んだ義父母が決めることではなかろうか、という思いもあった。

「……そんなことはしてもらいたくありません」

義母が涙ながらに言った。多分、息子の体を傷つけたくないと思ったのだろう。

すると、今度は外へ出るように言われ、皆、頭を垂れ、肩を落として救急センターの前の廊下に出た。そして前と同じ椅子に座り、また待った。

救急センターの前の廊下は、センターに入る前と同じように蛍光灯で明るく照らされていた。けれども麻子には、深い水槽の底にでもいるかのように薄暗く思えた。時々、義母と義姉の夫との、ひそひそ、ぼそぼそと話す声が聞こえた。そのあと、葬儀社や義姉に電話をしている義姉の夫の少し高めの声も聞こえたが、すべてエコーがかかって水の中を潜ってくる音のように思えた。

どこかから低くエンジン音のようなものが聞こえていた。

健一と二人で見た瀬戸内海が思い出された。

健一とは、高校三年のときクラスが一緒だった。が、別に恋愛して結婚したのではない。いわゆる見合い結婚である。

麻子は高校を卒業すると、東京の湯島にあった裁判所書記官研修所速記部に入所した。大学入試の予備試験として受けたところ、高い倍率だったらしいのに合格してしまった。そこで引揚者である自分の家の経済状態や、自分のあとにまだ学費のかかる弟や妹がいることを考え、大学で文学を学ぶという夢を諦めて、そこに入所することにしたのである。

二年間の研修を了えると、出身地である富山に帰された。赴任地については第一希望を東京に、第二希望を横浜にしていた。が、導入されて間もない速記官制度を活用し定着させるためにも各地方裁判所に複数の速記官を配置するという方針に、その年度はなっていたらしい。東京近辺なら夜間大学などに通い、やりたかった文学を学ぶこともできる。そう考えていたのに、またしても夢破れたということだが、それでも赴任してみると職場には小説について語れる人や俳句を作る人もいて、そのうち俳句結社の富山支部に加入することもできたから、欲求不満もある程度は解消することができた。さらに、山岳部に入って山登りをしたり、鮎釣り大会があればそれに参加させてもらったりし、アフターファイブや休日には茶道やギターを習うこともできたから、どちらかというと青春を謳歌していたと言えるのではなかろうか。

だから、結婚しようなどとはさらさら考えなくて、むしろ結婚は自由を束縛するもの、人生の墓場だと思い、一生独身で通そうかと、そんなことさえ考えていた。

それなのに二十代も後半になると、そうした自分にもう一人の自分が問いかけた。

ずっと独りで生きていくというが、本当にそれでよいのか。六十、七十になっても、それで寂しくないのか。

そこへ父の姉が藤井健一との縁談を持ってきた。会ってみると、高校三年のときの同級生で、話を持ってきた伯母の義弟の息子だった。大学を卒業後、富山県西部の会社に勤め、富山市に家はあるのだが、通勤時間の関係もあって結婚するまでは会社の独身寮に入っているという。

二人で会うのは二週間に一度、健一が家に帰る、そのときだけで、その間、手紙をよこしたり電話をかけてくることもないなど多少物足りなさも覚えたが、生きてきた時間が同じだからか考え方の違いを覚えることはあまりなかった。さらに、結婚後住むという家を訪ねると、同居することになっている健一の父は好々爺、母はモダンな人に見えた。悪い話でもない気がして、半年ばかり付き合い結婚した。

式を挙げるとすぐに京都、岡山、北四国を巡る旅に出た。岡山では後楽園や倉敷の町を歩き、夕方、鷲羽山の麓に建つホテルにチェックインした。部屋に案内され仲居の出してくれた茶を飲んでいると、どこかからブーンともガーとも聞こえる音が響いてきた。

何だろうと思い、ベランダに出てみると、桜色に染まった瀬戸内海が目の前に広がっていて、その上を大小の船が行き交っていた。気になっていた音は、そうした船のエンジン音であった。そして、その音は翌朝、目が覚めたときにも聞こえ、屋島や栗林公園を見て本州に船で渡るときにも聞こえていた。新しく始まる生活への漠然とした不安や恐怖、それを掻き立てるかのように。

それでもそれを打ち消して新しい環境へ踏み込み、不満を覚えたり泣きたい思いになることがあっても、自分なりにそれを処理し、妻として嫁として努力してきたつもりではあるのだが……。


麻子にとって結婚生活は、思い描いていたものとはかなり違っていた。

藤井の家に入ると、健一の給料の全額と麻子の給料の半額を生活費として出させられた。そんなにも出すと私たちの小遣いが少なくなる、もう少し減らしてもらえるよう家計をやっているお義母《かあ》さんに話してみてはどうか。麻子はそんなふうに健一に言ってみた。けれども健一はそれをはたして言ったのかどうなのか、その後もその線が変更されることはなかった。だったら麻子が外で仕事をしていることについて協力的だったのかというと、その面でも不満の多いものであった。

朝は朝食の用意をしながら二つの弁当を作った。電力会社を定年まで勤めたあとも義父は次の職場を見つけて勤めに出ていた。その義父と健一との、二人分の弁当である。それを自分の出勤時刻も考えながら作るのだが、義母は全く手伝おうとせず、台所と居間の境目に座って新聞を読んでいた。夕飯も義母が作っていてくれることはあまりなかった。だから麻子は帰宅するとすぐに台所に立った。が、どんなに急いでも、健一が帰宅したときにできていないことがあった。それで見かねた健一が、曜日を決めて母《かあ》さんが作る日もあるようにしてはどうかと提案した。けれども義母はそれも受け入れようとはしなかった。

休暇についても理解がなかった。義父母が何泊かの旅に出たとき、麻子は洋子を見るために有給休暇を取った。ところがその旅から帰ってくる早々、義母が次の旅の話をした。そこで健一が、そんなに麻子に休暇を取らせるわけにいかないと言うと、翌日、麻子は義母から嫌味っぽく言われた、「役所って、そんなに休めんとこながけ」

そのほかにも嫌味を言われたり叱られたりしたから、麻子は結婚後間もなくから、結婚したことを後悔し、何度も離婚を考えた。

特に洋子と直樹の間に身ごもった子を不本意ながら中絶させられたときは、本気で離婚を考え、家を出ようと思った。

その子を身ごもったと知ったとき、麻子はすぐに洋子との年齢差を考えた。しかし生まれるのは七か月後だから洋子も二歳半にはなっている。半年ばかり早いだけだと思い、妊娠したことを告げると、義母はなぜか不機嫌になり、口を利《き》いてくれなくなった。どうして不機嫌なのか、何で自分にだけ口を利いてくれないのか、理由を知りたいと思ったが、義母は目も合わせようとしない。なすすべもないので、三日目、同じ家にいるのに手紙を書いて渡すと、ようやく居間に呼ばれ、その理由がわかった。洋子を見ているだけでも大変なのに、そのうえその子まで見ることはできない、というのである。そこで麻子は言ってみた。だったら保育所に入れるか、よその人に見てもらいましょうかと。すると義母は言った。私がいるのにそんなことをされては私が近所の人に恥ずかしい思いをする。堕《お》ろしたらいいじゃないか、あの人もそうした、この人もそうした、その費用がないのなら出してあげようか、と。

なんと恐ろしいことを言う人だろう、と麻子は思った。産んで育てることには体力的にも経済的にも何ら問題はなかった。それなのに堕ろせとは、殺人をしろと言ってるようなものではないか。そんな罪深いことは、私にはできない。

けれども、麻子がそこまで考え、思い悩んでいるというのに、健一は仕方がなかろうといった口振りで、一緒に考えてくれようとはしなかった。

結婚して間もなく知ったのだが、藤井の家では養女として入った義母の言うことが絶対で、そのあと婿になった義父はもちろんのこと、長男の健一でもそれを変えさせることは難しいことなのであった。

それならそれで離婚し、洋子も連れて家を出ようか、と麻子は考えた。自分一人ででも二人の子供ぐらい育てていける。

けれども、健一と二人だけの場ではそこまで言うことができても、義父母の前に出ると情けないことに、何も言うことができなかった。そして最終的には義母の言葉に従った。

理由は、裁判所速記官として勤め始めたころ、度々、離婚事件の法廷に立ち会っていたからだ。そうした場では、本人ばかりでなく親までが出てきて醜く言い争っていた。離婚という言葉を口にした途端、あのようなことを言い合うことになるのではなかろうか。それだけは避けたい。そう思ったのである。

救急センターのドアの向こうは、相変わらずひっそりしていた。

一体どうなっているのだろう。あの向こうでは今、何が行われているのか。健一はどういう状態で置かれているのだろう。

朦朧とする頭でそんなことを考えながら、時々目を上げてドアのほうを見ていると、やがて葬儀社の車が来たと告げられ、麻子はその車で健一と共に家へ向かった。

死亡診断書に書かれていた死亡時刻が午前三時十四分となっていたことからすると、午前四時前後の時間帯だったのではなかろうか。静かに眠る街を車は音もなく滑るように走った。寝不足のせいか、街灯の中に浮かぶ建物も道も黄ばんで見えて、街路樹に植えられている欅や柳の枝がゆらゆら幽霊のように揺れていた。


家に帰ると健一は、座敷の床の間の前に寝かせることになった。

妹が亡くなった十数年前以降、麻子の身近に弔事はなかった。それに、そのようなことが突然起こるとは予想もしていなかったから、麻子は何をどうしてよいか皆目わからない。言われるままに布団や浴衣を出し、枕飾りに必要なものを用意した。そして、だれかにそうするように言われて健一の横に座った。

枕を北にし顔に白布をかけられて寝ている健一を前にして、麻子はなおも考えていた。

これは本当のことだろうか。夢を見ているのではなかろうか。夢ではない、本当だというのなら、一体、健一の体に何が起こったというのか……。

前日、健一が帰宅してからのことをまた思い出してみた。特に疲れている様子はなく、むしろいつもより饒舌で、その口振りからは一仕事したあとの充実感のようなものすら感じられたことや、カツを二枚食べるほどの食欲があり、そのあとも直樹を背中に乗せてテーブルの周りをぐるぐる回るなどしていたことを……。

それなのに、数時間後の今、北枕で寝かせられている。このように理不尽なことがあるものだろうか。こんなむごいやり方で命を奪われることがあってよいものか。健一は結婚してからは、風邪以外で休んだことは一度もなかった。春に受けた健康診断でも何ら問題はなかったと言っていた。だから彼自身、このような形で死ぬとは考えてもいなかったと思う。病んでいて余命何か月などと言われていたら、彼もそれなりに覚悟をしただろう。そして、残された時間でやれるだけのことをやり、遺していく者にも一言ぐらい言葉をかけたはずだ。けれども健一の場合、全く予告なしだった。だから、すべて中途半端で、何も言わずに逝ってしまった。どんなにか心残りなことだろう。恨めしくて無念で、それであのように恐ろしい声を上げたのかもしれない。いや、もしかしたら健一は、夢を見ながら逝ったのかもしれない。だから死ぬ瞬間も夢の中にいて、恨めしいとか無念だとかと思う間もなかったかもしれない……。

洋子と直樹が来て、洋子は麻子の左横に、直樹は麻子の膝に座った。

両膝を揃えて座り、必死に涙を堪《こら》えているように見える洋子の横顔を見ていると、彼女が生まれたときのことが思い出された。

三十二週を過ぎてもさかごになっていて、実家の近くの産婆に直してもらった。それなのにしばらくすると、また戻ってしまい、医者からは、骨盤も狭いし場合によっては帝王切開で胎児を取り出すことになるかもしれないと言われた。そのため麻子自身、神経質になり、健一も心配していたようだが、結果は自然分娩で済み、助産婦からは、意外にも褒《ほ》められてしまった。ほとんどの女性が痛みや恐怖から大声を上げたり泣き叫んだりするのだが、あなたは静かだった、立派だったというのである。けれども麻子はそう言われても、どう応えてよいかわからなかった。そのときの記憶がほとんどなかったからだ。もしかしたら気絶していたのかもしれない。

直樹の出産も、すんなり行ったわけではなかった。

予定日から二週間を過ぎてもお産の徴候がなかった。そこで、このままでは胎児にも妊婦にもよくないということで人工的に陣痛や破水を起こすことになった。そのため洋子のときとはまた違い、物理的処置なども受けたので、不安を覚えたし、出産時には硬いものが産道を下りていくのがわかるほどだったから恐怖も覚えたが、生まれてみると男の子で、健一の喜びようは洋子のとき以上だった。だから、産院にいるときには家に近かったこともあって毎日のように、そして退院後実家で静養していたときには土日と、平日でも退社後、時間の許す限り、やって来て顔を見ていた。

あんなふうに生まれてきたことを喜び、かわいがっていた子供たちが今ここにこうして座っているというのに、あなたは今そこで何をしてるのよ。

恨めしい思いで健一を見ていると、直樹が立ち上がり、寝かされている健一を振り返りながら麻子に聞いた。

「おとうさん、どうして寝てるの」

麻子はなんと答えてよいかわからなかった。黙って彼を引き寄せ、自分の膝に載せて抱いていると、直樹が麻子のほうを振り向き、再び言った。

「おなかが痛いの？」

麻子は直樹の頭を自分の胸に押しつけ、声を殺して泣いた。


午前八時になるのを待って麻子は健一の会社に電話をした。そして健一が亡くなったことを告げたのだが、電話口に出た人の応対は、拍子抜けがするほど素っ気なかった。

始業したばかりだから忙しくて頭が回らなかったのだろうか。それとも間違った番号にダイヤルしたのだろうか……。

再度かけるのもどうかと思い、そのままにしていると、やがて会社から健一の部下が駆けつけてきて、そうした応対をした理由がわかった。電話を受けた人はまさか課長が死んだとは思いもしないから、課長の父が亡くなったという知らせだと思ってしまったという。さもありなん、と麻子は思った。前の日一日、労務課長として労使交渉に当たり、いつもどおり帰宅した人間が数時間後にこのような形で亡くなるとは、だれが思うことだろう。今を盛りの三十代半ばの男が逝くということを、だれが考えるものか。

健一の会社のあとは、洋子の学校と、自分の職場である裁判所に連絡をした。後になって、よくもあの時点でそうした連絡を自らできたものだと思ったが、気が立っていて、あるいは感覚が麻痺していて、ただ事務的にやっていたのかもしれない。

それからは次第に忙しくなった。

朝食をとって間もなく、僧侶と葬儀社の人が来た。僧侶は菩提寺の住職で、多分、義姉の夫が電話で連絡したのだろう。

枕経を上げる僧侶の後ろで手を合わせながら、麻子は再び、信じられない思いで考えていた。本当に死んでしまったのだろうか。もしもそうなら、人間の命はこれほど脆《もろ》いということだ。三十数年使ってきてもほとんど支障なく動いてくれる手や足や内臓を思い、なんと強いものだと感心していたのだが、実はそれほど強くないということだ……。

枕勤めが終わると、葬儀社の人と僧侶を交えて、葬儀までの日程と場所についての打ち合わせをした。その結果、通夜は翌日、二十九日の午後七時から、葬儀・告別式は三十日の午前十時から、自宅で行うことになった。

僧侶が帰ると、葬儀社の人が持ってきたカタログを見て、会葬礼状や返礼品、通夜料理などを選んだ。いわゆる世話役には、義父母に頼まれてか、それとも自然にそうなったのか、義姉の夫がなっていたのだが、喪主が耳の遠い義父では話が進まないということで、代わりに麻子が呼ばれたのだ。

弔問客もひっきりなしにあり、それの応対もしなければならなかった。

健一の会社からは、社長、取締役、労務部長、労務課員、同期入社の社員ばかりでなく、労働組合の委員長、副委員長、書記長なども弔問に来た。前の年の春闘の最中に労務部長が心筋梗塞で急死していたから、会社も労働組合もただの病死と思えなかったのかもしれない。

祭壇の費用は会社が全額持ってくれることになった。

葬儀に出席する弔問客は、かなりの数になりそうであった。そうなると、その焼香順を決めなければならず、そこでまた麻子が呼ばれた。健一の会社については会社のほうで考えてくれていた。が、麻子が勤める裁判所のほうは訟廷《しょうてい》管理官などと、独特の役職名があり、その読み方も上下関係もわからないからだ。

それが終わると、部屋の片付けや葬儀に使うものの準備などをしなければならず、夜は身内の通夜だった。

「このあとは男たちで灯明や線香を見ている。だから、自分の部屋に行き、少し休んだほうがよい」

だれかにそう言われて麻子が布団に横になったのは、二十八日の午後十一時に近い時刻だったかもしれない。

けれども、いくら目を瞑《つぶ》り眠ろうとしても、昨夜からの出来事が次々と脳裏をよぎり、なかなか寝入ることができなかった。

しかたなく起き上がり、二段ベッドの子供たちを見ると、二人とも、子供なりに疲れたか、ぐっすりと眠っていた。汗で乱れている直樹の額の髪を指で整えてやり、撥《は》ね除《の》けられている洋子のタオルケットを胸もとまで引き上げていると、洋子が二歳になって間もなく、健一の運転する車で善光寺、志賀高原、軽井沢方面を旅したときのことが思い出された。

ゴールデンウイークの長野は林檎、杏《あんず》、桃などが一斉に開花し、眩しいばかりの美しさだった。チェックインした軽井沢のホテルも、ロビーから見える広い庭の芝の緑が目にしみるようで、麻子はたちまち気に入り、幸せな気分になった。ところが寝入ろうとしたころ、洋子がぐずり始めた。顔を見ると、赤く汗ばんでおり、熱もありそうである。急いでフロントに行き、診てくれそうな小児科医や内科医を教えてもらい、それらの医院を探して夫婦二人で夜の軽井沢を走り回った。子育てというのは、とかくそうしたものだということを思い知らされた最初であったが、洋子はのどが弱く、その後も小児科や耳鼻科によく通った。

その点、直樹のほうは、飲んだミルクをよく戻すので慌てさせられはしたものの、医者にかかることはあまりなかった。むしろ、九か月で歩き始め、折り畳み式のベビーカーに乗せて義母と洋服売り場を回っている間も、ベルトの間からするりと抜けて衣類のかかっているハンガーの下に隠れるなど驚かされることが多く、健康で茶目っ気もある子供だった。

直樹を抱いて縁側に座り、若葉の色が目に染みる庭を眺めていた健一の姿が思い出された。直樹が生まれる前の年、健一は庭を造ると言い始めた。松のほかにバラなども植えて雑然としていた裏庭を和風庭園に造り替えるというのである。そして、庭師と一緒に県内のいろいろな庭を見て歩き、枯山水の庭にすることに決めて発注した。工事は、既にある松や紅葉、百日紅などの移植を考え、十月初旬に始められた。用水の上に鉄板を渡し、その向こうの道路からクレーンで石や土を運び入れるという大がかりな方法で行われたが、雪が降り出す前には完成した。その庭を眺めて健一が言ったのだ、「これで三拍子揃った」と。三拍子とは、自分好みの庭を造ることができたこと、三月に息子が生まれたこと、四月には課長になれたこと、この三点ということだったが、そうした喜びを彼が味わったのも、今となれば二年余りということになる。

二十九日、祭壇が設置され、夕方、健一の体は棺の中に移されることになった。

葬儀社の人によって棺に納められる健一を、麻子は座敷に続く居間に下がって見ていた。洋子をそばに座らせ、直樹を膝の上に載せて。

病んでいたわけでない健一の体は、寝ていても嵩《かさ》があり重そうであった。浴衣から経帷子《きょうかたびら》に着替えさせられるとき、一瞬見えた健一の肌は、色つやがよく、張りもあった。

今まさに壮年期にあった人間がこんなにもあっけなく逝くものだろうか。

麻子はなおも、疲れた頭で考えていた。

それに、急性心停止などと言われても納得できるものではない。

死亡診断書の死亡の原因の欄には急性心停止と書かれていた。が、それは終末期の状態を表すだけで原因を示す言葉ではないと思えたのだ。知りたいのは原因だった。それなのに、そのことについてはだれも答えてはくれなかった。

納棺のあとは通夜法要が行われた。

その読経が行われているとき、膝に載せていた直樹が後ろを振り返り、その小さな手で麻子の頬をぴしゃぴしゃ叩きながら、今にも泣きそうに顔を歪めて言った。

「泣いちゃだめ。泣くな」

できるだけ泣くまいと思っていたのだが、知らず知らず麻子は泣いていたらしい。

隣にいた義姉が、このままにしていては通夜客の手前よくないと思ったのだろう、麻子から直樹を預かると、家の外へ出ていった。

通夜法要が終わると、弔問者に軽い食事を出した。

そこで麻子は会社の労務課の人から、健一についての興味深い話を聞いた。五月の連休に課員全部で萩や宮島などを旅したときに、彼が随分貪欲にいろいろなところを観て回ろうとしたというのである。

「そうですか。そんなに積極的でしたか」

麻子は思わず微笑んでいた。結婚した当初は休日も、横になって本を読むか家の庭をぶらつくことくらいしかしない男だった。その彼がそんなふうに行動的になり、人生を楽しむようになっていたのか。そう思うと、それが自分と一緒になったからのように思えて、ふと心が緩《ゆる》んだのかもしれない。

その旅行のあと健一から見せられた写真では、健一は麻子が見立てた、地色が濃緑色の柄物のシャツを着て、楽しげに松陰神社の前に立ち、観光遊覧船に乗っていた。

葬儀・告別式についてはあまりよく覚えていない。会社と葬儀社と世話役との間で打ち合わせられた儀式に乗せられ、言われるままに動いていたら、いつの間にか終わっていたという感じだった。

それでも、幾つか覚えていることがある。

弔問客は非常に多くて、家に入りきれない人が、健一の造った庭に立つほどになった。

平年なら蒸し暑く雨が降り続いてもおかしくない時節だというのに、その年はどちらかというと空梅雨で、その日も、雨を考え庭に用意したテントが日除けとして使われたほど青い空が広がっていた。

葬儀は、宗派が日蓮宗なので、唄をうたい、銅鑼《どら》や鐃鈸《にょうはち》というシンバルに似た楽器を打ち鳴らし、引導では故人の業績を語り故人の徳を讃える歎読《たんどく》というものも読み上げられたりしたから、他宗にはない賑やかさで、しかし終わってみれば荘厳で、印象深いものになった。

出棺の前の最後の対面のとき、麻子は祭壇に供えられていた白菊を一本、健一の頬近くに入れた。それからふと気がついて、自分の部屋から句集を持ってくると、それを彼の胸近くに添わせた。所属する結社で作った合同句集だったから、ためらいもしたが、それでも思い切ってそうしたのは、葬られるのなら自分も一緒にと、一瞬付いていきたいような気持ちになったのかもしれない。

棺が霊柩車に納められると、麻子は健一の位牌を抱いて車に乗った。そのときふと目を上げて窓の外を見ると、道の両側にはたくさんの花輪が並んでいた。健一の会社ばかりでなく子会社や下請けの会社からも来ていたのだ。

霊柩車の後ろを走る車の窓からは、真っ青な空と道の両側に続く草むらが見えた。草むらは夏の強い日差しを受けて、油でも塗ったように、ぎらぎら光りながら揺れていた。

火葬場に着くと葬場回向《えこう》が営まれ、健一の柩はずらりと並ぶ炉の一つに入れられた。そのあと七日の法要を行うためにに向かいにある建物へ移動した。

そのとき、ふと気がついて後ろの空を見ると、幾つかある煙突の内の一つから、ぽっと薄い煙が立ち上った。

ああ、あれは多分、健一の炉から上がった煙だ……。

麻子は、今にもくず折れそうな自分を叱りつけるようにして、次第に濃く太くなる白い煙を見上げていた。

葬儀・告別式が終わると、寺や弔問客への挨拶回り、市役所への届け出などで毎日出掛けなければならなかった。

健一の会社へは義姉の夫が車で連れていってくれた。

その車の中で、麻子は考えていた。「手を尽くしましたが、だめでした」と医者に言われてからの、混乱し、打ちのめされ、未だに途方に暮れている思いを。それなのに、そうした思いを全く想像できないのか、肩に手を置き、あるいは手を取って声をかけてきた人々の、マナー本からそのまま借りてきたような言葉を。

たとえば、精進落としの宴が終わり、帰る人々を見送っていると、高齢の女が近づき、耳もとで言った、「大変でしょうが、頼りにしていらっしゃる二人のお子さん、それから御両親のためにも一日も早くお立ち直りになって頑張ってください」

麻子は黙って頭を下げていた。お力づけ、ありがとうございます、とでも言っているかのように。けれども内心では、少しもありがたいとは思っていなかった。むしろ、なんと残酷なことを言うのかと怒っていた。遺されたばかりでなく、二人の子供と老いた義父母と、四人もの荷物をいきなり負わされることになった者の覚える重圧感、途方に暮れる思いは、そのような言葉で簡単に救われたり力づけられたりするものではないと思ったからだ。

会社に着くと、労務課挙げての丁寧な応対で、まず工場の中などを見学させてくれた。健一は経済学部卒だったから専ら事務的な仕事をしており、製造部門についてはそう多くは話さなかった。けれども麻子は、製造部門についても関心を持っていた。……自動車業界向けの工作機械などを製造しているそうだが、どれほどの大きさのものをどのような建屋の中で製造しているのだろう。……最近めきめき業績を上げていて海外にも進出し始めているという話だが、そうした会社の製造部門というのはどんな様子なのだろう。

だから、新築間もない高い建屋の中に製造中の大きな機械が背中を見せて整然と並び、床の隅々まで塵一つ落ちていなさそうに見える光景を前にして、以前なら興味津々、質問の一つや二つはしたと思う。が、そのときはそんな質問すら思い浮かばなかった。健一が亡くなったからこそ目にすることができているが、そうでなければ一生見ることのなかった光景かもしれない。そう思うと、やりきれなくて、長く見ているのもつらかったのだ。

工場見学が終わると再び労務課の部屋に連れていかれ、そこで健一の私物の引き渡しがあった。

そのとき課員の一人が言った、「課長は常に整理整頓と言っておられ、それを率先垂範していらっしゃいました」

言われて引き出しを開けると、袖机の最下段のそれにはファイルブックと冊子が数冊残されていた。が、そのほかの引き出しには塵ひとつなくて、天板下の引き出しの真ん中に長さ七、八センチの爪切りがあるだけだった。

健一は爪にはかなり神経質で、深爪になるのではないかと思うほど、こまめに爪を切っていた。

会社でも、昼休みなどに、これで爪を切っていたのだろうか……。

なぜか、一言も言わずに逝った健一への恨みが噴き出した。

裁判所への挨拶は、その翌日にした。

弔問に来てくれた人や香典をもらった人、一人ひとりのそばに行き、挨拶をした。

ある男性の横に立ったとき、その人が言った、「あんたも悪い星の下に生まれたもんや」

裁判所に勤め始めたとき同じ部屋にいた人で、示唆に富む話もすれば余計なことを言うこともある人だったが、健一が亡くなったことを思い、そう言ったのか、それともそれ以外のことも思い、そう言ったのか、そのへんはよくわからない。

が、麻子は、それまで堪《こら》えていたもろもろの思いが一度に胸の奥から突き上げて、思わず顔を覆い、声を上げて泣いた。

忌引期間が過ぎると、麻子は勤めに出なければならなかった。

けれども、車庫から自転車を出し、漕ぎ出してはみたものの、自分の境遇が一週間前とはまるで違ってしまったことに思いが行って、気が滅入り、出勤するのがいやになった。自分だけがどうしてこんなひどい目に、と思うと、何事もなく生きている人が妬《ねた》ましく、そうした人たちにも同じ思いをしてほしいと、そんなことまで思った。

健一が獣のような声を上げてから彼を葬儀社の車で家に連れて帰るまで、麻子は茫然自失、夢うつつの状態だった。通夜や葬儀・告別式のときも、健一の会社や葬儀社のほうでお膳立てしてくれたことに乗っかって、言われるままに動いていただけで、心は上の空だった。忌引期間が過ぎて出勤しようと自転車を漕ぎ始めた、そのときになって初めて自分を取り戻し、何事が起こったかを思い知ったのである。

それほどに健一を愛していたのかと問われたら、正直なところ、よくわからない。両親というより母親にばかり気を遣い、妻の麻子の心などほったらかしというふうに思えることも多く、こんな結婚などするんじゃなかった、結婚はやはり人生の墓場だったと、そこまで考えさせられたことも一再ならずあったからだ。

裁判所の近くまで行ったが、やはり、そのまま登庁する気にはなれなかった。そこで公衆電話から速記官室に電話を入れて一、二時間休暇を取る旨の連絡をすると、裁判所の前を通り過ぎて西に向かって走った。

独りになりたい。独りになって思いっきり泣きたい。

そう思いながら。

藤井の家は、鉄筋コンクリートブロック造りの平屋で、コの字型の第一画になるところには車庫が、第二画になるところには洋室があり、あとは東西に和室が四室あるという造りになっていた。その東のほうの六畳と四畳半の和室二部屋を健一と麻子は結婚後、使っていたのだが、直樹が歩くようになってからは四畳半のほうに二段ベッドを入れて、そこに子供たちを寝かせ、健一と麻子は六畳のほうに布団二枚を敷いて寝ていた。それが、健一が亡くなってからは麻子の分一枚を敷くだけになったのだから、どうしても空しさや寂しさを覚え、目も涙で曇ってくる。けれども、子供たちや義父母を思うとタオルケットの下で声を殺して泣くしかなく、それでは泣き足りていない気がしていた。

突き当たると北に曲がり、そこで自転車を降りて、あとはそれを引きながら松川の横を走る磯部堤《いそべづつみ》を歩いた。そこは、俳句の材料を探して昼の休み時間などによく散歩をしていた道で、花の咲く頃には多くの人が訪れる桜の名所だが、今は蟬の季節である。

突然、左手から礫《つぶて》のようなものが飛んできたかと思うと、麻子の右膝辺りにぶつかった。何だろうと思い、その辺りを見ると、礫と思っていたのは実は蟬で、スカートの裾に爪を立てるようにして止まっていた。縋《すが》りついているようにも見えるので、そのままじっと動かずにいると、蟬は間もなく「キキーッ」と鳴いて、さらに右下のほうへ流れ、地面の上にころりと転がると、それっきり動かなくなった。

胸が痛くなった。涙が溢れそうになった。

麻子は急いで松川に架かる細い橋を渡ると、さらにその西にある神通川の堤防へ上った。磯部堤では、近くに人家もあるし、いつ散歩をする人が現れるかわからない。それでは思いっきり泣くこともできないと思った。

神通川は、岐阜県北部に源を発し、富山平野の中央を流れて富山湾に注ぐ一級河川で、結婚する前は、そこで行われた鮎釣り大会に参加したり、上流の宮川で鮎の友釣りを習ったりしていた。その後イタイイタイ病訴訟で上流にある鉱山からカドミウムを含む廃液が流されていたとされ清流のイメージも崩れてしまったが、原告勝訴の判決が出た後は立ち入り調査や発生源対策が施されるようになって、今はもう、以前の清らかさを取り戻し力強く流れている。

その流れを右に見下ろし、時々左に聳《そび》える立山連峰を眺めながら、今度は上流のほうへと自転車を走らせた。そして有沢橋の手前で河川敷へ下りると、そのまままっすぐ水際へ向かう道と、左へ曲がって堤防の下を行く道との、二つに分かれている分岐点に立ち、さてどちらへ行こうかと考えた。

左へ曲がる道はまだ行ったことがなかった。が、まっすぐ行く道のほうは、それまでにも何回か行っていた。結婚後、不満や苛立ちを覚えたり泣きたい思いになったときに、水際に立って川向こうに見える呉羽《くれは》丘陵の優しい稜線や豊かな水を湛《たた》えて流れる神通川を眺めながら心を整理したり宥《なだ》めたりしていたのである。

しばらく迷った後、左へ曲がる道を行くことにした。その道は堤防に沿って走り、有沢橋の下をくぐると、間もなく堤防の上へと上っていた。

あの橋の下なら人目にもつかないし、少しぐらい大きい声を出しても、上を走る車の音などで気づかれることはないかもしれない。それに、たとえだれか来ても、すぐに堤防の上に上ることができる。

案の定、有沢橋の下は、ちょっとした隠れ場であった。それに、車やバイクが橋の上を走るときに発する音や、道と橋をつなぐ鉄板の上を通り過ぎるときに出るポコンポコンという音、車に積んだ荷が揺れるときに出るらしいガタンガタンという音などがひっきりなしに聞こえていて、泣いても叫んでも、その声はそれらの音で掻き消されそうであった。

麻子は橋の付け根に自転車を停めると、そこで泣こうとした。が、なぜか気が散って落ち着くことができない。どうやら足もとの土が轍《わだち》で波打っていて、さらにそこに小石やコンクリート片、空き缶などが転がっているからのようであった。

麻子は自転車をそこに残すと、橋の下をまっすぐに水の流れに向かって歩いた。そこへ行けば、ゆったりと流れる青い瀞《とろ》か、白波を立てて流れる早瀬があるはずと思いながら。

けれども、膝の高さくらいまで伸びた草の中を歩いていっても、そこに瀞も瀬もなく、あったのは無数のテトラポッドと、淀んでいるようにも見える浅く細い流れであった。そして、その向こうに見える橋脚は、水が少なくて剝《む》き出しになった脚もとに、雪解け水によって山から運ばれてきたらしい大小の岩やコンクリートの固まり、枝をもがれ皮を剝かれて裸になった木の幹などが絡みついているという風景であった。

こんなにも水が少ないのは、今夏、ほとんど雨が降らなかったからだ。いや、もしかしたら、上流のダムで多く取水しているせいかもしれない。なんにしても、あの裸木ぐらいは取り除いてほしい。そうでないと痛々しくて、ゆっくり考え事もできない。

そう思い川下のほうへ踵《きびす》を返そうとしたとき、眩《まばゆ》いばかりの光が目の端に入ってきた。上流のほうからのような気がしたので、そのほうを見ると、白く泡立ちながら流れ下ってくる一本の早瀬が見えた。

麻子は二、三歩下流へ歩くと、振り返って再び、その瀬を見た。そして、そこからだと岩もコンクリート片も裸木も橋脚の影に隠れて見えなくなるとわかると、河川敷の際《きわ》に築かれている石垣に腰を下ろした。

そこから岐阜県との境に峰を重ねている青緑色の山々を望み、その方向からきらめきながら流れ下っている白い瀬を眺めていると、生き急いだとも思える健一の行動が思い出された。だれが亡くなったわけでもないのに仏壇を買うと言い出し、購入して真っ先に入ったのが彼自身であったこと。三十代半ばだというのに庭を造るなどと年寄りじみたことを言い、造ったあともさらに春日灯籠を入れたいと言って庭師と一緒に見て歩いていたこと。

先が長くないことがわかっていて、そのようなことをしたのだろうか。麻子が一緒でないと行ったことがない麻子の実家を、五月の末に一人でぶらりと訪ねていること。そのようなことは最初で最後でないかと思うのだが、六月の初めに何を思ってか、「これ、好物だろう」と言って『不破《ふわ》福寿堂』の『鹿の子《かのこ》餅』を麻子のためだけに買ってきてくれたこと。

結局は義父に反対されて引っ込めてしまったが、健一が両親の前で突然、麻子と二人で家を出て、二人の勤務地の中間辺りに住みたいと言ったことも思い出された。毎日、片道一時間、車を運転して通勤するのが大変なのでそう言ったのだろうと当時は思っていたのだが、あれはもしかしたら義父母と同居している麻子の気苦労も思い、言っていたのかもしれない……。

「ウワーッ」とも「アアーッ」とも自分でも判別できない声が、麻子の喉を突いて溢れ出た。そしてその声は、胸の奥深く押し込めていた恨み、悲しみ、寂しさ、怒りなども一緒に吐き出そうとでもするかのように、時に高く、時に低く、間欠泉のように噴き上がり続けた。

有沢橋の下でひとしきり泣いた後、麻子は、自分で自分を叱咤するようにして裁判所に出勤した。

それでも、誰とも話す気にはなれなかった。だから、できるだけ人とは目を合わせないようにし、速記官室でもほとんど口を利かずに過ごした。ありがたいことに、速記官室では、能率を上げるためにということで全員、壁を向く形で仕事をしていた。当事者に応対するわけでもなく、法廷で速記した速記原本を速記録にするだけだったから、そのようにしていてもあまり問題はなかったのだ。

仕事をしていると、少しは現実を忘れることができた。けれども午後五時、裁判所を出て家へ向かうと、またしても気が滅入り瞼が熱くなった。

できることなら、このままどこかへ行ってしまいたい。

そんなことさえ思ったが、自分を待っている子供たちを思うと、それはできない。

重い心を引きずるようにして帰宅し、ほとんど口も利かずに夕食の用意やその後片付けをした。それから急いで二人の子供を連れて自分たちの部屋へ行くと、洋子の宿題を見たり直樹を寝かせつけながら考えた。健一が亡くなったあと多くの人々から掛けられた通り一遍の言葉を。「お子さまのことに心をお配りになるのが、今は亡きご主人様へのなによりのご供養でございましょう」などという手紙をもらったときには、こっちの家の事情も知らずに立ち入ったことを言うな、と反発を覚えたことも。

還骨《かんこつ》法要のあと親族だけがいる席で義母が切り出した話も、夫に突然亡くなられた嫁の気持ちなど考えていない、自分本位の薄情なものに思われた。

火葬場から家に帰ると、健一の位牌、遺骨、遺影を後飾りに安置し、還骨法要が営まれた。

そのあと居間に残ったのは、義父母と麻子たち親子と麻子の母——麻子の父は家庭薬配置業の仕事で当時、熊本に出張しており、携帯電話もない時代だったから、なかなか連絡が取れず、葬儀には出席していなかった——、それに健一の三人の姉妹であった。

健一の姉、すなわち麻子からすると義姉になる人は、藤井の家から歩いて五分くらいのところに夫と息子と自分の、三人で住んでいた。健一の妹、すなわち麻子からすると義妹になる二人は、一人は新潟に、一人は神戸に住んでおり、新潟の義妹は舅姑と同居していた。

その席で義母が言った。

「ところで、麻子さん、おさとに戻られるがですけ」

いきなりだったから、麻子は何を言われたのか、すぐにはその意味がわからなかった。いや、そのときもまだ感覚麻痺に陥っていて、健一が亡くなったことさえ実感できていなかったから、だれに対して言ったのかもわからなかった。

だから黙っていると、横にいた麻子の母が言った、「あら、おかあさん、もうそんなことを」と。母のその言葉の意味は多分こういうことだったのではないか、と麻子は思っている。(葬儀が終わってまだどれだけもたっていないんですよ。それなのに、もう、そのような話をなさるんですか)

ところが、今度は義父が言った。

「それならそれでこの家の……になったつもりで」

呂律《ろれつ》の回らない言い方だったから何になったつもりで、と言ったのか、麻子にはよく聞き取れなかった。「おやじ」か「あるじ」か、なにかそれに近い発音だったように思うのだが、麻子としては、藤井の家の「おやじ」は義父であり、「主」も義父だと思っていたから、その義父からそんなふうに言われても、よく意味がわからなかった。だから、何も答えず、ただ俯いていたのだが、義姉妹はまるでその義父の一言で話が付いたかのようにそそくさと帰り支度を始め、それぞれの家に帰っていった。

そして、義父母と麻子たち親子の、五人の生活が滑り出してしまった。麻子がそれまで、通夜、葬儀、法要などの儀式に振り回され、自分自身についてまでは考える時間的、精神的余裕もなかったというのに。その後の身の振り方については、まだ何ひとつ意思表示していなかったというのに……。

思いっきり泣けば胸の奥深く押し込めてきた諸々の思いも発散され、前に進む気にもなれるかもしれない、と麻子は思っていた。

が、なかなかそうはいかなかった。健一の死を思い出させる人々の行動が、そのあとも続いたからだ。

初七日《しょなのか》、二七日《ふたなのか》、三七日《みなのか》と、七日ごとに僧侶が経を上げに来た。

麻子が出勤する前には義母が経を上げていたから、麻子も時間の余裕があるときは後ろに座り、手を合わせていた。

けれどもそれは、どちらかと言えば義母の手前そうしていたもので、胸の内では仏壇の中の健一に向かって、「このように重い荷物を私一人に負わせて一言も言わずに逝ってしまうなんて、ひどい」と愚痴っていた。健一だってどうしようもなかったのだ、その時間も与えられなかったのだから。そうは思うのだが、それでもそう言いたかった。


勤め始めて間もない土曜日の午後には、H銀行の行員が預金の勧誘に来た。

「そんなことは、まだ考えられないので」

と言って帰ってもらうと、そのあとしばらくして今度はT銀行が来た。その銀行は葬儀の四日ほど後にも来ていたから、それが二度目の勧誘であった。

義母は、驚いたことに平然と、時々笑顔まで見せて応対していた。が、麻子は腹が立ち、思わず叫んだ。

「なんですか、あなた方は。人の気も知らないで。これじゃ、まるでハイエナじゃないですか」

保険金だけでなく香典もかなり集まっていると想像し勧誘に来たのかもしれないが、そのときの麻子にはまだそんな預金のことなど考える心の余裕もなかった。


日曜日や夕方には健一の会社から上司や部下が訪ねてきた。そして仏壇に参ったあと、健一について話した。

そうした話の中には麻子が初めて聞く話や、健一が外でどんなふうに見られていたかを知ることができる話もあったから、麻子は初め、「そうですか。それは知りませんでした」とか「そう言っていただけると、健一も浮かばれると思います」などと言って微笑みながら聞いていた。が、あまりにも健一を褒《ほ》める言葉ばかりが続くと不愉快になり、彼らに聞いてみたくなった。ですけど、保護者なしではまだ生きることのできない子供二人と年取った親二人を遺して何も言わずに逝ってしまったんですよ、このことについてはどう思われますか、と。

けれども、そんなことを聞いても、聞かれた相手は答えようがないだろうし、自分も愚かさを露呈するだけだと思うと、そうすることもできず、結局は黙って、あるいは微笑みながら彼らの話を聞いているしかなかった。


半月ぐらい経った土曜日の午後には、健一を被保険者として掛けていた生命保険について、保険会社の担当者が家まで調査に来た。送られてきた書類に必要事項を書き込み、郵送していたのだが、それだけでは不十分ということになったらしい。

その保険は結婚後、麻子が給料から引かれる形で掛けていたもので、その年の三月、保険金の額を倍近くに、受取人を麻子一人から、義母の希望で麻子と義母の二人に変更していた。車を運転しているし保険金の額をもう少し大きくしたらどうだと義母から言われてそうしたのだが、変更して三か月ぐらいしか経っていなかったから調査する必要があると思われたのだろう。聞かれることには正直に答えていたが、心のうちでは、「そんなものは受け取らなくていい、それより健一を返して」と麻子は叫んでいた。

そんなふうだったから麻子はその後も、このまま登庁しても仕事にならないと思う朝が多く、そうしたときは、裁判所の斜め向かいにある喫茶店『ジュリアン』で一、二時間、過ごしてから出勤した。そこで音楽を聴いたり本を読んだりしていると、だれよりも贅沢な時間を過ごしたような気になる。そうした充足感でもバネにしないと出勤することができなかった。

ある朝、『ジュリアン』で店にあった新聞を読んでいると、ポックリ病うんぬんと題する記事が目に飛び込んできた。

冒頭部分を読むと、夜間、睡眠中に恐ろしい声を上げてそのまま死亡するなど、六月二十七日から二十八日にかけて健一に起きた症状そっくりのことが書かれていた。さらにその先を読むと、働き盛りの人を襲う突然死であること、二、三十代の筋肉質の男性に多く起こること、脳の呼吸を司《つかさど》る部分が突然働かなくなるもので、その原因は今ひとつわからないこと、などが書かれていた。

すべて当てはまる気がしたが、それでも麻子は納得することができなかった。

脳の呼吸を司る部分が突然働かなくなるなんて、そんなばかなことがあるものか。あったとしても、なにもそれが健一の身に起こらなくても……。

麻子は健一に代わって、彼にそのようなあっけない最期《さいご》を与えた天を恨んだ。

七月の半ばを過ぎても、麻子はだれとも話す気になれなかった。だから速記官室でもほとんど顔を上げず、口も利かずに過ごした。一年ばかりたって、他の速記官がよくもそうした行為を許してくれていたものだと気がつき感謝したが、当時は、こんなはずではなかった、こんな人生、私の人生ではない、そう思うと生きていく気力も失せる思いで、速記録を作るだけで精一杯だったのだ。

ただ、法廷に出ているときは、そうもいかなかった。そこで交わされる言葉を一言一句速記するのだが、声が小さかったり発音が悪くて聞き取れないときは、口もとを見て判断しなければならず、それでも無理なときは聞き返す必要があった。

県東部に工場がある大手企業の労働事件に立ち会ったときのことだ。会社側の証人として労務課長が証言台に立った。証言の細部については、よく覚えていない。ただ、何をどう聞かれても揺るぎなく話すその人の言葉を速記するうちに、麻子は瞼が熱くなり涙が溢れそうになった。年のころや、がっしりとした体つきが健一を思い出させたからではない。同じく労務課長だという、ただそれだけで泣けてきたのである。

だから、そのあと他の速記官と交代し、速記官室に戻ったものの、どうにもいたたまれなくて、午後三時から二時間の休暇を取ると、自転車で『大和百貨店』へ走り、洋服やアクセサリーを見て回った。そうでもしないと気が晴れなくて、帰宅したときに子供たちに八つ当たりしそうな気がしたからだ。

実際、その数日前にも、直樹に対し、それに近いことをしていた。

その日、夕食を終え、自分たちの部屋である六畳間で洋子の勉強を見ていると、横でブロック遊びをしていた直樹が、いきなり洋子の手から鉛筆を奪い、隣の四畳半の部屋へと逃げた。

彼が同じようなことをしたことは、それまでにも何回かあった。が、それはテーブルの上にあった鉛筆や消しゴムで、洋子が手にしているものを奪って逃げたのはそのときが初めてだった。

「何するがけ」

洋子が驚いたように言って、今にも泣きだしそうな顔をした。

「ねえちゃんに返しなさい」

麻子は直樹を諭した。

それでも直樹は部屋の真ん中に立ち、にやにや笑っているだけで、返そうとしない。

麻子はテーブルから立ち上がると、直樹のほうへ歩いた。返さないのなら、力尽《ず》くでも返させなければならない。けれども、直樹はキャッキャッと声を上げながら逃げて、今度は六畳間の隅に立ち、そこで相変わらず笑っていた。

麻子にはわかっていた。母親が姉の勉強を見ているばかりで自分のほうを見てくれない。そうした不満から、そのようなことをするのだということを。以前なら、その時間には健一も大抵、会社から帰っていて、本を読んでやったり、遊び相手になってやったりしていた。それが急にいなくなり、子供心にも寂しくてならない。それでそのような行為に出ているのだということを。

それでも、麻子は声を荒げて言った。

「返しなさいと言ったら返しなさい」

そして直樹を捕まえると、無理やり取り上げた。

直樹が声を上げて泣き始めた。それから、べそをかいた顔をして麻子に抱きついてきた。けれども麻子は直樹を抱き留めようとはしなかった。むしろ、四畳半の部屋のほうへ手で押しやると、間の障子をぴしゃりと閉めた。

直樹が一層大きな声を上げて泣き始めた。

そのとき、四畳半の向こうにある廊下から義母の声がした。

「なに、ヒステリックな声、出しとんがいね。恥ずかっしゃ。恥ずかっしゃ」

たしかに義母の言うとおりだと麻子は思った。だから別に言い返したりはせず、むしろ息を潜めていた。

が、義母の足音が居間のほうへ遠ざかると、子供たちには聞こえないよう口の中で言った。

「おっしゃるとおりですよ。だけど、今の私がどんな思いでいるか、あなたにそれがわかりますか。わからないでしょう。同じ目に遭ったことのないあなたにわかるはずがありません」

百貨店へ行って洋服やアクセサリーを見て回っても、そのうちの何点かを試着してみても、麻子はそれを買おうとは思わなかった。買ったところで満足し気分が上向くのは、その後ほんのしばらくで、家に帰るころには後悔し、自分の愚かさを思い知るだけだということを、仕事上からも知っていたからだ。

放火事件の訴訟記録で、被告人の女の家の押し入れから出てきたという数多くのキャミソールやショーツの写真を見たことがあった。すべて未使用の派手なものであったが、女はそうしたものを買うことによっても、男と別れたあとの空しさや職場に溶け込めない寂しさを紛らわせることはできなかったようであった。

そんなふうに気を晴らしたり自分で自分を叱咤したりして何とか日々を過ごしていた七月下旬、子供たちを寝かせたあと、自分の布団を敷いていると、義母がちょっと話があると麻子を呼びに来た。

何だろうと思い、居間に行ってみると、義父も円卓の前に座っていて、その席で義母が言った。

「生活費のことやけど、健一が亡くなった今、いくら入れてもらえるがやろうと思って……」

健一が生きていたときには、毎月、彼の給料全額と麻子の給料の半分を生活費として義母に渡していた。健一の分が入らなくなった今、いくら出してもらえるのかと聞いてきたのである。

麻子はすぐには答えることができなかった。出勤すれば仕事に集中しなければならず、家へ帰れば家事と育児に気を取られて、そうしたことまでは考えてもいなかったからだ。

けれども、答えを待ってじっと自分を見ている二人の目を見ると、明日まで待ってほしいとは言えない気がした。そこで、しばらく考えた末、月十五万円出すと言った。そのころ、麻子の給料は、基本給が二十万を少し切っていた。だから、そんなにも出すと、ますます小遣いが少なくなり、買いたい物も買えなくなることはわかっていた。それなのにそう言ったのは、こんなふうに聞くということは、自分が精一杯出さないと、この家はやっていけないのかもしれないと思ったからだ。それに、金銭で揉《も》めることはできることなら避けたいと思った。

が、自分の部屋に戻ると不満が噴き上げた。またしても還骨法要の直後と同じように不意を打つ形で答えを迫られた。そしてそれに答えた結果、今度は経済面でも足枷《あしかせ》をされてしまった。そう思ったのである。

だから、麻子はもう一人の自分に向かって言った、「そら、みたことか。だから言ったでしょう、結婚なんかするんじゃないって」

義父母としては、麻子が藤井の家を出て実家に戻るのかどうかということも、今後生活費にいくら出してもらえるのかということも、自分たちの将来に大きくかかわることだから、一日も早くはっきりさせたいことだったのかもしれない。けれども聞かれた麻子には、そのどちらの話も、夫に突然先立たれた嫁の心など考えてみようともしない、自分たち本位の薄情なものに思えたのである。

同じころ、東京在住の人から香典が送られてきた。健一とは大学のゼミで一緒だったという。そのお返しを買うため『大和百貨店』へ行った。品物はタオルぐらいが適当かもしれないと思い、エスカレートで上っていくと、紳士物のフロアが見え始めた。

麻子は慌てて目を伏せた。健一の誕生日が近づくと、よくこの階に来て、彼にプレゼントするためネクタイやセーターを見ていた。だけど今はもう、そんな楽しみもない。そう思ったからだ。

それなのに家に帰ると、義父母が居間で茶を飲んでいた。着替えてその前に座ると、麻子にも淹《い》れてくれた。が、二人の前にある清水《きよみず》焼きの夫婦茶碗を見て、麻子はすぐにもその場を立ちたくなった。三十代半ばで夫を亡くし寂しい思いをしている嫁を気遣うこともなく、平然と夫婦茶碗で茶を飲んでいる。そう思ったのである。

だから急いでそれを飲み干すと、エプロンを着けて台所に立った。

八月に入って間もなく義姉夫婦が、洋子と直樹を水族館に連れて行ってやると言って電話をかけてきた。

そこで二人に出掛ける準備をさせて待っていると義姉夫婦が、いつになくぱりっとした装いをして、にこにこ笑いながらやってきた。

「お願いします」と言って送り出しはしたものの、そのあと麻子は不愉快になり、彼らに言いたくなった。

私はこんなにもひどい思いをしている。それなのにあなた方は随分とおしゃれをし、何の屈託もなさそうに笑っている。もう少し、こちらの気持ちも考えてほしい。

息子や夫を亡くして沈みがちになっている家から幼い二人を連れ出し、少しでも楽しませてやりたい。そう思い時間を割《さ》いてくれているのだということはわかっていた。それでもなぜか、そう言いたくなったのである。

健一ばかりか子供たちまでも奪われてしまった。そんな気がして寂しくなったのかもしれない。

そのあと自分の部屋に行き、ふと鏡を見ると、眉間に深い皺を寄せた陰気臭い女の顔が映っていた。麻子はびっくりした。

これが私の顔だろうか。いや、そんなはずはない。

けれども、それは間違いなく自分、藤井麻子の顔であった。夜も眠れず、心身共に疲れていることが皮膚のかさつきや皺になり、恨みつらみ、不平不満、苛立ちなどが目の充血や目の下の隈《くま》になって現れている三十代半ばの女の顔であった。

死にたいと思うようになったのは、このころかもしれない。健一がいたときには何ら気にならなかったことにでも過敏に反応する自分がいやであった。この先ずっとこんなことを思いながら生きていくのか。そう思うと憂うつで、そこでまた死にたくなった。

そのせいか、おかしな夢を見たりした。群衆の中で健一を見失い、血眼になって捜している夢だ。

裏庭に向けて造られている掃き出し口から手が延びて、寝ている麻子をしきりに手招いている夢も見た。びっくりして飛び起き、夢だったことを知って苦笑するのだが、そのあと麻子は思うのだった。

最近、死にたい、死にたいと思っているから、健一が迎えに来たのかもしれない。

裁判所を辞めたいと思うこともあった。それでは収入がなくなるし、ほかへ勤めても相当なダウンになることはわかっていた。それでもふっと、そうした衝動に駆られたのである。

とにかく幸せな人々の中にいるのがつらくてならなかった。

こんなことではいけない、と気がついたのは健一が亡くなって一か月もしたころだろうか。

これでは地獄を生きているようなものだ。

そこで麻子は四十九日も過ぎた八月下旬、思い切って午後半日の休暇を取ると、再び自転車で神通川に向かって走った。『ジュリアン』では知った人に会いそうで、落ち着いて考えられない気がした。

堤防の上に立つと神通川は、晩夏の強い日射しを受けて銀色に輝いていた。その中に杭でも立つように見えるのは、目を凝らすと人で、季節からすると落ち鮎を釣っているようである。竿を動かすときに竿か釣り糸が陽光を跳ね返すらしく、時々きらっと閃光が走る。後ろを見ると立山連峰は、磯部堤の桜並木の上に薄青く聳えていた。この季節になってもなお解け残っている雪渓がところどころで白く光っている。

麻子は、忌引休暇が明けて初めて出勤しようとした日と同じように、堤防の上を上流へと走った。そして有沢橋の手前で河川敷へ下りると、今度はまっすぐ水の流れへと走った。

水際に立つと足もとには、深さ二、三メートルはありそうな水が滔々《とうとう》と流れていた。目を上げて流れの芯のほうを見ると、そこはさらに水が深そうで、ところどころで大きく渦巻きながら流れている。

そうした流れを、水際に築かれた石垣に腰を下ろして眺めながら、麻子は健一が獣のような声を上げてからの目まぐるしく過ぎた日々や、その間に覚えたさまざまの思いを振り返った。

四十九日が過ぎた今になってもすぐに苛つく心や、自暴自棄になって仕事を辞めたいとか死にたいなどと思ったりする心の底にあるものを覗いた。

すると、沼の底に溜まっていたガスが気泡となって浮かび出たかのように、頭の中に一つの思いが浮かんだ。それは、藤井の家を出たいという思いであった。

出て、だれに遠慮をすることもなく、だれに干渉されることもなく、のびのびと自分の人生を生きてみたい。

もっとも、そうした思いは、このときになって初めて浮かんだものではなかった。健一の死を既に過ぎたこととして動き始めた人々の応対をしたり、葬儀後に必要な手続きをしたりしていたころから時々、小さな気泡となって頭の隅に浮かんでいた思いであった。

病んでいて余命何か月と言われていたら、麻子もそれなりに覚悟をしていた。健一が亡くなった後の身の処し方も、ベッドのそばで少しは考えていたと思う。けれども健一の死は、いきなりであった。だから覚悟などしていなかったし、考えている時間もなかった。それどころか、そのあと茫然自失、感覚も麻痺してしまった。健一の死を現実のこととして受け入れなければならないと思い始めたころから、少しずつ自分の将来について考えるようになり、それならそれで生き直したいと思い始めていたのである。ただ、息子に先立たれた義父母の心を思うと、すぐには言えない気がして、そっと胸の奥に沈めてきたということであった。

出たい。今こそ藤井の家を出て、時間もお金も自分の思うように使いたい。

法律的には麻子に義父母を扶養する義務はなかった。義務があるのは義父母の子供、健一の姉妹であった。それがわかっているから父も、出張していた熊本から帰ると間もなく、戻ってこいと言っていた。母は何も言わなかったが、それは娘の意思を重んじているからで、戻ったときにはいろいろと協力してくれることは、聞かなくてもわかっていた。

しかし、こうした思いを自分は今、義父母に言えるだろうか。

言えない。そう簡単には言えない——と麻子は思った。それを口にした途端、義父母がどのような態度を示すか、それがわからないから怖くて言えないのだった。

もしかしたら心細さに泣き出すかもしれない。あるいは、最近夫を亡くした同級生の義父母と同じように、出るのなら孫二人を、あるいは二人の内の一人を置いていけと言うかもしれない。自分を藤井の家に引き止めようとして。

それに、自分が出たらだれが義父母を見るのか、それを思うと、また躊躇するのだった。新潟と神戸に住む義妹は距離的なこともあってか、あまり遊びには来なかった。だから麻子には、歩いて五分のところに住む義姉が、夫婦と息子一人という家族構成からしても最もふさわしいと思うのだが、日頃の様子を見ると義母とはあまりうまく行っていないようで、たとえ見たとしてもそう長くは続かない気がした。

となると、自分が見るよりないのだろうか。

何度考えても堂々巡りで、最終的には、出る出ないについては今しばらく様子を見ようと、そこへ行き着いてしまった。

しかし……と麻子は、呉羽丘陵の上の空へ目を向け、また考える。

出る出ないについては結論を先送りするとしても、ちょっとしたことにも苛つき、人の好意も素直には受け取れず、不平不満ばかりを覚えている自分のこの心のほうは、すぐにも何とかしなければならない。そうしないと本当に、自分で自分が嫌になってしまうような気がする。

どうしたらよいだろう……。

暑かった。鍔《つば》広の帽子を被り、長袖のブラウスを羽織って橋の下に立っているというのに、夏日が四方から針のように肌に突き刺さった。

こんなところにあまり長くいると、日射病になるかもしれない。それに、ここは、こうしたことを考えるには眩しすぎるし広すぎる。もう少し落ち着けるところ、できたら喫茶店などがよいのだが……。

そう思い、道を戻って磯部堤の下の道を北へ走ってみた。けれども、それらしいものはなかなか見つからない。

そこで思い切って東へ走ると、富山市の中心商店街・総曲輪《そうがわ》にある『純喫茶白樺』に入った。そこは常にクラシックを流している店で、客もそうした音楽を好む人か、静かに本を読んで過ごす人が多かった。

一番奥のボックスが空いていたので、そこに座ってコーヒーを飲み、それから神通川の水辺で考えていたことの続きを考えた。何かよい方法はないだろうか。心の問題だから、その持ちようによって何とかなるような気もするのだが……。

すると、ある考えが浮かんだ。

これを一つの試練と考えたらどうだろう。この事態をどう乗り越え、どう生きていくか、それを自分は今、試されているのだと。

書記官研修所にいたころ、麻子は聖書研究会というサークルに入っていた。キリスト教そのものより、講師である牧師の哲学的な話に惹かれて参加していたのだが、そうしたこともあって出た考えだったのかもしれない。

何にしても、そう考えると力が湧いてくるような気がした。それならそれで、と闘志のようなものさえ出てきた。

さらに、こんな考えも浮かんだ。

未だに健一を引きずっている、これがよくないのかもしれない。そうだ。健一のことなど忘れることだ。どうせ何もしてくれないのだから。

一瞬驚いたが、よく考えてみると当たっているような気がした。そして、健一を吹っ切れば案外、奮起できるかもしれないと思えてきた。

そこで、麻子は自分に向かって言った。

そう。私は結婚などしていない。子供はいるが、ずっとシングルマザーとして生きてきた。

つまり、健一を自分の人生から消すことにしたのである。

ひどいことだと思う人もいるかもしれない。けれども、そうでもしなければ生きていけない気がした。そして、健一もそれを許してくれるのではないかと思った。

それからは洋服も、できるだけ明るいものを着るようにした。普通なら、健一が亡くなってまだ一年たっていなかったから、黒っぽいものを着るべきだったのかもしれない。けれども、そうした色を着ると、ますます気が滅入り、しまいには沼から抜け出せなくなるような気がしたのだ。

とにかく気持を引き立てなければならない、と麻子は思った。それを他人がどう思おうと、そんなことはどうでもよいと思った。

何でもいい、没頭できる趣味を持つことも、雑念を払えるし、こういうときにはよいのではないか、とも考えた。そこで、昼の休み時間に職場の先輩から習っていた水墨画を、通信教育でも習うことにした。さらに、書記官研修所にいたころから自己流で書いていた小説の書き方も、この際、本格的に勉強してみようかと文学学校の通信教育も受け始めた。俳句なら結婚する前からやっており、結社の本部から出ている本にも必ず何句か掲載されていた。が、その程度の苦労では不十分な気がしたのである。

もっともっと、頭だけでなく体までへとへとになるほど打ち込まないと形にならないものを自分に課さなければ、天を呪い、人を羨《うらや》み、自分の人生を恨んでいる今の荒寥たる心から抜け出すことはできない。

水墨画も小説も、通信教育の学費は、当時の給料からすると、かなり高いものであった。だから、それだけのものを取り戻したいと必死になった。すると、講師の人から褒《ほ》められたり、文学賞に応募すると二次、三次選考まで残ることもあったから、達成感や充実感を覚えることができた。

それに、同人誌に誘われ例会に出てみると、それまでに付き合ったとはまた違うタイプの人々との交流ができたし、締切りに間に合うように小説を書いていると、知らず知らず自分の体験した思いなども書き込むからか、俳句とはまた違う形で鬱積した思いも晴らせるようであった。

二

麻子は、裁判所から南へ歩いて十分ほどのところにある割烹『きよし』のテーブル席に座っていた。

いつもなら仕事が終わるとまっすぐに帰宅し五人分の食事を作らなければならないのだが、義父母はお盆過ぎから一週間ぐらいという予定で神戸の娘のところに行っており、洋子と直樹は日蓮宗青年部主催の少年少女修養道場や水泳教室主催のキャンプに参加していて明日まで帰らない。だから、今夜は好きに時間を使ってよいのであった。

グラスビールを一杯飲んで刺身定食のご飯に箸を付けようとしたとき、直樹が「あ、ご飯が立ってる」と言ったことが思い出された。

十日ばかり前の八月初旬、水泳教室の進級テストを受けた彼を労《ねぎら》ってやろうと思い、ここ『きよし』へ来て昼食をとった。そのとき、飯碗の蓋を取るか取らないかにそう言ったのである。麻子自身は使ったことがない言葉だったから、どこでそのような表現を覚えたのだろうと思う一方で、父親の健一が亡くなったときはわずか二歳で、その意味さえわからないように見えた子がここまで成長したかと思うと感慨深くて、そっとその顔を眺めていたことも……。

健一が亡くなった後の戸惑い、空しさ、途方に暮れる思いなどが甦《よみがえ》った。四十九日が過ぎても心が治まらず、死にたいとまで思うようになって、このままではいけないと気がつき、自分で自分を叱咤しながら生きてきた、その後の四年余りの歳月も。

四年前、『純喫茶白樺』で、これも試練と思い直し、できるだけ後ろを振り返らないようにして生きていると、やがて「どうしてそんなに明るいの」と聞かれることもあるようになった。けれどもそれは、どちらかというと楽天的な人が皮相しか見ずに言ったことで、麻子の内心は、そう単純なものではなかった。

健一が亡くなって六か月、冬のボーナスが支給されたとき、麻子はそれを義父母に見せたものかどうか迷った。

給料からは目一杯出しているしボーナスぐらいは自由にさせてほしい。これが、日頃買いたいものも買えず、不自由な生活をしていた麻子の正直な思いであった。

けれども健一が生きていたときには、ボーナスからもその半分を家計に出させられていた。それに、公務員のボーナスは新聞やテレビなどで必ず報道される。

知らない顔もできない気がして、ひとまず仏壇に供え、それからそれを下げてきて、どうしましょうかと聞くと、義母は言った。それじゃ地代や越冬資金を出してもらおうかと。

麻子は不満を覚えた。越冬資金とは、雪に備えて、あるいは年末年始用に野菜や餅などを買い置きするお金ということだったから、それなら出してもよいというか、出さなければならないかもしれないと思った。が、問題は地代だった。

住んでいる家の下の土地が借地であることを麻子が知ったのは結婚後、それも直樹が生まれる前の年、庭を造る話が出たときだった。造るには地主の承諾が要るのではないかという話を義父母と健一がしているのを耳にし、初めて知ったのである。それなのに、どうしてそれを自分が払わなければならないのか。

けれども、そうは思っても、それを口にすることはできなかった。言っても、それなら出さなくていいと気持ちよく言ってくれるとは思えなかったからだ。むしろ、嫁いで間もなくから何度も言われたように、なにを生意気なといった目で麻子を見て嫌味の一つも言われるかもしれない。その挙げ句、出させられるのなら初めから言わないほうがよい。そう思ったのである。

不承不承言われた額を出すと、次のボーナスからは、当然のように地主からの請求書が示されるようになった。

年が明け、雪も消え、どことなく春めいて、心の雲も少しずつ晴れていくような気がしていると、義母が床から出てこなくなった。熱もなく痛いところもなさそうなのに、なぜか起きてこない。枕もとへ行って、どこか具合でも悪いのかと聞くと、背中に冷たい雑巾が張りついているようなのだと言った。

麻子は困った。直樹が生まれると間もなく義父は仕事を辞めて、終日、家にいるようになった。だから子供たちが保育園や学校から帰宅しても、その健康や身の安全については一応、心配しなくてよいだろうと思った。が、問題は義母の昼食だった。粥を炊いてほしい、焼いたハチメが食べたいなどと好きなことを言う義母の食事の用意まで、義父一人に任せて大丈夫だろうか。

結局、麻子自身、休暇を取ったり実家の母に来てもらったりして、義母が床から出るまでの一か月ばかりを切り抜けたが、そのとき麻子は思った。

こんなふうに実家の母に来てもらい、針のむしろに座る思いをさせるくらいなら、この家を出て実家で、あるいは借家で暮らすほうがよいかもしれない。

けれども、このときも、その思いを実行することはできなかった。義母が床離れして間もなく、義父が一か月、入院したからだ。

雪吊りを解かれた庭の木々に霧のような雨が降る朝であった。洗顔を終え着替えをしていると、義母が麻子たちの部屋へ走ってきて言った、「麻子ちゃん。じいちゃんの様子がなんか変ながよ。ちょっと見てもらえんけ」

そこで義父母が寝ている座敷へ行ってみると、義父は布団の上に四つん這いになって、ガラスの上にでも乗っているかのように足掻《あが》いていた。

麻子は義父のそばに立ち、聞いてみた。

「どうしたが？　じいちゃん。立てんがけ？」

すると義父は首を縦に振り、しゃがれた声で言った。

「立とうと思っても、どういうわけか、足は滑るし手にも力が入らん」

そこで麻子は義父の腰に手を回し、踏ん張って彼の上半身を起こそうとした。けれども、小太りの義父の体は予想していた以上に重く、麻子一人の力では起こすことも寝かせることもできない。

しかたなく義母と相談して長森医師に電話をし、往診を依頼して再び座敷に戻ると、義父は驚いたことに、両の足で立っていた。数分前まで四つん這いになって麻子が手を貸しても立てずに困っていたのが嘘だったかのように。

それでも長森医師に紹介してもらい市民病院で検査を受けると、脳血栓を起こしていたことがわかり、即刻入院し治療を受けることになった。

そうなると、その入院の手続きをしたり、入院生活に必要なものを揃えて持って行ったりしなければならない。点滴注射を受けている間はだれかがそばにいたほうがよいだろうということで、義姉と交代で付き添いもしたから、にわかに忙しくなり、自分のことなど、どこかへすっとんでしまった。

新盆が近づくと、古くて傷みも見えていた墓を建て直すことになった。

そこで石材店に来てもらい、デザインや色を決めていると、義父母のほうから、建立者としては、義父と麻子、二人の名前を刻んでほしいという話が出た。

麻子は慌てた。

そんなことをされては、それこそ藤井の家から出られなくなってしまう。

そこで、石材店が帰ったあと自分の住む家へ帰ろうとして玄関を出ていった義姉を追いかけ、麻子は言った。

「建立者として私の名も刻むという話ですけど私、ずっと藤井の家を守っていくとは約束できませんので」

すると、義姉は言った。

「ふうん。そんながけ。……でも、まあ、そのときはそのとき。今は一応、ばあちゃんたちの言うとおりにしておいたら？」

義姉が何を考え、そう言ったのか、そのへんはよくわからなかった。が、そう言われると、麻子としてはそれ以上何も言えない気がして、あとは黙って義姉の後ろ姿を見送っていた。

翌々年、つまり昨年の秋には、これまでの車庫を壊し、そこに二階建ての建物を建てるという話が出た。一階を車庫兼物置にし、そこに電気温水器や簀戸《すど》を入れて、二階には子供部屋を二つ造るという案である。

来年には直樹も小学生になるし、再来年には洋子も中学生だ。いずれ、それぞれに部屋を与えなければならないのだから、と義父母は言ったが、麻子はあまり気が進まなかった。ガスを使って給湯していた浴室の湯を電気温水器からのものに切り換える。そのためには浴室をリフォームしなければならないので、ついでにトイレも洋式にする。そうした話から始まったことなのに、二階建ての建物にかかる費用のほとんどを麻子に払わせようとしているようにみえたからだ。

それでは私が受け取った健一さんの死亡保険金のほとんどがなくなってしまう。月々、目一杯生活費に出しているから積み立てもできないのに、それまでなくなっては先行き不安で、精神的にも潤いのない生活を送らなければならない。

思い悩んだ挙げ句、麻子は、結婚式にも出てもらった職場の上司に相談してみた。すると、その人は言った。

「まず、これまでの生活の仕方ですが、麻子さんの経済的負担が重過ぎると思いますね。それから、今お話しの建物については、こういうことで話をしてみてはどうですか。費用は出すとしても半分以上は出さない、なおかつ建物の名義は、お義父さんと麻子さん、二人にする、と。で、それが聞いてもらえず、名義もお義父さん一人にするということだったら、費用の全額をお義父さんに出してもらうと」

ああ、やはり、法律的にも常識からしても、私がこれまで藤井の家のためにしてきた経済的負担は重すぎるのか、それに、改築する建物についてはそんなふうに交渉したらよいのかと、初めて溜飲が下がり勇気づけられた気もしたのだが、家へ帰るころにはその気持ちも萎《な》えていた。

言ったところで義母は多分、そう簡単には自分らの財布の紐を緩めないだろうと思ったし、名義についても言い出した途端、どこでそんな知恵をつけてきたのかといった目で麻子を見据え、さらに言葉を継ごうとすると「また理屈を言う」と言って口を塞ぐという、健一が生きていたころからも何回かあった形で終わるだけのように思えたからだ。

結局、その改築費も出し、さらには庭木の剪定や雪囲いの費用の全額あるいは半額までを出してきた――請求書を示されては、知らない顔もできなかった――が、それでも義母の麻子に対する態度は健一が生きていたころとさほど変わらなかった。

例えば、洋子や直樹については、午前八時半から午後五時までの勤務時間と通勤に要する時間だけは世話をするけれども、それ以外はごめんだということを、不機嫌な顔や態度で表わし、口に出して言うというふうに。

そこで麻子は、泊まり掛けの出張を命じられて義母が「わかったよ」と言ってくれないときは、直樹を実家に預けたり実家の母に藤井の家に来てもらったりして出掛けなければならなかった。積み立てたお金で毎年行っていた職場の慰安旅行には、欠席するか、直樹を連れて参加した。

そんなふうに過ごしていたから傍目《はため》にも不本意な生活をしていることがわかったのだろう、「このあとも藤井の家でそうして生きていくのなら養子縁組をしたほうがいいんじゃないの」と言う人がいた。その人は同じく裁判所職員で、商家に嫁いでいたのだが、夫が亡くなったあと、子供がいなかったこともあって義母との間で養子縁組を結んだという。

後々のことを思って言ってくれているのだろうとは思ったが、それでも麻子はその助言を考えてみようとは思わなかった。

養子縁組などしたら、それこそ藤井の家から出られなくなってしまう。自分で自分を縛ることだけは絶対にしたくない。そう思っていたからだ。

「どうして自分をもっと守ろうとしないの」と、不思議そうに尋ねる人もいた。「あんたみたいなのを『だら根性良し』と言うのよ」と、あきれたように言う人もいた。「だら」は富山弁で、「ばか」という意味である。

それでも麻子はその後も、ずるずると同じ生活を続けていた。相変わらず不平不満を覚え、藤井の家を出たいと思いながら、それを義父母に言うこともしなかった。

言えば、法廷で見聞きした離婚訴訟などのように醜い言い争いをすることになるような気がしたからだ。他人からの相談には、自分が何を望んでいるか、しっかりと自分を見つめ、はっきりしたら、それに向かって強気で行くようにと、くどいほど助言しているのだが、いざ自分のことになると、揉《も》めるような気がして弱気になってしまう。要するに意気地が無かった、ということだが、最近、それだけが理由ではないような気もしている。

健一と結婚し藤井の家に入ったとき、義父は既に耳が遠く、片方の目の視力が、高血圧症の後遺症なのか、極端に弱かった。義母は膝が痛いだとか膀胱炎だとかと言って始終、医者通いをしていた。そうした二人を放置して家を出ることが、無責任な行為に思えてできなかったのだ。

同じ目に遭った者に対する仲間意識のようなものが働いて邪険に振り払うことができなかったのではないか、とも思っている。

健一が亡くなった年の翌春、義母が俗に言う自律神経失調症のような症状を訴えて一か月近く寝込んだ。そのとき麻子はふと思ったのだ。

もしかしたら、この人もまた自分と同じように、健一の死後、感覚麻痺に陥っていたのではなかろうか。そして、その状態から醒《さ》めた今になって初めて息子の死が現実のこととして胸に迫り、それがこのような症状になって現れているのではないか。だとすれば、この人も、外見ほどには強くないということだ。いや、もしかしたら弱いところを見せまいと頑張っているだけで、本当は洋子や直樹同様、弱者なのかもしれない。経済的には年金があるから何とかやっていけるだろうが、息子に先立たれては生きていく気力も湧かない年齢にあるということかもしれない……。

健一が亡くなったあと、遺された者が力を振り絞り、助け合うことによって何とか築いたそれなりの暮らしを、自分一人の幸せのために壊す勇気がなかったのではないか、とも考えている。

麻子には厳しかった義母だが、洋子と直樹については、不憫さもあってか、ほかの孫より可愛がってくれた。麻子の都合がどうしてもつかないときは、バスや電車を使って、お絵描きやピアノ、水泳の教室などへ連れていってくれた。

義父も、目や耳が悪いから直樹のボール遊びの相手などは無理のようであったが、庭で遊ぶのを見守ることや風呂に入れることは頼まないでもしてくれた。居間で茶を飲んでいるときや炬燵でテレビを観ているときは大抵、直樹をその膝に乗せている。直樹もそこが気に入っているらしく、満ち足りた顔をして座っている……。

数人の女性が連なるようにして割烹『きよし』に入ってきた。そして、ついたての向こうにある小上がりの席に座ると、賑やかに話し始めた。話の内容からすると、趣味の会かクラス会関係の集まりから流れてきたようである。

時々金属的な声も混じるので、麻子は落ちついて考えられなくなった。そこで急いで店を出ると、しばらく迷った後、神通川に向かって歩いた。自転車は、裁判所を出るとき既にビールぐらいは飲もうと思っていたので、裁判所の自転車置き場に置いてきていた。

うるさいほどに蟬が鳴く欅並木の下を神通川にかかる有沢橋に向かって歩きながら、麻子は再び、割烹『きよし』での続きを考えた。

要するに、意気地がなくて、あるいは情に流されて未だに藤井の家から出ることができずにいるということだが、では、この四年間、自分はただ他動的に生きてきただけだろうか。そんなことはない。その一方で自分を叱咤しながら生きてきた。人知れず、怒りをバネにするなどして。

五七日《いつなのか》が過ぎ、やがて六七日《むなのか》というころになっても、麻子の心は治まらず、腹を立てて生きていた。自分一人に重荷を負わせて一言も言わずに逝ってしまった健一に対する恨み、いきなり深い穴に突き落とされ、それでも這い上がって生きなければならない自分の人生への納得できない思い、そうしたものを抱きながら生きていた。が、四十九日を過ぎたころから思うようになった。

こんな生活を続けていたら、自分がだめになってしまう。

そこで麻子は頭を切り換えることにした。健一との時間はなかったということに。そして、その後、健一のことを思わないようにし、義父母や子供たちとの間でも健一のことをできるだけ話さないようにしていると、次第に心は治まっていき、生きる気力も湧いてきた。

水墨画や小説の書き方について通信教育を受けることにしたのは、健一亡き後覚えるようになった空しさや寂しさから気を逸《そ》らすためであった。

子供たちが寝てしまうと、麻子は夜の海辺に独りで立っているような気分になった。周囲を見回しても何も見えず、聞こえるのは打ち寄せる波の音と風の音だけである。心細くて寒くて、麻子は立ち尽くしていた。襟を立て自分の腕で自分を抱くようにして。が、やがて気がついた。こんなふうにただ立っていても、この心細さや寂しさが薄らぐはずはない。自分自身、歩き出さなければ。何でもいい、打ち込めるものを探すなどして。

そこで考えたのが、その二つの通信教育であった。それだったら子供たちが寝たあとでもできるし、義父母に気を遣うこともない。

どちらの通信教育も年に数回、添削を受けるための作品提出が義務づけられていた。それをこなすために色紙や原稿用紙に向かうようにしていると、いつかしら空しさも寂しさも覚えなくなった。そればかりか、むしろ、かき終わったあとには充実感や達成感のようなものさえ覚えるようになった。さらに、これは思ってもいなかったことだったが、小説を書いていると、意識して、あるいは無意識に自分の体験したことや思いなども折り込みながら書くからか、それまで苦しいとか悲しいなどと思っていたことも、それほどのこととは思えなくなった。むしろ、書くうえではそうした体験を多くしているほうが材料に事欠かなくてよいのだと、そんなふうにまで思えるようになった。

裁判所速記官という職業を持っていたことも、心を支える上では力になったのでないかと思っている。一時は、自暴自棄から辞めたいなどと思ったりしたけれども。

速記官として法廷で仕事をしているときは、一言も聞き漏らすまいと耳をそばだて、それを正確に記録するために忙しく指先を動かさなければならない。速記官室に戻り、その速記したものを誰もが読める文字に変換しながら速記録を作成するときは、訴訟記録や様々の辞書、時には資料室にある文献などを調べて誤字や脱字のないものにしなければならない。そうした緊張感、心の余裕のなさが、健一が亡くなったあとに覚えた空しさや苛立ち、不平不満などを一時的にでも忘れさせてくれたからだ。

それに、大卒並みの給料やボーナスが支給されたから、二人の子供を育てることについても経済的不安はなかったし、仕事にはずっとやり甲斐と誇りを覚えてくることができた。

今日も午後三時から、二人の女性を身代金目的で誘拐し殺害したということで男女二人が罪に問われている事件の証人尋問に立ち会った。富山地裁に係属する事件としてはイタイイタイ病訴訟以来の、審理期間も長くなることが予想される事件で、真実発見のためには麻子たち速記官が作成する速記録も重要な役割を果たすはずであった。

交差点をわたると道は勾配のきつい上り坂になった。自転車で来ると大抵、途中で下りて、あとは歩いて上る坂道である。そこを少し前のめりになって歩いていくと、やがて、二車線の橋が新旧二本並び、さらに下流側に歩道橋も架けられている道路橋、有沢橋に出た。

その歩道橋のたもとに立って麻子は目の前に拡がる風景を眺めた。呉羽丘陵は太陽が稜線近くまで落ちたために濃緑色に翳《かげ》っていたが、神通川は沈む前の真っ赤な太陽や夕焼けの空を映して、なおくっきりと見えていた。立山連峰は、と今来たほうを見ると、既に夕映えのときは終わったようで、薄紫色の雲をまとって稜線も薄く立っている。

麻子は、夕日を映して朱色に輝く橋の欄干に導かれるように歩道橋を西に向かって歩いた。そして橋の中ほどまで行くと、そこに立って今度は水の流れを見た。

流れは、麻子が立っている橋の下辺りでは水深も人の背丈以上はありそうで、流心部分では渦巻き、逆巻いていた。が、五十メートルばかり下流に行くと淀みなく流れる深い早瀬になり、さらに二百メートルばかり先では中州に遮られて東西に分かれ、東のほうは激しく泡立つ急流になって、西のほうは底の石が見えるほどの浅瀬になって、共に流れ下り、中州の向こうで再び一つになっていた。

健一の忌引休暇が終わったあと有沢橋の下に立って、胸の奥深く押し込めていた怒り、恨み、悲しみなどを涙と共に絞り出したことが思い出された。その後も不平不満が積もり気が滅入ったりしたときは、神通川の堤防を歩きながら、あるいは水辺で川面を見つめて心を整理したことも。それでも最近は子供たちの成長を聞いてもらいたい思いから、洋子がアップルパイを作るとき積極的に手伝ってくれることや、ローラースケートを巧みに乗りこなすこと、直樹が自転車に乗れるようになって後ろの自動車教習所の跡地を走り回っていることや、『自然植物園ねいの里』でもらってきたカブトムシの幼虫を大切そうに育てていることなどを語りかけ、半年前には二つの嬉しいことを報告したことも。

一つは、直樹が小学校へ入学したことである。

この春、直樹は小学校に入学した。その式で、麻子は思わず泣いてしまった。義母と一緒に見立てたブレザーやネクタイ、白のハイソックスなどを身に着けて元気よく入場してきた姿を目にした途端、泣き出してしまったのだ。周りを見回してもだれ一人泣いている人はいなかったから、少々恥ずかしい思いをしたが、もしかしたら、二歳で父親を亡くした子がよくぞここまで育ってくれたものだと思い、感無量になったのかもしれない。

あとの一つは、こつこつと書いてきた小説で初めて賞をもらったことである。地方の賞だから、階段を一段上ったくらいのことだと思ってはいるが、半年前に亡くなった父のことを書いたものだったから、よい仕事をしたと思っている。

そうしたことからすると、神通川は自分の心、自分の半生のようなものなのだが、このあと海にたどり着くまで、どのように流れていくのだろうか。岩や中州に阻《はば》まれることもなく、ゆったりと流れていけるのだろうか。多分、そうは行かないだろう。なぜなら、老いた義父母と、小六と小一の子供、この四人を抱えているのだから。それでも何があろうと、それを躱《かわ》し、乗り越えていくしかない。辛くてならないときは思いっきり泣いて、行き詰まったときは流れるに任せて。

そう思い、目を上げて再び周囲を見回すと、呉羽丘陵はやはり同じ色に翳っていたが、よく見ると、ところどころに、木々の紅葉の色だろうか、紅色や黄色が滲んでいた。そこで目を少し下へ落として神通川の堤防や河川敷を見てみると、そこでも草や水辺の柳が紅葉し始めていて、セイタカアワダチ草も黄色の細かい花をつけていた。

麻子は、脳裏に刻まれている神通川の四季それぞれの風景をひもときながら思った。

……このあとさらに紅葉が進むと、呉羽丘陵も神通川の河川敷も化粧直しをしたように艶《あで》やかになる。そして、蟬に代わって虫の音が聞かれるようになると、有沢橋の脚もと近くには北から来た鴨の群れを見ることができる。さらに時が進むと呉羽丘陵は眠りに入り、その上にも、神通川の堤防や河川敷の上にも雪が降る。まっすぐに、あるいは横殴りに降って、枯れた芒や黒く朽ちたセイタカアワダチ草、心ない者が捨てたらしい空き缶やビニール傘、そうしたものすべてを白い色で覆い隠す。神通川の水の流れだけは覆うことが叶《かな》わない存在のように残して。雪を被《き》て厚みの増した立山連峰が陰影もくっきりと迫《せ》り出すのを許して。しかし、その雪も解け、神通川の流れが陽光を照り返してまばゆく輝くようになると、磯部堤に続いて呉羽丘陵の桜が咲き、神通川の右岸も左岸も薄紫色に霞む。そして、有沢橋の下辺りで過ごしていた鴨の群れが黒い渦となって水の上を行ったり来たりしていたかと思うと、数日後には全くいなくなり、草や木が芽吹き始めた河川敷のどこからか雲雀の声が聞こえてくる。さらに草木の緑が濃くなり、堤防を走る自転車の前を蝶や燕やトンボが横切るようになると、神通川の流れの中には鮎を獲る男たちの姿を見るようになる、今も黒く、杭でも立つかのように見えているが。……すべて移ろうていくのだ、こうした風景も、足もとの水の流れも……。

そんなことを思いながら、二百メートルばかり下流の急流の中に腰まで水に漬かって鮎を釣っている男たちを見ていると、ガタンと後ろのほうで大きい音がした。驚いてそのほうを見てみたが、二本の車線とも車はスムーズに動いていて、別に何が起きたということでもなさそうである。

車の荷台の中で積み荷が崩れたのかもしれない。そう思い、再び足もとへ目を戻そうとしたとき、ふと、ある思いが頭の中をよぎった。それは、健一は毎日、この橋を渡って通勤していたのではなかろうか、ということであった。

健一は、雪の降る冬は国鉄を乗り継いで通勤していた。が、それ以外はほとんど車で、通称音川線という道路を走り通勤していた。麻子自身は車を運転しないのと、彼の会社近くへ車で行ったのが、労務部長のところへ結婚式の媒酌人を頼みに行ったときと、洋子が生まれたことの報告に行ったとき、そして葬儀が終わったあと挨拶に行ったときの、この三回ぐらいなので、有沢橋を渡らずにその音川線に行けるのかどうか、それはわからない。が、北陸自動車道を使わずに最も短距離で、ということになると、有沢橋を渡ることになるのではないかと思ったのだ。

もしもそうなら健一は、この橋を渡って毎日会社へ行き、この橋を渡って家へ帰っていたということになる。雨が降ろうと風が吹こうと、どんなに遅い時間になろうと、そうするのが当たり前、というように。

じわっと水のようなものが目頭から滲み出して、目尻の辺りが冷たくなった。

涙だろうか。そんなはずはない。なぜなら、私はまだ健一を許してはいないのだから。私一人に重荷を負わせて先に逝ってしまった健一に今も腹を立てているのだから。

しかし、涙でないとしたら、どうしてこういうものが出るのか。

そう思いながら目を上へ向けると、残照の薄紅色がまだかすかに残る空を駆け上っている一本の白い筋が見えた。ジェット機雲で、それが西から東へ大きい弧を描きながら流れると、やがてふっと見えなくなった。

ペアウォッチ

コートの襟を立て、肩をすぼめて、麻子は師走の国道四十一号線を、富山県民会館から南の岐阜県方向へ向かって歩いていた。

暮れ始めた空に風花が舞っている。二、三日前に発表された気象台の長期予報では、年末年始に寒波が襲来、一月下旬には大雪のおそれがあるということであった。

そのとおりになったらどうしよう。

麻子は心もとなく空を見上げる。健一がいたころには、そのような不安は、全くと言っていいほど覚えたことがなかった。屋根から下ろしたものやブルドーザーが押しのけたもので背丈以上の雪の山が家の周りにできたことは何度もあった。それでも、健一がそれをスコップで突き崩し、麻子がスノーダンプで近くの用水まで運べば、じきに嵩は減ったし、あとにはむしろ、一つのことを夫婦でなし終えたという充実感のようなものさえ覚えることができた。けれども健一が亡くなってからは、雪はただ忌まわしく、不安を募らせるものでしかない。

健一は一昨年の夏、突然亡くなった。仕事から帰った後も特に疲れた様子はなくて食欲もあったのに、寝入って数時間後、体を硬直させて、それっきり目も開けない、という亡くなり方だった。

思ってもいないことだったから、麻子の頭は混乱し、暗く深い穴に突き落とされたような気がした。這い上がる気力もなく、自分もできれば死にたいとまで思ったりしたが、幼い子供二人と老いた義父母のことを思うと、そうすることもできない。仕方なく這い上がり、怒りをバネにするなどして何とかやってきたが、それでも時々、空しくなり、生きているのがいやになったりする。

今日も朝から空一面に灰色の雲が広がって、昼過ぎ、風花がちらつき始めると、背中が寒くなり、気も滅入って、じっとしていられなくなった。そこで、午後三時から二時間の有給休暇を取って、バスで県民会館へ行った。その一階か地階でブランド物のバッグやジュエリーの展示即売会が開催されていることを、折込みちらしを見て知っていたからだ。

それらをゆっくり見て回っていたら、この鬱々とした気分も少しは晴れるかもしれない。いや、見て回るだけでなく、もし気に入った物があれば、一つぐらい買ってもよいではないか、頑張っている自分へのプレゼントとして……。

そう思い、行ってみたのだが、一時間もしないうちに会場を出てしまった。付いている値が妥当なのかどうか、それもよくわからなかったし、それに、たとえ気に入り、買ったとしても、それで心が浮き立つのはほんの数時間で、その後はむしろ後悔するだけだということに、過去を振り返って気がついたからだ。

「あのう、すみません」

後ろから高めの男の声がした。振り向くと背の高い青年で、心持ち腰を折る格好で麻子を見下ろしている。上気したように赤みの差している顔や息せききっている様子からすると、どこかから走ってきたのかもしれない。

「県民会館というのがありますよね」

青年は言った。「いえ、道をお聞きしようと思って呼び止めたわけじゃないんですが。そこで昨日と今日、貴金属やブランド物のバッグの展示即売会が行われていたのはご存じでしょう」

でしょうに力の入る話し方は、東京で裁判所速記官になるための研修を一緒に受けた岡山県出身の女性のそれによく似ている。

「ああ、それは、折り込みちらしか何かで見ていましたから」

思わずそこまで言って、麻子は口をつぐんだ。――もしかしたら高額な物でも買わせようとしているのではなかろうか……。

しかし後ずさりして観察しても、青年は濃紫色のスーツをすっきりと着こなしていた。顔が小さく肌が白く、栗色の長めの髪もパーマで綺麗に整えている。

「そうですか。じゃ、僕たちの店の商品もご覧になっているということですよね」

「えっ。……さあ、それはどうかしら。ちょっとのぞいてみただけですから」

麻子は再び後ろへ下がり、青年を注視した。ちらしを見ただけでなく県民会館へ行っていたことも知っているかのような口振りだったからだ。

けれども青年は麻子の目を気にする様子もなく、「そうなんですか。もし、ご覧になってないということでしたら、展示していた者としては非常に残念です。というのは、お客様にとって随分お買い得なものをたくさん並べていましたのでねえ」と言って、そのあと左のほう、麻子からすると右になる車道のほうを北から南へなぞるように見た。

車道は、風花の舞う中、外仕事を終えて職場に戻るところなのか、それとも家へ帰るところなのか、上下線とも車の数が増え始めていた。

「じゃ、どうでしょう？　ここでもう一度お見せするというのは」

「えっ。ここで？」

再び麻子へ目を戻して青年は言った。

「そうです」

「そんなこと無理でしょう。だって、たくさんの物を並べて……」

「いいえ、たくさんは並べません。お見せするのは、本当にお買い得なもの一点か二点です」

「そうなの？　でも、いい。見せてもらっても多分、買わないから」

「そうですか。本当によろしいんですか。奥様にはぜひお勧めしたいものがあるんですけどねえ」

青年は麻子の目を粘った目で見て再度尋ねると、今度は車道のほうを注視するように見た。

――どこかその辺りに人でも待たせているのだろうか、さきほどから何度か、僕たちの店と言っているし……。

そう思い、麻子もつられて青年の視線が伸びているほうへ目を向けようとすると、青年は再び麻子へ目を戻し、色白の長い指でメガホンのような形を作ると、それを麻子の耳もとに近づけ、ささやくように言った。

「県民会館で付けていた値より思い切って安くしますけど」

清々しい香りが麻子の鼻先をかすめた。青年が使っているオーデコロンの匂いらしい。健一の枕に残っていたヘアトニックのそれとは違い、女物のように甘い。

「そうなの？　だけど、それじゃ、採算が合わないでしょうに」

「えっ。ええ、まあ、それはそうなんですが、でも、それもしかたがないと思っています。というのは僕たち、名古屋から来てるんですが、夕方から雪と聞いて、少し早めに切り上げたんですよ。ところが、そのためにちょっと困ったことが出てきまして……」

「困ったこと？」

「ええ。実は、展示会場へ帳簿にない品物を持って出ていまして。いえ、別に悪いことをして手に入れたとか、そういう物ではありませんよ。そうした物が出ることは僕らのような業界ではよくあることなんです。初めからロスを考え、注文した数より多めに品物が送られてくるものですから。で、それをこの際できるだけ捌《さば》いて帰るからと言って会社を出てきたのに、それが思うほど捌けていなかったことに今になって気がつきまして……」

青年はそこまで言うと、今度は彼の左手後方へ首を回し、それをゆっくりと麻子のほうへ戻しながら、さらに言った。「まあ、どうしても捌けないときは寺か教会にでも寄付しようかと、そうも話したりしてるんですが。県民会館からここへ来るまでにも一軒大きなお寺がありましたし、すぐあそこには教会も見えますのでね」

言われて青年の目が向けられていたほうを見ると、十字架を頂く白い建物が見えた。

健一の死後味わった様々な思いが甦《よみがえ》った。いきなりそのような境遇に突き落とされた自分の人生を恨み、それならそれでやり直したいと思っても、そうさせてくれそうもないしがらみを疎《うと》ましく思ったこと。それればかりか、何の屈託もなく幸せに生きているように見える人々を妬《ねた》んで、彼らにも同じ思いをしてほしいと恐ろしいことを願ったりしたことが。そしてやがて、これではまるで地獄を生きているようなものだと気がついて、こうした精神状態から救い出してくれるのは唯一、懺悔台なのではないかと思い、教会の前まで行ったことも……。

「だけど、それも手続きが面倒なら、バーの女にでもやろうかと。まあ、すぐに捨てられてしまうのかもしれませんけどね。だって、彼女たちって、そんなプレゼントされるの、しょっちゅうでしょうから」

風に乗って雪が、たんぽぽの穂か綿虫のように飛んでいた。陽光を受けて輝きながら流れ、時々ふわりと浮き上がる。そして、しばらく宙空にたゆたっていたかと思うと、一気に斜めに駆け下り消えていく……。

青年の話はその後も同じ調子で続いた。今にも商品を見せるのかと思わせるところまで行ったかと思うと、突然、どこか慈善団体に寄付しようかだとか、いや、やっぱりバーの女にプレゼントするだとか、脈絡もないことを言い、そのあと慌てて取り繕《つくろ》ったりして。

どうしてこのような話し方をするのだろう、と麻子は考えていた。――生来、気が弱く、人と話すのも苦手なのに無理やりセールスをやらされているから、それでどぎまぎしてこうなるのだろうか。それとも、常日頃狭く偏《かたよ》った世界に生きているので、このようなときにもつい、それが出てしまうということなのだろうか。

しかし、その一方では、こうも考えていた。――いや、そんな話し方や話題など、どうでもよいことかもしれない。逝くとわかっていたら言い遺したいこともあっただろうに、それさえ言えなかった健一のことを思えば。

本人自身、予期していなかったのだろうから、それも仕方がないことと思ってはいるが、健一は亡くなるとき何ひとつ言葉を遺さなかった。子供たちを頼むとも、申し訳ないとも、無念だとさえも。ただ体の奥深くから絞り出したかのような大きな唸り声を一度だけ上げて、つぶっていた目を開けることもなく逝ってしまった。

だったら、その前に何か言っていなかっただろうか。私が力にして生きていけそうな種類の言葉を――。そう思い、結婚してからの九年間を振り返ってみた。けれども、やはり何も思い出すことができなかった。表情や姿、低いがよく通った声などは今も目蓋に浮かび耳に甦るのに、言葉だけはなぜか思い出すことができなかった。口数の少ない男だったのかというと、そんなことはない、わりとよくしゃべった。夫婦の相性も決して悪くはなくて、義父母や義姉妹が口出ししない限り、うまく行っていたと思うのだが、それでも、話していた内容となると記憶がなく、耳に残っている言葉もない。

それじゃ、見合いをしたあと結婚するまでの半年ばかりの間はどうだっただろうか。そういう時期だから、結婚したらこのような家庭を築きたいとか、あるいは自分への甘い言葉やプロポーズに近い言葉ぐらい言っていてもおかしくないのだが――。そう思い、今度は千里《ちり》浜へドライブしたときのことなどを振り返ってみた。けれども、固く締まった砂浜に車を停めて打ち寄せる冬の波を眺めながらかなり長い間、話していたことは思い出せるのに、その内容の記憶はなく、甘い言葉も思い出すことができなかった。

私たちが結婚相手とした男たちの世代は大概そうだったんじゃないの。女に対して甘い言葉をかけることなどできないような――。同年齢の友人はそう言うが、そういうことなのだろうか……。

青年の話はなかなか進まなかった。進むかと思えば風花のように横に流れ、ふっと消えて、あとが続かない。

――やっぱり気が弱くて、あと一歩が踏み出せないのだ。いや、営業のノウハウをまだ身につけていないのかもしれない。だったら、こちらから手を差し延べてやろうか。何を勧めているのか聞かずに断るのも、ちょっとかわいそうな気がするし……。

そう思い、麻子は聞いてみた。「つまり、損をしてもいいから、あなたが勧める、その物を買ってほしいということ？」

「えっ。ええ、まあ、そういうことですけど」

「そう。で、それはネックレス？　それとも指輪？」

「いえ、もちろん、ネックレスや指輪もお見せすることはできますけど、奥様に見ていただきたいのは、そういった物ではありません。というのは、その種の物は多分、既にたくさんお持ちでしょうから。お勧めしたいのは時計です。それもブランド物の。ああ、そうだ。奥様には、あのペアウォッチがいいかもしれないなあ」

寝床に腹這いになって雑誌を読んでいた健一の姿が思い出された。そのあと「麻子、ちょっと、これ、どう思う？」と言って体を起こし自分のほうを振り向いた姿も。

そこで、横へ行って健一が広げているページを見ると、ペアウォッチの写真が載っていた。側《がわ》がプラチナ色のすっきりしたデザインの時計で、それなら飽きることもなさそうである。

「ああ、いいわね」

「だろう？　どう、買おうか」

「うーん。そうねえ。欲しいことは欲しいけど。でも、来月からは車のローンの返済もしていかなきゃならないし……」

「そうか。そうだったよな」

「それに、屋根を葺き替えるお金も出してほしいって、お義母さんに言われたっていうんでしょう？」

「ああ、そう言ってたな。……じゃ、だめか」

「うん。ちょっと無理だと思う」

「残念だな。結婚してもうすぐ七年になるし、その記念にどうかと思ったんだけど」

ペアウォッチについて健一が話したのはそれ一回きりであったが、今となると、あのときどうしてその話に乗らなかったのかと、麻子は自分が恨めしくなる。


「奥様には、あのペアウォッチがいいかもしれないなあ」と、そこまで言っていても、青年はなぜかそれをすぐには見せようとしなかった。相変わらず車道のほうをちらちら見たり、雪が気になるのか、空を見上げたりしている。

「じゃ、そのペアウォッチ、見せてもらおうかしら」

麻子はじれったくなり、再び自分から言った。風花の数が増え、西のほうの空にどす黒い雲が広がっていたことも、青年の出方を待っていられない気分にさせたのかもしれない。

「えっ。ああ、ご覧になる。そうですか。ありがとうございます」

「だけど、見せてもらっても、気に入らなければ買わないわよ」

「ええ、それはもちろん、奥様のご自由ですから」

青年は弾みがついたのか、アタッシュケースを開けて、中から紫色のビロードが貼られた時計の収納ケースらしきものを取り出した。そして「時計の有名ブランド、もちろん、ご存じですよね」と麻子に尋ね、「さあ、どうかしら。どちらかというと疎《うと》いほうかもしれない」と麻子が答えると、「そうですか。でも、オメガ、ロレックス、ブルガリ、グッチ、これらが時計では最高級と言われている、このくらいはご存じだと思いますが、私がお勧めするのは、最近人気が出てきたロンタンの、このペアウォッチです」と言って、おもむろにその蓋を開けた。

蓋の内側には光沢のある赤い布が貼られていた。そして、その上に、文字盤が黒、側が金色の薄型の時計が大小二本置かれており、そのそれぞれに黒の革ベルトが付けられていた。

「どうです？　いいものでしょう。ほら、ちゃんとロンタンと、こうして名前も刻まれていますし」

青年は小型のほうの時計を手に取ると、その裏を見せた。

けれども、麻子がそこに書かれている文字を読もうとしても、時計が青年の手の上にあるのと文字が小さいために、何と書かれているのかまでは読み取ることができなかった。

「おい、時間がないぞ」

再び、後ろから男の声がした。

見ると、やはり若い青年で、栗色の髪の青年ほどの背丈はないが、敏捷そうな体を青灰色の光沢のあるスーツで包んでいる。日焼けした顔のあごの部分には口幅ほどの、きれいに手入れされたひげを生やしていた。

「いかがです？　いいものでしょう」

麻子に向かって、ひげの青年は言った。それから栗色の髪の青年から時計を収納ケースごと受け取ると、その上蓋のポケットから紙片を取り出し、三つ折りになったそれを開いて見せながら、さらに言った。「品物なら間違いありません。こうして保証書も付いていますし」

けれども、そう言われても、どのページにもぎっしりと横文字が印字されていることは見て取れても、それが何語であるのか、どんなことが書かれているのかまでは、紙片が青年の手の上にあるので確かめることができなかった。それなのに、ひげの青年はさっさとそれを上蓋のポケットに戻すと、「まあ、私たちのことは名刺を見てもらえば信用していただけると思いますが」と言って、今度はスーツの内ポケットから黒革の名刺入れを取り出した。そして、その中から名刺を、少し引き出しては元へ戻すということを何回か繰り返していたが、やがて申し訳なさそうな顔をして言った。「いや、どうも会場で全部使ってしまったようで。ですからお渡しすることはできないんですが、私たちが所属している会社は、宝石、時計などの輸入品のみを扱っている商社です。で、事情はすでにお聞きになったと思いますが、そういうことで少しでも捌けないものかと思っておりまして……。まあ、それはともかく、どうです？　いい時計でしょう。奥様のような方にはぴったりだと思いますよ。日本も時計製造の技術は相当なものですが、正確さと気品は何といってもスイスです。それから、時計そのものはもちろん、今言ったように最高級品ですが、このベルトを見てください。クロコダイルです。で、大抵はこういうところで接《つ》ぎ合わせたりしてあるんですが、これはどうです、一枚物です」

栗色の髪の青年とは違い、ひげの青年は口達者であった。保証書を見せたり自分たちの会社について説明したり、いろいろな方面から麻子を口説こうとする。抑えぎみに話しているらしいのに、それでもよく響く声にも惹かれながら、麻子の目はそのひげに釘付けになっていた。

色よく日焼けした肌の上にあって、それは漆黒の豊かなひげであった。青年が口を動かす度に、眠りを妨げられた生き物のようにうごめく。

弔問客から「お別れをさせていただきます」と対面を請われて白布を上げるたびに気になった健一のひげが思い出された。病んでいたのではなく突然命を奪われた健一の顔は、まだ生きているかのように張りがあり、肌にもつやがあった。救急センターのほうで清拭《せいしき》をし、ひげも剃ってくれたから、頰や鼻の下などは青白く、すっきりしていたが、気になったのは、おとがいであった。窪んでいるので剃りにくく、それで残ったものなのか、それとも、心臓が止まっても末端の細胞はなお生きているというから、あとで伸びたものか、そのへんはわからなかったが、そこに短いひげが数本残されていた……。

「どうします？」

ひげの青年が麻子のほうへ上半身を傾けるようにして聞いた。

「えっ。ああ、そうね。……さて、どうしよう」

麻子は少し後ずさりし、迷うかのように言った。保証書もしっかりとは見せようとしなかった。名刺も使い切ってしまったと言って渡してはくれなかった。なんか怪しい。用心しなければ。次第に警戒心が強くなり、聞かれる直前には、すぐにも断ろうと考えていたのに、口を突いて出たのはなぜか、それとは違う言葉だった。ペアウォッチという言葉に惹かれていたのだろうか。

「買っておきなさいって。絶対後悔しませんから」

「そう？」

「そうですよ。それに、ペアウォッチ、素敵じゃないですか。同じ時間を刻むんですよ、ご主人とあなたと、二人の腕にあって」

「同じ時間を刻む、二人の腕にあって……」

と、おうむ返しに言って、そのあと、「まあ、うまいことを言うのね。それ、あなたが考えた言葉？」と、茶化《ちゃか》しはしたが、内心は揺れ動き、再び健一がペアウォッチを買おうかと言ったときのことを思っていた。

――あのとき健一は、結婚してもうすぐ七年になるし、その記念に、と言った。ということは、このあとも二人で同じ時間を歩いていこうと思っていたということだ。それなのに、その後二年余りで彼の時間だけが止まってしまった。人間ドックを受けてきたが、どこも悪いところはなかったと言って喜んでいたのに、それから三月《みつき》もしないうちに……。

「もし今買ってご主人に叱られるということでしたら、しばらく箪笥の中にでもしまっておかれたらどうです？　そして誕生日だとか結婚記念日だとかに腕にはめて差し上げると。いいじゃないですか。絶対、効果的だと思いますよ」

ひげの青年は白い歯を見せて、にやりと笑った。

「買っても別にそんな、叱られるってことはないんだけど」

と麻子は言った。ひげの青年が言った結婚記念日という言葉に、結婚式を挙げた日の朝、目にした雪晴れの空を思い返しながら。

その朝、起きてカーテンを開けると、眩いばかりの光が目に飛び込んできた。前の日の夕方から降り始めた雪が屋根や庭にうっすらと積もり、それが雲一つない青空の下、きらきら輝きながら広がっていたのである。まるで伴侶を得ての新しい出発を祝ってくれているようだ。そう思いながら結婚式場に向かったのだったが、十年後の今、自分は夫に先立たれ、このように途方に暮れる思いで生きている……。

「そうなんですか。だったらもう、迷うことないんじゃないですか」

「ええ、まあ、それはそうなんだけど……」

「……ああ、もしかしたらお値段ですか。それが気になるということでしたら、思いっきり安くしますよ」

「そう？　じゃ、参考までに聞くけど、幾らにしてもらえるの？　さきほどの話では、なんか、県民会館で付けていた値より思いっ切り安くすると……」

そんなことを言ってはだめだ。それでは深みにはまってしまい、抜け出すことが難しくなる。そう思いながらも、さらに踏み込むようなことを言ったのは、ひげの青年が、二人の腕にあって同じ時間を刻むだとか、誕生日か結婚記念日にプレゼントしてはどうかなどと寂しくなるようなことを言ったからだ。それに、気がつくと二人の青年はいつの間にか自分の前と右斜め後ろに壁のように立っていて、何であれ話を進めなければ脱出することはできない気がした。

「そうですねえ。じゃ、思いっ切りサービスして、どうでしょう、五万円では？」

ひげの青年は言った。

「五万円！　そんな大金、持ってるわけないじゃないの」

思わず上擦《うわず》った声で言って麻子はまた後ずさりした。そして、脱出するとしたら今このときだと思い、後ろへ体を向けようとすると、栗色の髪の青年がすばやくその前へ回り、車道の向こうにある銀行を指さしながら言った。「そうですか。じゃ、カードは？　あそこに銀行もありますけど」

「銀行？　ああ、あるわね。だけど、私、カードで下ろしてまで買う気はないの。それに……」

「それに？」

ひげの青年が、あとの言葉を引き出そうとするかのように、少し間を置いて聞いた。

「……買うとしても、小型のほう一本でいいし」

「えっ。じゃ、ご主人のほうはどうされるんです？」

「主人？　主人は主人で、欲しければ自分で買えばいいじゃないの」

「そんな。……いや、私たち、一本では売りたくないですね。なぜって、これは、夫婦円満でいてもらうためにお勧めしてるんですから」

「そうなの？」

「はい。……それに、この時計は、ペアだからこそ値打ちがあるんで」

「ペアだからこそ値打ちがある……」

再びおうむ返しに言って、そのあと麻子は泣きたくなった。ペアだからこそ値打ちがあるという言葉に、自分が欠陥商品だとでも言われたような気がしたのである。

空を仰ぐと、西にあったどす黒い雲は東のほうへと広がり始めていた。雪も風花から、固く小さく締まった、小米雪《こごめゆき》と言われるものに、いつの間にやら変わっている。

寒々とした思いで麻子は国道を目でなぞった。

……あの夜、救急センターから、なきがらとなった健一を乗せて車はどの道を通って家へ帰ったのであろうか。多分この道も走っていると思うのだが、そのへんは全く覚えていない。とにかく長い時間をかけてゆっくりと帰っていった気がするのだが、その間、車窓から見た風景は、ビルの白い壁も、銀杏並木の灰色の幹もすべてセピア色に滲んで見えて、遠い昔に見た風景の中を走っているような気がした……。

「どうしてもペアで？」

麻子は聞いた。ペアで買ったあと、それを持て余している自分の姿を思い描きながら。

すると、ひげの青年は言った、「そうです。でないと価値が……」

「価値が」と言って、そのあとを言わなかったのは、それ以上同じことを聞きたくないと思った麻子が「わかったわよ。価値がないと言いたいんでしょう」と、強い口調で遮ったからだ。

それなのに、そのあと麻子は、フランス料理のレストランで食事をしようとして断られたときのことを思い出してしまった。

職場の近くに新しくできたレストランでのことで、おいしいと聞いたので昼休みに行くと、細長い外廊下の向こうからウエートレスが出てきて言った、「いらっしゃいませー」と愛想よく。ところが、そのあと「お一人ですか」と聞くので「そうです」と答えると、急に態度を変え、「申し訳ありません。ちょっと今は満席でして」と、素っ気なく言った。

「満席?」「はい」「そう。じゃあ、仕方がないわね」とやりとりし、拍子抜けした思いで出てきたのだが、そのあと、次第に不愉快になった。入っていったときには歓迎ムードだったのに、一人だと聞いた途端、満席だと嘘を言い、断ってきた。そう思ったからだ。

納得が行かないので、同じように夫に先立たれた友人にそのことを話すと、その友人は言った。「旅館でも女性一人での宿泊はさせてくれないんだって。理由は自殺する恐れがあるからだそうよ」

それ以来、麻子は釈然としない思いで過ごしている。自分は別に、一人で生きることを選択したわけではない。伴侶も選び、老いるまで共に生きていくつもりでいた。それなのに、その意思を無視し、いきなり一人にされてしまったのだ。天命という言葉もあるが、人間の力ではどうすることもできない大きな力によって。それなのに、フランス料理を食べる楽しみも温泉旅館でゆっくり過ごすことも、連れがなくては許されないというのか……。

「あのう、どうします? 僕たち、そうゆっくりしていられないんですが」

ひげの青年がしびれを切らしたか、体を揺すりながら聞いた。

「えっ。ああ、そう、そうだったわね」

と、麻子が初めて気がついたように言って、そのあと「さて、どうしよう」と首を傾げると、

「別に無理してお買いになることはないいんですよ。それならそれで社へ持って帰り、また次の展示会に出品すればいいいんですから」

ひげの青年は素っ気なく言って、手に持っていた収納ケースの蓋をパタンと閉めた。

そこで麻子が、「そう？　まあ、私も無理してまで買おうとは思ってないんで。だから、もし社に持って帰り次の展示会へと思われるんなら、そうされてもいいけど」と言って再び後ろへ体を向けようとすると、「いや、じゃ、あと三分、三分だけ待ちましょうか。それだけあれば決められるでしょうし」と、ひげの青年は慌てて態度を変え、愛想よく言った。

「そう？　じゃ、三分ね」

と言って麻子は急いで考えた。

さて、どうしよう。買うのか買わないのか。……栗色の髪の青年に声をかけられたとき、すぐに自分は、もしかしたら高額な物でも買わせようとしているのではないかと思い、用心した。それなのに断りもせず、逃げることもなく、むしろここに立ち続けて、二人の青年とこれだけもの時間、過ごしたのはなぜだろう。……二人が壁のように立ちはだかっていて逃がしてくれそうにないと思ったからか。……そんなことはない。ペアウォッチを買っても一緒に身に着けてくれる人がいないのよ。そう言えばすぐにも解放してくれるだろうとは、早い段階から思っ

ていた。だったらどうして、そう言わなかったのか。

……そんなことを言わなければならない自分が惨《みじ》めに思え、言ったあとに襲ってくるであろう寂しさが想像できたからだ。それで無意識に、あるいは意識して優柔不断な態度を取り続け、そうすることで青年二人を自分のそばに引き止めていた、ということではないだろうか。いや、それよりも、どうしようもない寂しさに襲われる、この季節のこの時間を、だれにでもいい、そばにいてもらい、やり過ごさせてほしい、そう思ったからというのが最も大きい理由かもしれない。

だとすると、この青年二人は、たとえ三十分余りとはいえ、自分のそうした思いに寄り添ってくれたわけだから、それへの対価としてこれは買わなければならないのかもしれない。ただし、五万円はいくらなんでも高すぎるから、交渉してもう少し安くさせて……。

そこで麻子は言ってみた。

「じゃ、こうしない？　私は別に買わなくてもいいんだけど、あなた方は少しでもお金に換えたいわけだから、そうね、二万円ということに……」

「二万円！」

ひげの青年が驚いたというように体をのけぞらせた。

「ええ、そう」

「ペアで？」

「そう」

「そんなあ」

栗色の髪の青年が素っ頓狂な声を上げた。

「そう？　だけど、そんなに驚くことないんじゃないの。だって、あなた、さっき言ってたじゃない。どうしても捌けないときは教会に寄付するかバーの女にでもプレゼントしようかって。それと比べたら、この話のほうがお金になるし、いいと思うんだけど」

「ええ。確かにそうは言いましたよ。でもねえ……」

栗色の髪の青年がそう言って、ひげの青年の顔色を窺《うかが》うようにした。けれども、ひげの青年はじっと麻子の目を見入っているだけで、なかなか返事をしようとしない。

そこで麻子が、「駄目？　駄目ならいいのよ。別に私、どうしても欲しいわけじゃないし」と言って再び向きを変え、歩きだそうとすると、

「いや、ちょっ、ちょっと待ってくださいよ」

と言ってひげの青年が麻子の腕をつかんだ。そして、「ペアで二万円って、いや、ちょっとひどいなあ」と言って、さらにしばらく考えているふうであったが、やがて、「でも、もう、あまり遅くなると雪で帰れなくなりそうですし、しかたがない、それで手を打ちましょうか」と、投げやりな口調で言った。

「そう？　じゃ、二万円、ペアで二万円ということね」

麻子は念を押した。これでもう青年たちとの時間も終わりになるのかと思った途端、背中の

辺りが寒くなったような気もしながら。

と、自転車に乗った男性が三人の横を通り過ぎた。背が高く、横を通るとき、こちらを振り向いた顔を見ると、眼鏡を掛けているせいか、健一に似て見えた。

「あっ、健一さん……」

思わず口の中で言って、麻子は自転車のあとを追おうとした。健一が自分をその状況から救い出しに来てくれたような気がして。

しかし歩き出そうとすると今度は、栗色の髪の青年が麻子の手をつかんで言った、「あれっ。買わないんですか。ここまで話を決めておいて」

しかたなく麻子は足を止め、自転車を目で追った。

自転車の男は麻子のほうをちらりとも振り返らず、青信号になると国道をわたり、すぐに向こうの小路へと消えていった。

ということは、健一ではなかったということか……裏切られた思いで麻子は、なおしばらくの間、自転車の消えた小路の奥を見ていた。

それからふと我に返ると、バッグから財布を取り出し、そのファスナーを開けた。「だけど、それだけのお金、あったかしら」と言いながら。

ところが、札入れの口を開けた途端、麻子より先に中をのぞいたひげの青年が、「あったかしらなんて、奥さん、それ以上に持ってるじゃないですか」と言い、「えっ。ああ、これ？

これはだめなの。これは、ついさっき子供の塾の授業料を払おうと思って下ろしたお金なんだから」と言って麻子が一万円札二枚を取り出すか取り出さないかに、すっとそれを奪い取ると、「あ、いけない！　駐車違反になる！」と叫んで、青信号が点滅する国道の横断歩道を大股で駆けていった。自分のあとを栗色の髪の青年がついてくるかどうかを確認するかのように後ろを振り返りながら。そして、栗色の髪の青年が赤信号に変わったのも無視して彼に続いて国道をわたると、信号の向こうに停めてあったチョコレート色の車に乗り込み、栗色の髪の青年を助手席に乗せて、すぐに発進させた。

ぐんぐんスピードを上げ、後続の車を大きく引き離し、県境に座している青灰色の山に向かって次第に小さくなっていく車を、麻子は取り残された思いで見ていた。

雪の粒が大きくなり、降り方も激しくなってきた。後ろを振り向くと、ネオンがともり始めたか、繁華街の方向の空が赤い。

手の上に残された紫色のビロードのケースを眺めて、麻子は自分に向かって言った。「もしかしたら、県民会館を出たときからずっとつけられていたのかもしれない。それに、ロンタンなんて時計、聞いたことがない」

笑いが込み上げてきた。

足もとから冷気が這い上がってきた。

蛍

麻子は二階の観覧席に座ると、ガラス戸越しに階下を見た。

明るいブルーのペンキを塗ったプールには澄んだ水が溢れんばかりに張られている。水面《みなも》は、天井に取り付けられた蛍光灯の光と、窓からの初夏の光を受けて、眩しく揺れ動いていた。

プールサイドに子供たちが群れを成して次々と入ってきた。麻子は、その中から直樹を捜そうとした。が、どの子も小学校低学年の背格好であり、クラブ指定の水着を着ている。そう簡単には見つけ出せそうになかった。諦めかけたとき、真下に立ってこちらを見ている直樹の姿が目に入った。直樹は麻子と目が合うと、にっこり笑ってVサインを出した。今日は進級テストの日だ、頑張るからね、お母さん。多分そうした合図なのであろう。麻子も慌てて笑い返すと、人さし指と中指でVを作りガラスに押し当てた。が、そのときには既にもう直樹は、プールサイドを向こうへ走りだしていた。見ると、そのすぐ前を、時々後ろを振り返って笑いながら一人の男の子が走っている。どうやら、その子が直樹にちょっかいでも出したらしい。また、ふざけて。怪我などしなければよいのだが。はらはらしながら目で追っていると、胸にぐっと来るものがあり、瞼が熱くなった。腰高の体つきばかりか走り方までもが、亡くなった夫健一そっくりだったからだ。

健一は六年前、突然、亡くなった。死因は、救急センターの医師が書いた死亡診断書では急性心停止と書かれていた。が、その後たまたま手にした新聞や医学辞典などを読んで、ポックリ病だったのではないかと麻子は思っている。そこに記載されていたポックリ病の症状が、そのときの健一にぴったり当てはまったからだ。ちなみに家庭医学大百科では、次のように記載されている。「ポックリ病とは、若い男性が、夜間睡眠中に恐ろしいうなり声を上げて、そのまま死亡するもので、死因は解剖して調べてもはっきりわからない。一般に冠動脈や大動脈の発育が不良で、副腎の重量も少ないことが知られているが、心室細動などによる不整脈死の可能性が考えられる」

変わり果てた健一を病院の救急センターから家に連れて帰り、無我夢中で葬儀も終えて、寄り集まってきていた親族が帰っていくと、麻子は初めて自分を取り戻し、その数日間を振り返った。

健一の死は、そう簡単には受け入れることができなかった。受け入れなければとは思うのだが、自分の置かれていた状況だけが一変し、周囲の人々のほうは平穏に過ぎているという、その不公平さのほうにも頭が行って、怒りや恨めしさが噴き上げてくる。喪失感も強く、途方に暮れて、いっそ死のうかとさえ思ったりしたが、スカートの裾をつかんで不安そうに自分を見上げている七歳の娘の洋子や、何事が起こったかを理解することもできないからか、以前にもまして姉の勉強の邪魔をしたり、あるいは自分に甘えるようになった二歳の息子の直樹を思うと、そうすることもできなかった。

どうすればこの状態を切り抜けることができるのか。いつからか麻子はそう考えるようになった。

(諦めることだ。それができないなら自分の過去から健一を消すことだ。例えば、そんな人は知らない、なぜなら自分はずっとシングルマザーだったのだから、というふうに)

そう思いついたのは、健一の死後一か月ばかりたってからだっただろうか。そして、できるだけ健一のことを思わないようにしていると、何となく立ち直れるような気がしてきた。他者から無理やりこのような人生を歩かせられたと思うと、恨み心も起こってくる。自ら選んでこの道を歩いているのだと思ったとき、初めて心は穏やかになり、少しずつではあったが、力が出てきた。

プールでは練習が始まっていた。プールサイドに腰を下ろして、あるいは水の中に入ってプールサイドにつかまりながら、バタ足をやっている子供たちがいるかと思えば、円筒状のヘルパーを腰に着けて、またはそれも着けないで、コースを泳ぎ始めているグループがいる。あちらこちらで高く低くしぶきが上がり、さざなみが水面に映る光を無数の星に散らして輝いていた。

子供たちを指導し叱咤するコーチの声が四方の壁にぶつかり、撥ね返っている。

麻子は再び見失った直樹を捜した。帽子につけた紫色のワッペンが目印だったが、真ん中のコースをクロールで泳いできたとき、初めて見つけ出すことができた。少々荒っぽいがキックが力強く、スピードもある。こちらのプールサイドに泳ぎ着くと一旦プールから上がったが、濡れた顔を手で拭うと、そのまま一目散に向こうのプールサイドまで走っていった。

「これで三拍子そろった」

直樹が生まれたとき健一がそう言ったことを思い出した。三拍子とは、松や椿、カエデ、ツツジなどが雑然と植わっていた平庭を自分好みの枯山水の庭に造り替えることができたこと、課長になれたこと、長男が生まれたこと、この三つということで、それがほとんど同時にかなったと言って喜んだのである。

課長は労務課長で、春闘やボーナス交渉の時期になると、なかなか大変そうであったが、それでも休日などは、おむつ替えをしたり、抱いて庭を散歩したりしていた。その健一が今の直樹を見たら、果たして何と言うだろうか。

「いつの間にやら大きくなってねーえ」

きっと、そう言うのではなかろうか。何か感慨を述べようとするとき、彼はよく、そんなふうに「ねーえ」と尻上がりに言って、相手からも共感を得ようとしたからだ。

このごろ直樹は突然、健一について聞いてきたりする。僕、そんなにお父さんに似てる?

お父さんもやっぱり、よく本を読んだ？　もしかしたら僕の動物好きはお父さんの血を引いているのかもしれないね。

そのようにして自分の中にほとんど影さえ留《とど》めていない父親のイメージを築こうとしているのではないかと思うのだが、麻子はそうしたとき、自分がたいてい短い言葉を返すだけなのに気がついている。長い言葉で返していたら、健一が亡くなったあと押さえ込み閉じ込めてきた恨みつらみが噴き出しそうで怖かったからだ。直樹の中に健一像が築かれることを容認できない気持ちも働いていた。さんざん苦労してここまで育ててきたのだ。それなのに、なんで今さら自分の領分に健一などを……。どうしても、そんなふうに依怙地《いこじ》になってしまうのである。

「私がはしかのとき、お父さん、一晩中そばにいて、おなかを撫でていてくれたよ」

娘の洋子がいつか、そんなことを言った。彼女がまだ小学校へ上がる前のことだ。皮膚のみか腹の中にまで発疹が出ているということで、ひどくぐずった夜があった。そのときのことを言っているのである。

確かに健一には、そうした優しさがあった。義母がいるところではあまりそのような面は出さないようにしていたようだが、いないところでは黙って代わってくれたりした。

それでも麻子は、娘のその言葉にも素直にはうなずけない。なにが一晩中なものか。ほんの一、二時間で、あとは私が寝ずに世話をしたのだ。

両隣では女たちが、プールの子供たちのことなど忘れたかのようにしゃべり続けていた。

「ねえ。夏休み、どこかへ行く？」

「うーん、それがね、まだ決まってないのよ。主人は墓参りに行かなきゃならんだろうと言うんだけど」

「墓って、どこにあるの？」

「長野県飯田市。だけど、私は佐渡へ行きたいのよ。きれいな夕陽が見られる岬があるというから」

健一が亡くなった年の五月、親子四人と義父との五人で佐渡へ旅をしたことが思い出された。家の宗派が日蓮宗なので日蓮ゆかりの寺なども巡りながらの旅であったが、長手岬だったか、そこで車を降り、直樹を肩車して岬の尖端に向かって歩いていった健一の後ろ姿は、今も瞼に焼きついている。

岬の向こうの眩しかった海原を思い返していると、一瞬、脳裏をよぎった思いがあった。あんなにも子煩悩だった健一のことだ。もしかしたら今もこの周辺に顕《あらわ》れていて、直樹のほうに手を差し伸べているのではなかろうか……。

麻子は急いでガラスに額を押し当てると、その向こうへ目を凝らした。一週間前、課長から再婚話を持ち出され、その夜も同じように自分の部屋からガラスの向こうへ目を凝らしていたことを振り返りながら。

課長から言われた再婚話というのは、次のようなものであった。

「私のいとこに、三年前に癌で妻を亡くし、その後、再婚もせず娘と二人で暮らしてきた男がいるんですが、最近、その娘が結婚し、急に寂しくなったんでしょうね、娘も再婚を勧めているし、だれか一緒に暮らしてくれる人はいないだろうかと言って私のところへ来たんですよ。それで、だれか彼にふさわしい人はいないだろうかと思いを巡らしていましたら、あなたのことが頭に浮かびました。そんなわけで、どうでしょう、会ってみませんか。仕事は県庁の職員で、役職は現在、文化振興課の課長だと言っていました。実は、あなたのことは一度、法廷に傍聴に来て見ていっているんですよ。で、あの人なら話してみてほしいと言ったんで、こうしてお話ししてるんですが。お子さんがいらっしゃることも話してあります。そうしましたら、それでもいいと、いや、むしろそのほうが賑やかで若返れるかもしれないと、そう言っているんですが……」

もったいないくらい良い話だと麻子は思った。二人の子供を抱える四十女にこのような話は二度と来ないかもしれない。

それでも麻子は、「ありがたいお話だとは思いますが、今はまだそういうことは考えておりませんので……」だとか「子供たちのことばかりでなく、いろいろ考えなければならないことがありますし……」などと言って断ろうとした。

ところが課長は言った。

「それはそうでしょう。結婚というのはその後の人生を決める一大事ですからね。お返事は、よく考えられてからでよろしいですよ。向こうも、そう急いでるわけでもありませんし」

そこで、それ以上断り続けるのも失礼かと思い、二、三週間考える時間をいただきたいと言って、その場はそれで終わったのだが、その夜、家に帰って、子供たちも寝てしまうと、麻子は考え始めた。

……三年前に奥さんを亡くした人だというが、そうした人とうまくやっていけるものだろうか。六年たった今もなお健一の姿や行動がふっと思い出されたりする私のように、その人の頭の中にも奥さんがまだ生きているかもしれないのに。……子供がいてもよい、そのほうがむしろ賑やかでよいと言ってくれているそうだが、それはちょっと甘すぎる考えではなかろうか。実の親である私でさえ、このような話をしたときに子供たちがどんな反応を示すか想像がつかず、話すことをさえためらっているというのに。……洋子は中学生にもなっているから理解し、協力もしてくれるかもしれない。しかし直樹のほうは、そう簡単にはいかないような気がする。……義父母のことも気がかりだ。課長も言っていたが、法的には私に二人を扶養する義務はない。それはわかっているのだが、それでもなぜか割り切れない。嫁いで十五年、ずっと一緒に暮らしてきたものだから情のようなものが移ってしまったのだろうか。……なんにしても、この話、どうするのか、できるだけ早く結論を出さなければ。二、三週間も待ってもらっては、断りたくても断れなくなるだろうし。……会うだけ会ってみようか。それとも最初から断ってしまおうか。断ったら、もう二度とこのような話はこないかもしれないのだが。そうすれば、ずっと独りで生きていくことになるかもしれないのだが……。

いくら考えても結論が出ないので、麻子は裏庭に面したガラス戸のほうへと歩いていった。そして閉めてあるカーテンを目の広さだけ押し開き、ガラス越しに外を眺めた。そのようにして遠くに見える家々の灯を見ていたら、そのうちよい考えが浮かぶかもしれないと思いながら。しかし、カイヅカイブキの垣根の隙間にちらつくはずの家々の灯は見えず、降りそうで降らない梅雨の夜空が黒く重く垂れているだけであった。

ガラス越しだというのに外気が身も心も湿らせてしまいそうな気がした。そこで麻子はカーテンを閉じ、腕を抱いてきびすを返そうとした。

そのとき、突然どこかから流れてきて部屋の前で灯り始めた小さい光のようなものを目の端がとらえた。驚いてカーテンを開け、再びガラスに目を押し当てるようにして外を見ると、間違いなくその光はあった。緑色を帯びた黄色い光が目の前の松の枝に止まり、こちらの呼吸に合わせるかのように明滅している。

(蛍?)

麻子は一瞬、そう思った。が、次の瞬間、こう思った。

(いや、蛍じゃない。あれは健一だ!)

麻子がそう思ったのには理由があった。その松のそばに立って向こうを見ていた後ろ姿が、庭で見た健一の最後の姿であったからだ。

健一が亡くなった日の前日、麻子は子供たちと一緒に児童会の行事に参加するため、朝から家を出ていた。健一は、日曜日で仕事は休みだったが、庭に入れる春日灯籠を下見するため庭師と一緒に数時間出かけてくると言っていた。

行事が終わっても後片付けなどがあって予定していた以上の時間がかかり、夕方、気忙しい思いで帰宅し家の中に声をかけたが、なんの応答もない。

おかしいわね、義父母はそれぞれ、勤めていた会社のレクリエーションに参加するとか娘の家へ遊びに行くとかと言っていたから遅くなるのかもしれないが、健一はもう帰っているはずなのに。

そう思いながら居間に入り、裏庭のほうへ目をやると、健一は自分たちの部屋の前の松のたもとに立っていた。麻子が帰ったのにも気がついていないようで、庭下駄を引っかけて向こうを向いて立っている。

何をしているのだろう。庭を眺めているだけだろうか。それとも何か考え事でもしているのか。考え事だとしたら、一体何を考えているのか。見てきた春日灯籠のことだろうか。それとも、夏のボーナス交渉も大詰めにさしかかっているようだから、そうしたことでも考えているのか。

何にしても、それを知りたいと思ったが、後ろ向きの背中は何も語ってはくれず、健一は直樹がそばに行くまで振り返ることもなかった。

(そのときの松に来て、今、健一がこちらを見ている！　しかし、何のために？)

(もちろん、自分たち親子を見守るためだ)

最初、麻子はそう思った。

が、それにしては、その光は、あまりにも弱々しく、時々ふっと消えてしまう。

(だったら、恨み、憎み、なかなか心の定まらない、この私をあざわらうためか？)

麻子は、課長が持ってきた再婚話に揺れていた心の底に、独り年取っていく寂しさがあったことを思った。黒い髪に縁取られたつややかな健一の顔写真の下で、やがて私はこめかみに白髪を見ることになるのだろうか……。

麻子はガラス戸を開けると、濡れ縁に立った。そして、そこに置いてあったプラスチック製のバスケットから洗濯ばさみを一つ取ると、黄色い光の明滅していた梢に向かって力いっぱい投げつけた。

(なによ。なんでそう顕れるのよ。しかも、そんなふうにいつまでも若く。あなた、私に幸せになるなと言うの？　生きていくなと言うの？　後生だから、お願いだから、もう、私に付きまとわないで！)

と、声にならない声で叫びながら。

けれども蛍は、息を潜めているのか、それとも既にどこかへ飛び去ったのか、二度と瞬くことはなかった。

ホイッスルが鳴り、進級テストが始まった。

プールサイドに並んだ子供たちはみな、思いなしか緊張している。直樹は、と見ると、やはり落ち着けないらしく足をぶらつかせたり体を揺すったりしていた。が、自分の番がくると、思い切りよく水に飛び込み、泳ぎ始めた。

(通い始めたころは細く頼りなかったのに)

高くしぶきを上げて快調に泳いでいるように見える直樹を目で追いながら、麻子はそう思った。

小学校へ上がるころまでの直樹は、体も小さく神経質だった。体力と精神力をつけてやりたいと思い、始めさせた水泳も、通い始めて間もなく、なぜか嫌がり、出かける時刻が近づくと、頭痛を訴えたり車庫に隠れたりした。それが今では、ヘルパーも着けずに二十五メートルを何往復もしている。

(それに、最近は頭もよく回るようになって)

プールへ来る道すがら直樹と交わした言葉のやり取りが思い出された。

「ねえ、直ちゃん、今日、水泳教室のあと、外でお食事しようか」

「うん。いいよ。あ、そっか。ねえちゃん、今日、合宿で泊まってくるしね」

「えっ。……うん、まあ、それもあるけど、直ちゃん、いつも頑張ってるし」

「そう。僕、頑張ってるんだ。じゃ、ステーキ、食べてもいい？」

「いいよ」

「やったあ」

万歳をして喜び、弾むように歩いていく直樹のあとを急ぎ足で追いながら、麻子は考えていたのだった。食事をしながら課長から言われた話をそれとなく直樹にしてみようか、そして彼の反応を見てみようか、と。

「お久しぶり」

後ろから女の声がした。振り向くと勝代で、細かい花柄のブラウスを着ている。六年前に知り合ったころは、着ている色もモノトーンでデザインもボーイッシュなものが多かった。それがここ一年くらい前から、色も様々、デザインもフリルがついているなど、女らしいものが多くなった。

「直樹君、どこにいるの？」

「ああ。あそこ。あの大きいビート板、浮島につかまって、よじ登ろうとしているのがそうなんだけど」

テストが終わったプールでは、いつものように自由遊泳が始まっていた。コースロープを越えて水鳥のように潜ったり浮かんだり追っかけたりしている子供もいれば、ボールを持ち込んで水球まがいの遊びをしている子供もいる。直樹は浮島につかまって、よじ登ろうとしている群れの中にいた。ようやくよじ登り、一人得意そうに真ん中に座ったが、それも一分足らずで、すぐにバランスを崩し、水のほうへ投げ出されてしまった。

「ああ、本当。随分、楽しそうじゃないの」

「そう。自由遊泳の時間が一番楽しいみたい」

「そりゃそうでしょう。自由が一番だもの」

「穂波ちゃんは？」

「穂波？　穂波は……ああ、あそこ。真ん中のレーンで今、向こうのプールサイドに泳ぎ着いたのがそうなんだけど」

「ああ、わかった。随分、背が伸びたのね」

「そう。父親に似たんだと思うわ。……どう。終わったら一緒にお茶でも飲まない？」

「えっ。ああ、そうね、そうしましょうか。ちょうど直樹と一緒に『スワン』にでも行こうかと思ってたところだし」

「『スワン』？　いいわね。じゃ、そこで昼食でもとりましょう」

やがて自由遊泳の時間も終わったらしく、子供たちが先を争うように洗い場に走り始めた。目を洗い、シャワーを浴びると、乾燥室のほうへと走っていく。

麻子たちは階下へと下りていった。麻子は着替えて出てくる直樹をホールで待つことになっている。

「自転車？」

ホールに下りると、勝代が聞いた。

「ううん。今日はバス」

「そう。じゃあ、正面玄関の前で待っていて。車でそこへ行くから」

くるりと背を向けて駐車場へと向かう勝代の後ろ姿を見送ってから、麻子は脱衣場のほうへと目を移した。ちょうど、濡れた髪が額に張りついたままの直樹が、スニーカーを爪先に引っかけて走り出てきたところであった。


勝代とは、直樹をスイミングスクールに通わせ始めて間もなく知り合った。観覧席に座って直樹の泳ぐ姿を目で追っていると、横にいた勝代のほうから声をかけてきたのだ。それで、スイミングスクールを出たあと喫茶店で一緒にコーヒーを飲み、その後も親子四人で、あるいは子供を抜きにして会ったりしていると、次第に彼女のことがわかってきた。

仕事は建設省の職員で、夫とは職場結婚であったこと。けれども、その夫には四年前に先立たれ、当時二歳だった娘と夫の母と、その三人で、その後を暮らしてきたこと。趣味は外国旅行だが、その旅費を捻出するために化粧品や衣服にはできるだけお金をかけないようにしていること。そういったことなどであったが、そのあと、「旅に出た瞬間から私、未婚者になるの。

いまだに実家で親と暮らしている、苦労知らずのハイミスに。そして精一杯楽しんでくるの」と、目の奥を光らせて痛快そうに言うのを聞いたとき、麻子はその裏に、自分にもある、不本意に寡婦となった女の怒りや意地があるような気がして複雑な思いになったものである。

『スワン』は、洋子や直樹を連れて度々利用していた店であった。建物の周囲に人工の滝や池があって、池には子供の気を引く白鳥やアヒル、鯉などがいた。

白鳥がよく見えるテーブルに席を取ってフォークとナイフを使いながら、麻子はちらりちらりと直樹を観察していた。希望していたステーキを前にしているというのに、どことなく元気がなく、体も強張《こわば》っているように見えたからだ。

フォークとナイフを使っての食事を勝代親子と一緒にするのはこれが初めてだから、それで緊張しているのだろうか。だったら少しでも気分を和らげてやらなければ。

そう思い、麻子は言ってみた。

「直樹、見てごらん、すぐそこに金色の鯉が来ているよ」

それでも直樹は、ほんの一瞬そのほうを見ただけで、すぐにまた自分のほうへ目を戻してしまう。

「ああ、そうそう。直樹ちゃん、金魚を飼っているんだってね」

勝代がそう言っても、一瞬目を上げたものの、すぐにまたその目を伏せてしまった。

「そうなのよ。それも、ランチュウなんて、大人が飼うような種類のものを飼育本を読みながら飼ってるの」

直樹に代わって答えながら麻子は考えていた。

勝代や穂波と一緒に食事をすることは、スイミングスクールの前で勝代の車を待っているときに、すでに直樹には話しておいた。そのときには「うん、わかった」と元気に返事をしていたのだが、それがどうしてこんなふうに変わってしまったのだろうか。……もしかしたら、席に着いたあと、ステーキが出てくるまでの間に勝代が私に言ったことが気に障ったのかもしれない。

『スワン』に入り、席に着くと、勝代はすぐにバッグの中から小さい紙袋を取り出し、それを麻子のほうに差し出しながら言った。

「ちょっとベトナムへ行ってきたの。で、これはそこで買ってきたお土産」

「まあ、ありがとう。でも、いいの？　私はどこへも行かないから、何も差し上げることができないのに」

「そんなこと、気にしなくていいのよ。ほんの気持ちだから」

「そう。……じゃ、遠慮なくいただくわね。で、さっそく見せてもらっていい？」

「どうぞ」

そこで紙袋から出してみると、刺繡が施《ほどこ》された真っ赤な色の巾着袋であった。

「そう？　向こうはそういう刺繍をしたものが多いのよ。気に入ったら、旅行のときにでも使って」

「まあ、きれい」

「ありがとう。……で、どうだった？　ベトナム」

「よかったわよ。今回はハノイとホーチミンくらいしか行かなかったんだけど、建物などにはフランス領だった時代の面影が残ってたし、それから何よりも圧倒されたのはオートバイの数の多さ。発展途上にある国のエネルギーを感じたわ」

「そう。……で、それは、いつものように旅行会社のパッケージ旅行に入って？」

「ううん。今回は個人旅行。というか、二人だけで」

「二人だけ？　……ということは、もしかしたら、いつか言ってた、あの人と？」

「そう」

「……そうなんだ。……それはおめでとうございます」

「ありがとうございます」

「じゃ、今は幸せなのね」

「そう、幸せ。……ねえ、あなたもそろそろ考えてみたら？」

「考えるって、何を」

「もちろん、あなた自身の将来、というか幸せのことを」

「ああ、そういうこと……」

「ああ、そういうことって、もっと真剣に考えないと。だれか、そんな話、持ってきてくれる人、いないの？」

「えっ。……まあ、全くいないということもないけど」

「でしょう。で、そんなとき、どう答えているの」

「今はまだそんなこと、考えられないと」

「だめよ、そんなことを言ってちゃ。それじゃ、そのうち、だれも声をかけてくれなくなってしまうよ」

「そう？　わかったわ。じゃ、考えてみる」

ただそれだけの話だったのだが、それでも直樹の年齢にもなれば、それなりに何を話しているのか、わかったのではなかろうか。それで不安を覚え、このような態度をとっているのではなかろうか。

しかし、たとえそうだとしても、このようにこの場の空気を重苦しくしていることは気に入らない。

そこで麻子は言った。

「どうしたの、直樹。あんなにステーキ、食べたいって言ってたのに。気分でも悪いの？」

「………」

「何ともないんなら、お返事ぐらいしなさいよ」

「……………」

「まあまあ、そう言わないで」

勝代が慌てて麻子をなだめた。「直樹ちゃん、きっと疲れてるのよ、今日は進級テストだったから」

それでも麻子の苛立ちは治まらなかった。そればかりか切なくなった。だから、つい言ってしまった。

「疲れているとしても、今日の直ちゃん、あんまり感じがよくない。それに」

と言ったあと一呼吸置き、「穂波ちゃんやおばさんにも失礼でしょう」と付け加えようとしたとき、直樹が今にも泣きだしそうに目をしばたたかせながら言った。

「だって、今日は僕、お母さんと二人だけでお食事すると思ってたんだもん」


月も星もない空の下を、麻子は直樹と手をつないで歩いていた。

課長が持ってきた縁談を直樹に話してみようかと思っていた麻子の目論見《もくろみ》は、勝代親子が同席したことで全く果たせずに終わってしまった。

それればかりか、家まで送ろうかと言ってくれた勝代のせっかくの好意も、直樹が強く手を引き、車に乗ろうとしなかったので、「悪いけど」と言って断るしかなかった。

勝代の車が走り去るのを見送り、直樹と一緒に歩いていくと、街灯もなく足もとにぼんやりと浮かぶ道は、麻子にはその後の自分の人生を暗示しているように思え、心もとなくなってきた。

暗さが怖いのか、直樹が身を擦り寄せてくる。

「お母さん、ごめんなさい」

やがて直樹が涙声で言った。「でも、今日は僕、頭が痛かったの」

「そうなの？　だったら、しかたがないけど。でも、あのおばさん、随分困ってたみたいよ」

できるだけ優しく言ったが、直樹はうなだれ、時々、手を目のほうへ持っていきながら歩いている。それでも、しばらくすると言った。

「お母さん」

「ん？」

「お母さんはパパママだよね」

「パパママ？」

麻子は聞き返した。すぐにはどういう意味か、わからなかったからだ。しかし、前にも一度、自転車を買い与えたときに同じ言葉を言われたことを思い出し、その言葉の裏に潜む心を読むことができた。この子は自分に対して母親であると同時に父親であることを要求しているのだ、と。そして、ほかの父親など受け入れたくないのだ、と。

見逃してしまうほど小さい光が、すっと一メートルばかり前をよぎった。

「あ、蛍！」

麻子が思わず小さく叫んで立ち止まったのと、直樹が麻子の手を振り払うようにしてその光を追って走りだしたのはほとんど同時だった。

しかし光は、直樹が追いつく前にふっと、闇に吸われるように消えてしまった。

肩を落として戻ると、直樹は再び麻子と手をつなぎ、歩きだそうとした。

そのとき、足もとからまた光が上ってきた。ゆらゆらと上り、直樹の頭の高さまでくると横に流れていく。

「あ、また来た！」

今度は直樹が叫び、手をかざしながら追いかけた。そして、そばに追いつくと、その手を振り下ろした。けれども光は、その手にまとわりつくように流れて、そのあとすぐに闇に消えてしまった。

麻子は、蛍がまるで直樹と戯《たわむ》れているようだと思った。直樹が追うと闇に隠れ、直樹が追うのを諦めかけると、再び現れて誘う。

直樹は蛍にすっかり心を奪われているようであった。麻子のいることも忘れたかのように蛍を追って走り続けた。時々遠くまで追いかけて見えなくなることもあって、麻子は、直樹がどこかへ連れ去られてしまうのではないかと心配になった。

「直樹、危ないよ」

麻子は直樹の走り去ったほうへ叫び、そこに向かって歩き始めた。そのとき、

「お母さん、見て！　ほら、見てよ！」

直樹が闇の中から戻ってきて、麻子の前へ何かを差し出した。見ると、両方の手のひらを合わせて作った、間に合わせの虫籠で、中には黄緑色の光が動いていた。

「ひゃあ。くすぐったいよう。お母さん」

体をよじらせて直樹が叫ぶ。

「きゃあ、逃げるう。助けてえ。助けてえ」

もう、堪えられないというように直樹が麻子の胸もとへ両手を押しつけた。

しかたなく麻子が自分の手のひらでそれを包むと、ちょうど直樹の指の間から逃げ出した蛍は、今度は麻子の手の中を這い始めた。

「逃がさないでよ、お母さん」

直樹が麻子の手の中を覗いて言う。

しかし、蛍は逃げようとして、麻子の指の上をもぞもぞと這い回る。

麻子は、蛍を逃がさないよう指に力を込めた。そして、心の中で叫んだ。

(あなた、もう、たくさん。もう、お願いだから、私のそばへ来ないでよ)

瞼が熱くなり、涙が溢れそうであった。

直樹の姿は、また見えなくなっていた。ただ、細い歌声だけが風に乗って聞こえてきた。

こっちのみずはあまいぞ
ほう　ほう　ほたるこい

秋黴雨《あきついり》

麻子が手にしているその絵は、医者が描いたものであった。父の病状について聞かせてもらえないかと看護婦を通じて頼んでおいたところ、診察室で麻子と母に説明するためにあらかじめメモ用紙に描いておいてくれたものである。

その絵をなぞりながら医者は言った。「これが胃、これが肝臓、これが十二指腸ですが」と。それによると、青のボールペンで描かれているそら豆形のものが胃で、半円形のものが肝臓だということであった。肝臓からは管が出ており、十二指腸につながっている。その管には途中に小さい袋が付いているが、それが胆嚢だということであった。

そして、その胆嚢だと説明した袋状のものの中に、あるいはそこから出た胆管のところどころに、今度は赤鉛筆で丸を幾つも書き込みながら、さらに医者は言った。

「で、肝臓から送り出される胆汁がこの胆嚢に蓄えられ十二指腸に行くんですが、波岡さんの場合、この道程のどこかで、例えば今、丸を付けたようなところで、胆石のためかあるいは他のものに邪魔され、胆汁が止まって、それで黄疸症状が出てるんだろうと思います。何が邪魔しているのか、まずレントゲンでみてみます。しかし、体が弱っている場合にはうまく写りません。その場合には孔を開け、管を入れて調べます。その結果、開腹、わからなくても開腹のほうが早いです」

医者のよく通る声と歯切れのよい話し方は麻子には自信ありげに聞こえ、筋肉質の太い腕とともに頼れるものに思えたのであったが……。


麻子が父の入院を知ったのは七月十五日、京都へ出張していて戻った夜であった。

「弟さんから電話があったけど。帰ったら、遅くてもいいから電話をしてほしいって」

義母からそう言われて、何だろうと思いながら実家のダイヤルを回すと、

「あまりいい話じゃないんだけど、おやじ、今朝、市民病院に入院したんだわ。いや、黄疸が出て診てもらったら、すぐに入院という話になってね。で、何がどうなってるかは検査をしてみないとわからないというんだけど、入院したことだけは一応知らせておいたほうがよいだろうと思って」

弟はそう言ったが、声にはいつもの張りがなく、口ぶりも物憂げであった。

何号室かを聞いておいて、麻子は翌日、昼の休み時間に自転車で病院へ行ってみた。

病室は二階の六人部屋で、父は窓際のベッドに横になっていた。

麻子がその枕もとに立つと、

「なんでこんなになるまで放っておいたかと医者に叱られたよ」

父は、ゆっくり起き上がりながら、力なく笑った。既に医者の処置が効き始めているのか、目も体も想像していたほどには黄色くない。

「昨夜出張から戻ったら、入院したっていうじゃないの。びっくりしたわ」

麻子がベッドのそばへ椅子を運んで腰を下ろすと、

「二、三日前から腹痛はあったんだがね、大腸カタルぐらいだと考えてたもんだから。そうしたら、目まで黄色くなって……。もう、あかんちゃ」

父は言葉を継いだが、終わりのほうは投げやりな口調になった。そればかりか、麻子が、「だから、言ってたじゃないの、早く医者に診てもらうようにって。それを、なまじ売薬なんかやったもんだから自分が医者みたいなことを言うようになって。どうせ、そこらにある薬で済ませたりしてたんでしょう」と、意見がましく言っても、

「うん」

と、いつになく素直だった。

父の顔が苦しげに歪んだ。

「痛いの？」

麻子が尋ねると、

「……ああ」

父は体を前に折って低くうめいた。

「きっと胆石のせいよ」

決めつけるように麻子は言った。そう言えば父の気持ちが軽くなるかもしれないと思ったからだ。麻子自身、父の病気を単純なものと思いたかった、ということもある。

「さあ、どうかな。なんにしても、うかつだったよ。肝臓というのは沈黙の臓器と言ってね、五臓はみんなそうなんだが、どちらかと言うと自覚症状がない。わかりにくいんだ」

痛みが引いたのか、父が他人事のように言った。

父は、刑務官であった。それを、定年まであと数年というところで依願退職している。ひどい胃潰瘍になったからだが、それが平癒すると今度は家庭薬配置の仕事を始めた。配置業者の従事者になって配置業者が持っている懸け場（得意先）を回る仕事であるが、希望すればすぐになれるものではなく、薬事法規や商業簿記などの実務知識から薬の基礎知識まで、足掛け三週間に及ぶ講習を受けなければならない。そうした講習でそのような知識なども学んだのであろうか。

「それはそうと、例の事件、その後どうなってる」

父が声を潜めて聞いた。多分、同室の男たちの耳を意識してのことだろう。

「ああ、あの事件」

麻子も小声で応えた。

麻子は、裁判所で速記官として働いている。そうしたこともあって、父と話をしていると、自然と話題は世の中を騒がせた刑事事件などに及んだりするのだが、今、父が言っているのは、一年前に起きた連続誘拐殺人事件のことであった。

「実は、その事件で昨日、京都へ出張してたのよ。精神鑑定した医者から直接話を聞こうということで」

「そうか。精神鑑定か。それはそうだろうな。ちょっと異常だもんな」

再び父の顔が歪んだ。眉根を寄せ、唇を噛み、両手を前で交差させてうずくまっている。

やがて痛みが治まったか、父は言った。「ところで、頼みがあるんだが、俺が入院していることは黒田や花川には言わないでほしい。こんな姿、あまり見られたくないから」

黒田とか花川というのは父と気の合った元刑務官だ。退職後も電話や手紙のやり取りをし、ときどき一緒に飲みに行ったりしている。

「わかったわ。旅行に出ているとでも言っておけばいいんでしょう」

「そうだな。まあ、そのへんはおまえに任せておくよ。それから、あとは仏壇と墓のことなんだが」

「仏壇と墓！　父さん、何考えてるの。どうして今、そんな話をしなければならないのよ」

麻子はあわてて止めようとしたが、父は聞こえないかのように話し続けた。

「この間、新しい仏壇を見ておいたんだ。今の仏壇になってからどうもよくないことばかり起こる気がするんでね。仏壇屋の名刺はそこの床頭台の引出しに入れてあるから。そこへ電話をして、俺の名前を言えばいい。そして、この間、見ていたあの品物を運んでほしいと言ってくれ。それから、墓については、本家の墓地の一部を分けてもらえるよう、本家の息子に話をしておいたから、もし俺が生きて病院を出られなかったときには、おまえたちでその話を進めてほしい。この二つ、俺の遺言だ」

言い終わると父はゆっくりと体を倒した。麻子は、布団を掛ける振りをして父の目をのぞいた。

父の目は興奮の色もなく、むしろ常よりも穏やかであった。

肉親が病むというのはこういうことなのだろうか、と麻子は思う。

昨夜は随分苦しんだ、今日は管を入れて検査だ。そんなふうに父の様子を聞かされると、もう気が気でなくて、昼休みになるのを待ち兼ねてタクシーを呼んでいた。そのタクシーの中でも父を思うと、しくしく胸が痛むのだ。

そんなにも父を愛していたのかと問われたら、麻子は多分、そうでもなかったと答えるだろう。だんだん愚痴っぽくなる父を、どうしてこんなふうなのかと蔑《さげす》むように眺めたこともあったからだ。

父の愚痴っぽさは、刑務官として網走に二年、福井に二年、通算四年間、単身赴任したあと富山に戻ってきたころから目立ち始めたように麻子には思える。

網走のときには三、四か月に一度、福井のときには一か月に一度程度、父は富山に帰ってきていた。が、その程度の帰省では年中不在なのとほとんど変わらない。いつの間にやらそれなりの家庭の雰囲気が出来上がってしまい、そこへ父が戻って無理やり入り込もうとしたのだから、互いにぎくしゃくするのは当然のことだろう、母ともささいなことから言い争うことが多くなった。麻子とは仕事に対する考え方や社会情勢について話が平行線のまま終わる程度であったが、弟との間では時に険悪になることもあった。

弟は、たとえ思い悩むことが多くても他人に解決してもらおうとは思わない年頃だった。干渉されることを極端に嫌っていたのだが、不在がちだった父にはそのことがわからない。いろいろ嘴《くちばし》を入れるものだから、弟は眉をひそめ、背を向ける。それでも父が立ち入ろうとすると、たまり兼ねて、

「何だよ」

と口を尖らし、睨み付ける。

そうなると母があわてて、

「黙っとられ」

と父を諫《いさ》め、結局父が、

「全くこの家はどうなってしまったんだ」

ぶつぶつ小言を言いながら背を丸めて黙り込むという収まり方になったりするのであった。

父の病室は、一週間行かないうちに六人部屋から個室に変わっていた。

軽くドアをノックして入っていくと、父はベッドの上に足を投げ出して座っていた。膝の上には手鏡と電気かみそりが置かれている。

「どう？」

麻子が尋ねると、

「うん。……昨夜はひどかった。腹は痛むし、胸は締めつけられて、一時は死ぬかと思ったよ」

父は答えたが、声はしゃがれていた。朝から絶食させられ、のどがからからなのだという。

「雨、ひどいんだろう」

「そう。よく降ってるわ」

「バスで来たのか」

「ううん、タクシー。バスじゃ乗り換えがあって、時間がかかるから」

「そうか。すまんな」

「すまんって、そんな。……母さんは？」

「ちょっと家に行ってくると言って、十分ほど前に出ていったが。母さんも一晩中、寝ていないはずだ」

父は、電気かみそりを頬に持っていった。

「そんなにひどかったのなら、今日はひげなんか、剃らなくてもいいじゃないの」

「そうはいかんさ」

父は、目だけでかすかに笑って、電気かみそりのスイッチを入れた。

口を尖らし、顎を上向け、頬の皮膚を引っ張りながら電気かみそりをあてる父の肉の落ちた顔を見ていると、麻子は再び胸が痛くなった。

「ちょっと母さんに電話をしてくる、私がいるから少し休んできてもいいよって」

「そうか。そうだな。そうしてくれると助かる」

麻子は逃れるように父の病室を出た。

赤電話のある一階へ階段を下りていきながら、今度は母の体を思う。母は数年前、子宮癌で手術を受けている。その際のコバルト照射で腸に潰瘍ができてしまい、精神的なストレスなどがあると下血《げけつ》するという体になっている。心労と寝ずの看病はこたえたことだろう、少しでも休む時間を作ってやらなければ、と思う。

ダイヤルを回すと、案の定、疲れているらしく、母の掠《かす》れた声が聞こえてきた。

「父さんには夕方まで私がついているから、心配せずに休んでいていいわよ。そうだ、医者に行って疲労回復の注射を一本打ってもらったらいいかもしれない。そして、安定剤でも飲んで夕方までぐっすり眠ること」

半ば指示するように言って病室に戻ると、父のひげ剃りはまだ終わっていなかった。

父はどちらかと言うと、ひげが濃いほうである。最近では白いものが大分交じるようになったが、以前は黒くて硬いひげが頬半分を覆っていた。

ひげの濃い人は情が厚いと聞いている。父も情の厚い人だったと言えるのだろうか。

あれはたしか、父が熊本かどこかの懸け場回りを終えて家に帰ってきていたときであった。

「こっちはせっせと手紙を出しているのに、おまえのほうからは、なしのつぶて。味気ないったらない」

父が言った。父はそのとおり、筆まめな人であった。網走や福井からも、ひと月に二回ないし三回は母にあてて便りをしてきた。家庭薬配置に出てからは年齢のせいもあってか少々間遠になったが、それでも便りをするときにはいつもかなりな枚数のものを書いてきた。

けれども母は、その半分も書いていたかどうか。多分書いていないと思うのだが、それでも母は言った。仕立て板の前で針を使う手を休めることもなく。

「味気ない？　何を言ってるんですか。私は別に遊んでるわけじゃない、仕事をしてるんですよ。家事だけじゃなく、家計が少しでも楽になるようにと、呉服屋から仕立物の仕事をもらって目一杯頑張ってるんじゃないですか。それなのに、手紙をよこさない、味気ないなんて、よくもそんなことが言えたもんですね。それに、一体何を書けというんですか。惚《ほ》れた腫《は》れたとでも書けというんですか」

「いや、別にそんな、惚れた腫れたなんて書けと言ってるんじゃないが。……まあ、分かったよ。忙しいのはわかったが、それでも電話ぐらいくれてもいいじゃないか」

「電話？　電話をしたって、果して官舎にいるかどうか。夜勤でいないかもしれないじゃないですか。それに、電話で一体、何を話せというんですか」

「何をって、例えば、元気でいるかとか」

「そんなことは、そっちからかけてきたらいいでしょう」

「俺から？　何と言って」

「それは、だから、元気でいるから安心しろとか。……とにかく、こっちは、そんな悠長な電話、かけてる暇はないんですよ。考えてもみてください。子供たちも成長するにつれ、いろいろと問題を持ち込んでくる。あなたがいたら、そういうときも一緒に考えることができるんですが、網走や熊本じゃ、電話で相談するしかない。そうなると長々と話すわけにもいかないし、結局、一人で悩み、考え、答えを出すことになる。あなたみたいに自分一人の始末をしていたらいいのと、こっちは訳が違うんですよ」

まくしたてるように母が言って、最終的には母に軍配が上がった感じだったが、居合わせた麻子には、そんな母の言葉は単に筆無精を認めようとしない詭弁《きべん》に聞こえなくもなかった。片や、父の言葉も少々、女々しいように思われた。

「母さんには夕方まで休んでくるように言っておいたから」

「そうか。それはよかった。手術をしてからというもの、母さんも参りやすくなったからな」

「うん。それに、気も弱くなったみたい」

「気は弱くなってないだろう」

「そう？」

「ああ」

「……だけど、それも仕方がないんじゃないの。だって、父さん、いてほしいときにいてくれなかったんだから」

「いてほしいときに俺がいなかった？」

「そう。台風が近づいているときも、近くの社宅やマッチ工場から火が出て燃え広がっているときも、私たちは心もとなくて、いてほしいと思ってるのに、大抵は招集がかかったとかなんとかと言って、父さん、役所へ出掛けていってしまったじゃないの」

「ああ、そういうことか。しかしそれは、刑務官である以上、仕方のないことだから。それに、そんなことは、初めから承知していたはずだ」

「承知してはいただろうけど、それでも、そのたびに自分がしっかりしてこの家を守るしかないと、意識して、あるいは無意識に思ってたんじゃないかしら。で、自然と気も強くなったんじゃないの」

「まあ、そう言われれば、そうかもしれんが……」

「そうよ。そう思ってあげなきゃ、母さんがかわいそうよ」

と応えつつ、麻子は家のアルバムにあった母の写真を思い出していた。一枚は母が島田髷《まげ》を結い、紋付きを着て立っているもので、あとの一枚は母が妹を抱いて座り、その傍らに麻子と父が立っているというものである。いずれの写真でも母は鼻筋が通り、姿もよくて、女優にでもなればよかったのにと思うほど艶《あで》やかであった。

「ねえ、父さん、昔の母さんて、どうだった？」

「どうだったたって？」

「きれいだった？」

「ああ、それはもちろん」

「でしょう。だったら、惚れてた？」

「ああ、惚れてたね」

ふふふと麻子は笑った。すると、父も釣られたように、にやりとした。その横顔に目を当てながら、麻子は、父とこうして話をするのは随分久し振りなのではないかと思った。いや、久し振りというより、全く初めてかもしれない。

「それはそうと、おまえのほうはその後どうなんだ」

父が麻子の目をのぞきこむようにして尋ねた。

「うん？　ああ……」

麻子は言い澱んだ。

麻子は二年前に夫を亡くしている。突然の死だったから、途方に暮れていると、父が家に戻ってこいと言った。ただ不憫だったからか、それとも、嫁いでからの苦労を見聞きしていたから、その苦労をその後もさせたくないと思ったからか、そのへんはわからないが、夫の死後、それほど経たないころに諭《さと》すように言った。けれども麻子は、そうはしなかった。できればそうしたいと思ったが、老いて息子に先立たれた義父母の心を思うと家を出たいとはなかなか言えなかった。それでその後も義父名義の家で過ごしているのだが、父はそのへんを、その後も気に掛けていたようであった。

「今のところ何とかやってる」

「そうか。いつでも相談に乗るからな」

「……うん、ありがとう」

麻子は微笑んでみせた。が、そのあとで父の気持ちを思い、目頭が熱くなった。

「おやじのことで話しておきたいことがある。今ちょっと会えないか」

弟から職場に電話がかかったのは八月二十二日の朝であった。

麻子は、梅雨どきのようにしとしとと降る雨の中を不安を覚えながら、呼び出された喫茶店まで歩いていった。

「手短に話すけど、昨日、病院から呼ばれてね。……おやじ、駄目らしいんだ」

弟の目は充血し、頬も引きつっていた。

検査の結果、あまりよい状態ではない。膵臓のほうも写真に写らない部分がある。普通はよく写るのだが、波岡さんの場合、写らない。従って、手術をしてみる。手術時間が短かったときは、あまり思わしくなかったと考えていただきたい。長ければ何とかうまくいったということだ。いずれにしても、覚悟はしておいてください。

医者は弟にそう言ったという。

「もちろん、このこと、本人には絶対言わないようにって」

麻子は言葉に窮した。黙ってうなずき、弟を見返した。

弟は目を宙にさまよわせ、やがてうずくまってしまった。その姿に、麻子は一瞬、「似ている」と思った。思春期のころ言葉遣いや態度を注意されてうるさそうに睨《にら》み付けたり反抗したりしていた弟が、結婚し、一児の父になった今、どことなく父に似てきている。

弟と別れて麻子はまた、タクシーで市民病院へ向かった。

もしかしたら苦しんでいるのかもしれないと思いながら病室へ入っていくと、父はちょうど昼食の時間で、母を前にしてそうめんを食べていた。病院食では食欲が出ないと言うので、毎食、母が麺類を差し入れているのだ。

父は麺類が好きである。元気なときには毎食でも、大ざるに盛ったものを音高くすすり込んだ。それが今、小さなお椀の中から二筋か三筋を引き上げては、おそるおそる食べている。小

刻みに震える手を見、寂しい咀嚼《そしゃく》の音を聞いていると、

「波岡さん」

明るい声がして看護婦が一人、病室に入ってきた。身長は百六十センチを少し切ったくらいだろうか、ほっそりとした娘で、そのあと、「ああ、お食事中……」と言って母の横に立ったのを見ると、窓からの光を受けて耳朶《じだ》が桜色に透けて見えた。

「おいしそうね。たくさん食べて元気をつけてね」

看護婦は微笑みを浮かべて、しばらくの間、父の咀嚼を見ていた。それから、

「それじゃ、食後にこの薬を飲んでおいてね」

と言うと、床頭台に薬を置き、母と麻子に会釈をして出ていった。

「あの人よ」

母が意味ありげに目配せした。

「えっ。……ああ、あの人……」

麻子は思わずそう言い、戸口へ視線を走らせた。それならそれでもう一度その姿を見ておきたいと思ったからだ。が、そのときには既にその看護婦は廊下に出てしまっていて、廊下に出てみても、それらしい姿はなかった。

(おれのマスコットだ)

人についてくは好き嫌いの激しい父がそう呼んで、とても気に入っている看護婦がいる。そん

な話を、その四、五日前、麻子は母から聞いていた。

「久美ちゃんと言ってね、まだ看護学生なんだけど、素直ないい娘でね、ときどき父さんの枕もとに来てはゆっくり話していったりするんだって。父さんもあのとおり、わりと物知りでしょう。それにいろんな土地にも行ってるし。だから、話をすると楽しいらしいのよ」

母はそう言っていたのだが、その父お気に入りの看護婦があの清々しい娘だというのか……。

「そう。なるほどね」

麻子は思わず微笑んでいた。父についてそれまで抱いていた考えが違っていたことを知らされ、同時に安堵したからだ。

あれは、父が刑務官を依願退職するその前の年の暮れであった。

麻子が二階の自分の部屋で布団にもぐって本を読んでいると、父がひどく酔って帰ってきた。縫い物をしながら待っていた母はしばらくは介抱している気配であったが、そのうち、甲高い声で吐き捨てるように言った。

「そんなにその女がよかったら、帰ってくることないじゃないの」

あとは急にふわふわと抑《おさ》えの効かない涙声になって、

「その女、聞くところによると、未亡人だそうじゃないですか。ちょうどいい、その店のマスターにでも皿洗いにでもなったらいかがですか。子供たちのことは心配されなくても私がちゃんと見ていきます。どうせ今までも、ほとんど一人で見てきたようなものですから。さあ、出てってください。出ていってくださいよ」

障子戸をバタンと開ける音がし、もみ合う気配があって、

「あれ、何するんですか」

母の声がしたかと思うと、バリンと何かが折れたような音が続いた。

麻子は初め、布団の上に座ったまま聞き耳を立てていた。だが、

「何をそんなに怒ってるんだ。あんな女、別に何とも思ってないよ。ただ、ほかに店がないからあの店に行ってるだけじゃないか。それに、たまに酔って帰ったって、そんなに怒ることはないだろう。おれだって、何もかもを忘れるほど飲んでみたいと思うこともあるさ。そんなおれの気持ちもわかっていないくせに」

そう言う父の声と、

「ええ、わかりません。ちっともわかりません。とにかく出ていってください。あなたが出ていかないのなら、私のほうで出ていきます」

そんな母の言葉が聞こえ、それっきり物音が途絶えると、心配になって階段を下りていった。手洗いにでも行くかのように廊下を渡る。そうしながら障子の向こうをうかがったが、こそりとも音はしない。気掛かりで障子戸に手を掛けたが、結局思いとどまり二階に上がっていった。

その夜は、布団に入ってもなかなか寝付けなかった。父かあるいは母が本当に家を出ていく

のではないかと心配になったからだ。

その女は、その後も何度か父と母との言い争いの種になった。

麻子はその女を一度だけ見たことがある。『どさんこ』と染め抜かれた藍の暖簾を女が掛けに出たときにちょうどその前を通り掛かったのだ。立ち止まって見ていると、女は気配を感じたか、ちらりとこちらを見た。ファンデーションの白さとルージュの赤さが遠目にも浮き上がって見える、いかにも水商売の女という感じの、四十歳前後の小柄な女だった。

それ以来、父の好みは化粧の濃い女だと思っていたのだが……。

麻子は父を知った思いで、そうめんをすするその姿を見ていた。


八月二十五日午後一時四十五分、父はストレッチャーに乗せられ、病室を出ていった。

麻子は母や弟と一緒に、そのあとをついていった。

ストレッチャーの上の父の顔は、眼鏡を外され、頭髪を白い布でぴっちり押さえられ、別人のようであった。ただ、眉尻ではねている白く長い眉だけが、紛れもなく父であることを証明していた。

手術室にストレッチャーが滑り込んでゆき、戸口を看護婦が何度か出入りした。そして、やがて緑灰色の術着に着替えた医者がそこを入っていくと、扉は完全に閉められてしまった。

廊下の長椅子で言葉も無くうずくまる麻子たちの前で、時はじれったくなるほどゆっくりと過ぎていった。

麻子は、固く閉ざされた手術室の扉に時々目をやりながら、十数年前に見た灰色の高い塀を思った。

高校二年の夏休みに東尋坊や永平寺を訪ね、その足で福井市の父の下宿に立ち寄ったときのことである。下宿屋は刑務所の前にあり、二階にある父の部屋からは刑務所を取り巻くコンクリートの塀と刑務官が時々行き来する中庭が見えた。塀には一か所、門扉が付いていたが、それは朝と夕に刑務官が出入りするほかは、ほとんど開けられることなどなさそうであった。息苦しく陰気臭く思える風景だったから、父がときどき胃が悪くなるのもわかる気がすると、そう思いながら、そうした風景を眺めていた記憶があるのだが……。

手術室の扉が開き、看護婦が出てきて言った。

「親族の方でどなたか、お入りになっていただけませんか。できれば、男の人がよろしいのですが」

時計を見ると、三時半に近い。

弟がのっそりと立ち上がり手術室へ入っていった。

その後ろで扉が閉められ、再び陰鬱な時が流れた。

やがて弟は、眉根を寄せ、やや上気した顔で手術室から出てきた。が、すぐには口を利かず、長椅子に腰を下ろし、足もとへ目を落としている。しばらくして、ようやく気を取り直したか、母と麻子の前に来ると、重い口をこじ開けるようにして言った。

「開腹した状態で説明を受けたんだけど、とにかく中はぐちゃぐちゃでね」

そして、更に、今もなお恐ろしいものを見ている目をして、医者の言葉を伝えた。

レントゲンで大体想像はついていたのだが、開腹してみたら、それ以上にひどい。胆嚢は半分以上、膵臓はこのとおり全部癌細胞に侵されている。手をつければ出血多量で即死の可能性が大きい。肝臓からの管もほとんど溶けたようになくなっていて、これもまた手の施しようがない。従って、このまま触れずに閉じるが、それで了承してほしい。

麻子は母の肩を抱いた。母は、声をのんだように黙り込み、目を見開いたまま、身じろぎもしない。

再び、時が流れた。西側玄関戸の向こうの空がうっすらと夕焼けて、廊下にあるすべてのものが長い影を引き始めた。

麻子は、病床の父と交わした一つの会話を思い出した。その頃の父は胸と腹部から管を垂れているという哀れな姿になっていたが、話はベッドに寄り掛かって普通にすることができた。

「結局、父さん、刑務官としては何年勤めたの？」

「お前が生まれて半年後に朝鮮総督府刑務官の試験に合格したんだから、二十四年、足掛け二十五年じゃないかな」

「二十五年も！　そう。じゃ、その間、嫌になるようなことは？」

「そりゃ、あったさ。収容者には気を遣うし、管理体制は厳しいし、けっこうストレスの多い職場だからね」

「すると、やっぱり辞めようと思ったことも？」

「ああ、あったね、何度か」

「だけど、結局、二十五年勤めた。……どうして？」

「どうしてって、やっぱり家族のことを考えたからじゃないかな。それに、やり甲斐を覚えることもあった。……どうした？　もしかしたら、おまえ、今の仕事が嫌になってきたとか」

「ううん。そんなことはない。むしろ、ますます好きになってるみたい。何というか、この仕事をしていると、世の中の仕組みがよくわかるのよね。それに、こんなことを言うと当事者の人に悪いかもしれないけど、人間観察もできるし。……私って、どうも人間が好きみたい。……そう。じゃ、そんなにも勤めてたら、けっこういろんなことがあったでしょうね」

「ああ、それはもう」

「例えばどんなことが？」

「どんなことって、そんな、漠然と聞かれても……」

「じゃ、さっき言った、やり甲斐というか生き甲斐を覚えたようなことは？」

「それはやっぱり、自分の担当していた人間がちゃんと更生していってくれたときかな。そう、そう。入所したときにはろくに文字も書けなかった人間が、文字を教えてやっていたら、出所してから手紙を書いてきた。あのときには実に感動したね」

「ああ。それは感動するわよね」

麻子は、遠い昔、刑務官としての父をかいま見たことがあったことを思い出した。

多分、麻子が中学生のころで、夏の夕方、父と一緒に犬を散歩させているときであった。公園を出て花屋の前に差しかかると、車から下ろされた花を店の中に運び入れている男がいた。貧相な体つきの男で、頭髪も白く、かなり薄くなっている。麻子たちがそばを通り過ぎようとすると、男はふと顔を上げてこちらを見た。そして、父を見ると、一瞬うろたえ、そのまま気をつけの姿勢をとった。

「久しぶりだな」

父が言った。

「はい」

男は相変わらず直立不動の姿勢である。

「ここで働いてるのか」

「はい」

「いつから」

「そうですね。半年ほど前からです」

「そうか。いい働き口が見つかってよかったな」

「ああ。……はい」

「で、家からは近いのか」

「いえ。……ここに住んでいますので」

「えっ？　……ということは、ここの奥さんと？」

「はい、そうなんです」

「ほう。……いや、そうかい。それはよかった。しっかりやれよ」

「ありがとうございます」

その場はそれだけであったのだが、家に帰って父が母と話しているのを聞くと、その男は傷害事件を起こして数年前に富山刑務所に収容されていた男だということであった。それが今、花屋の未亡人と一緒になっているというのである。

麻子は怖くなった。そんな人がすぐ近くに住んでいて大丈夫だろうか。

けれども父は何も恐れてなどいないようであった。むしろ心から男の社会復帰を喜んでいたようで、その後も会えば気さくに声をかけていた。

「じゃ、その逆に、悲しい思いや辛《つら》い思いをしたこととといったら？」

「そうだな。それはやっぱり、社会復帰できないでまた入ってきた収容者を見たときかな。悔い改めて生まれ変わった気でやり直しますと言って出ていくんだが、社会がそう簡単に受け入れてくれないんだろうね。それでまた罪を重ねて入ってきたりする。そんな姿を見るとやり切れなかったな。……自殺者を出してしまったときには嫌な気分だった」

「自殺？　だけど、舎房というのは、そんなことにならないように、極力物を置かないように し監視をしてるんじゃないの」

「そう。しかし、それでもあの手この手を考えるんだよ。そして、ちょっとの隙にやってしまう。手遅れでない場合は必死に蘇生させるんだが、それがまた喜ばれなくってね」

「喜ばれない……」

「ああ。あれは、妻に逃げられ息子と無理心中を図った男だった。一応自殺のおそれもあるということで注意はしてたんだが、衣類掛けの竹釘にタオルを掛けて首を吊っていた。急いで下ろして人工呼吸を施し、助けることはできたんだが、本人からは恨まれてね。なぜ死なせてくれなかった、息子を殺した自分は生きてなんかおれないんだと、そう言うんだよ。いや、そうじゃない、それでも生きなければならない、生きてせいぜい息子さんの供養をしてやれ、そう言ってそのときは一所懸命、宥《なだ》め励ましていたんだが、本人の身になれば、酷なことを言っているのかもしれないと思ったりしてね」

「そう。それは多分、酷だと思ったでしょうね。だって、私もそう思ったもの。遺されてそれこそ死にたいとさえ思っているときに弔問客からお子さんのために頑張ってくださいって言われて、なんとむごいことを言うと思ったもの。向こうは精一杯、励ましたつもりだったんだろうけど、そのときの私にはちっともありがたくなかった。……そう。で、その人、その後どうなったの」

「それが、その後、おれの言った言葉をわかってくれて、真面目に務めて早く社会へ出て担当さんの言われるように息子の供養をするんだと頑張っていたんだが、人の命ってのはわからないもんだね、一年後に肺癌であっけなく亡くなってしまった」

言い切って遠いところを見る父に、麻子も言葉が出なかったことを覚えているのだが……。

手術中であることを示すライトが消えた。医者が手袋を外しながら手術室から出てきて言った。

「どうぞ、皆さん、お入りになって下さい」

麻子は母の手を取り、弟や妹、駆けつけた父の姉と一緒に案内された部屋に入った。

すると、医者がレントゲン写真を見せながら説明を始めた。

「そのまま閉じようかと思ったのですが、一か八かでやってみたところ、T字型の管を入れて胆汁を外に出すことに成功しました。しかし、癌に侵されている胆嚢と膵臓はそのままですから、制癌剤は入れてあるものの、結局癌は進行し、二か月持つかどうか、……そういうことです。しかし、まあ、とにかく、こういうふうに管を入れることができましたから、今後患者さんは腹痛もなくなり、かなり楽になるはずです」

長時間にわたる手術だったにもかかわらず、医者の声にはなお艶《つや》と張りがあった。

翌朝、麻子は、勤めに出る前に病院へ行った。何の連絡もないということは一応平穏なのだろうと思ってはみるのだが、それでも自分の目で確かめずにはいられなかった。

病室に入ると、父はちょうど麻酔から醒めたところであった。

「手術、うまくいったか」

父が尋ねた。

声は掠《かす》れ、目にも力はないが、麻子の目から視線をずらそうとしない。麻子は、目を逸《そ》らしたかった。が、必死にこらえて、医者と示し合わせた通りに答えた。

「うん。予定通りにうまくいったよ」

「そうか。結局、胆嚢を取ったんだろう?」

父は、同じように黄疸が出て入院し、胆嚢を取って元気になっている人のことを考えているようであった。

「うん、取った」

麻子はまた嘘を言った。言いながら、これでいいのだろうかと疑問を覚えた。自分がもし父の立場なら、嘘を聞かされることを望むだろうか。……望まない。それならそうと、本当のことを告げてほしい。そうすれば身辺を整理することができる。残された時間を有意義に使うことができる。……いや、やっぱり嘘と気づいても絶望的な言葉は聞かされないほうがいいかもしれない。聞かされれば気力が失せてしまう。身辺の整理どころか、気が狂ってしまう……。

「そうか。じゃあ、あとひと月で出られるかもしれないな」

父は目を閉じ、再び眠りに落ちていった。

「どれどれ。うーん、きれいに剃れてるよ」

久美ちゃんが言った。父の顔を右左とのぞき込み、剃り残したひげがないかを見てやっているのである。

父は手術後三日で、その痩せ細った手に電気カミソリを持った。家政婦が剃りましょうかと言っても、

「いや、いい」

と断ってしまうのだ。

食事もそうである。少しぐらいなら上半身を起こしてもよいと許可が出ると、さっそくベッドを操作して自分で箸やスプーンを持った。その指の動かしようが心もとなくて麻子が手を貸そうとしても、自分でやるからと言って手を払いのける。下《しも》のほうだけはそうもいかなくて諦めているようであったが、それでもそれは看護婦と家政婦と母以外にはさせなかった。たまま麻子しかそばにいないときには溲瓶《しびん》を手渡してくれるように言い、ひとりで始末して、麻子には処理室に持っていくことだけを頼んだ。

「すべて、きちんとなさってきた方なんですね」

家政婦は言った。

そんなふうに気丈な父であったのだが、手術後ひと月半もすると、さすがにそれも続かなくなった。

それに、今日は痛みでもあるのか、鼻まで毛布を引き被って縮こまっている。麻子がそばに立っても目を開けようとしない。

「度々熱も出るし、どうなっているのか、ちょっと先生に聞いてみてもらいたいんだけど」

また下血が始まっていると言う母は、目をくぼませて麻子に耳打ちした。

その後の状況を聞かせてほしい。ナースセンターでそう申し出ると、間もなく診察室へ通された。

医者は分厚いカルテに目を通した後、麻子と母を代わる代わる見ながら言った。

「手術で入れた管がうまく接続していないいんですね。それで、胆汁が横から漏れているんですよ。それから、熱は制癌剤のせいではなくて癌細胞そのものの活動によるものです。それで、今後のことですが、どうしましょうか。再手術等あらゆる方法を講じてみましょうか。それともこのまま、患者さんが痛みを訴えられれば適宜痛み止めを使うなどして、できるだけ苦痛のないようにしてあげますか」

麻子は母を見た。母は眉間にしわを寄せ、遠くを見ているふうであった。やがて気がついたようにこちらへ目を向けてきたが、その目はすべてを麻子に委《ゆだ》ねると言っているようであった。

麻子は迷った。そこで尋ねた。「そのようにあらゆる方法を講じたとして、助かる見込みは……？」

すると、医者は首を横にし、言った。「残念ながら、ちょっと……」

「じゃあ、そのことによって生きながらえる時間は……？」

「大差無いと思いますね」

「そうですか」

麻子は大きく息をした。それから「そんなふうにしてみても助かる見込みは無く時間も大差無いということでしたら……」と、一語一語をのどから絞り出すようにして言い、再度、母を見た。母は足もとに落としていた目をゆっくりと麻子のほうへ向けてきた。それは諦めている目であった。

そこで麻子は言葉をつないだ。「できるだけ苦痛の無いようにしてやっていただきたいと思います」

麻子の横で母が首をこっくりと縦に振った。

十月十七日。雨が降っていた。今年は梅雨が明けても気温が三十度以上になる日は少なく、立秋のあとも、まるで梅雨の時期のように雨の日が多い。

この雨に父と母はどうしているのだろう。麻子は仕事をしていても気掛かりであった。

電話をすると、母が言った。

「昨夕《ゆうべ》から今朝にかけて、父さん、えらいことだったのよ」

多くのものを吐瀉《としゃ》して、シーツや寝巻を全部取り替えたとのこと。医者と看護婦が引っ切り無しに出入りしたこと。そして、これから再び部屋を変わること。

休暇を取って病院へ行ってみると、父は一番端の個室に移されていた。

麻子がそばに立つと父が、ここは何号室かと尋ねた。何気なく答えると、父は掠れた声で言った。

「おれが入院してから、この部屋で三人死んだ」

「何言ってるの。そんなこと、関係ないわよ」

麻子は急いで父の気持ちを紛らそうとした。が、父は目を閉じて、受け入れそうにない。やがて父は言った。

「床頭台の引出しをちょっと開けてみてくれないか。そこに箱が一つ入っているはずだ」

麻子は、言われた通りに引出しを開けた。すると、箸やスプーンを入れたトレーの隣に、水色地に花柄の和紙を貼った小箱があった。

「その箱の中に手帳が二冊入っているだろう」

麻子はおもむろに箱の蓋を取ってみた。すると、掌に載るほどの手帳が二冊入っていた。

「そこに刑務官として出発した日からのことが、簡単にだが、書いてある。関心があったら読んでみたらいい」

「関心があったらって、そりゃ、関心があるわよ。だけど、そんな大切なもの、本当に見せてもらっていいの」

「ああ。それで、読み終えたら棺の中に入れてくれ」

「棺の中なんて、何言ってるの。読んだら、すぐに返すわよ。……ただ、どう言ったらいいのかな。こんなふうに父さんと向かい合って話をしていると、いかに今まで父さんについて知らないで来たかってことに気付かされたと言うか、何と言うか。特に、公人の父さんなんて、ほとんど知らないで来てたと思って。こんなふうに思うのも年ということかな」

そう言って笑ってみせようとして、麻子はあわてて口をつぐんだ。父の目尻から、すっと一筋、涙が頰を伝って走るのを見たからである。

父が再び、掠れた声で言った。

「この管を全部引きちぎって大学病院へ行きたいよ」

「そうしたいのならそうしてもらうように言ってもいいわよ。ただ、今は肝臓の働きが悪く体も弱っているんですって。だから、もう少し元気になってからでなきゃ、ちょっとおもしろくないんじゃないの」

麻子がおそるおそる父を諭《さと》すと、

「それはそうだ。この状態では、とてもじゃないが行けない」

父は不気味なほど素直にこたえ、毛布を目の高さまで引き上げてしまった。

「おやじの様子が変わった。すぐ来てくれないか」

弟からそんな電話がかかったのは、それから六日後、十月二十三日の夕刻であった。駆けつけてみると、父は酸素の管を鼻孔に差し込まれて眠っていた。一時間程前から呼吸が止まりそうになり、その度に家政婦や弟が看護婦に習って人工呼吸をしているのだという。

午後十時過ぎ、診察に来た医者は言った。

「今のところ血圧もしっかりしていますし、大丈夫です。しかし、今夜を越せるかどうか、そのへんは体力の問題ですがね」

久美ちゃんが来て血圧と脈を測定し、父を見守りながらつぶやいた。

「私がちょっと旅行に行ってた間にすっかり変わってしまって……」

久美ちゃんは、昏睡状態の父の耳に唇を寄せて呼んだ。

「波岡さん。波岡さん」

「……はい」

かすかな声で父が答えた。深く落ち込んでいた意識が、久美ちゃんの声に呼び戻されたらしい。

「眠いの？」

再び久美ちゃんが尋ねると、父は目を閉じたまま、こっくりとうなずいた。それからスースーと小さな寝息を立てて眠り込んでいった。

「一週間前、私が木曾路に行くと言ったら、それはいい、観光地化が進まない今のうちに見ておいたほうがいいとおっしゃって。そのあと、五平餅はどこの店がおいしいとか、いろんなことを教えて下さって。今日はその旅行の報告をたくさんするつもりで出てきたのに」

久美ちゃんは誰に言うとなく言った。それから、嵩のない父の体に掛けられた毛布の乱れを直すと、肩を落として病室を出ていった。

十月二十四日午前三時四十分、父は亡くなった。

父の臨終に、麻子は居合わせることができなかった。弟が電話を鳴らし続けたというのだが、電話から遠いところに寝ていたのと、雨が相当激しく降っていたことから、ベルの音が耳に入らなかったのだろう。

母の話では、父の最期は静かだったという。注視していなければ見落としたかもしれないほど穏やかに息を引き取ったそうだ。父の体は、久美ちゃんが清拭《せいしき》してくれたということであった。

葬儀も終わり一段落したところで、麻子は父から預かった手帳を小箱から取り出した。預かってすぐに一度読もうとしたのだが、ざっと見ただけで読むのをやめ、箱へ戻しておいた。

もっと心と時間に余裕があるときに地図なども横に置いて読まなければならない種類のものではないかと思ったからだ。日時と出来事だけを記したページばかりではなくて、当時、父が何を考えながら生きていたか、それを知ることができる文章体の記述もかなりのページに見えたから、それ以上読めば父の命が縮まるような気がして読みたくなかった、ということもあるかもしれない。

手帳は二冊とも、百枚ほどの藁半紙に厚手の表紙を付けて、それを四つ目綴じにしたものであった。縦横は手のひらに載るサイズだが、厚みが市販のものでないように見えることからすると、どこかの刑務所で作られていたものかもしれない。

表紙の裏に「異国の記」と書かれているほうの手帳をまず取り、何も書かれていない白紙を数枚めくると、小柄だった父には似合わないゆったりとした文字で、次のようなことが書かれていた。

昭和十六年十二月十一日午後八時三十分　富山発
明十二日午後八時　下関着
当十二日午後八時三十分　下関発
関釜連絡船
明十三日午前七時　釜山着

麻子は驚いた。

昭和十六年十二月十一日ということは、日本が真珠湾のアメリカ軍基地を奇襲した、その三日後ではないか。そうした時期に父はどのようなことを思いながら海を渡り任地へ赴いたのだろう。

釜山到着後については次のように書かれていた。

当午後六時京城着
明十四日午前九時　朝鮮総督府刑務官練習所入所
昭和十七年二月二十六日卒業式
新義州刑務所勤務令
当二十六日夕　京城発
翌二十七日朝　新義州着

なるほど。父は新義州へは、釜山からすぐに行ったのではなくて、京城で三か月近く研修を受けてから行ったということか。だとしたら、母や私はどうしていたのだろう。ずっと父と一緒だったのだろうか。それとも父だけが先に行き、生活できるよう環境を整えてから、私たちを迎えに来たのだろうか。何にしても、知らないことばかりだ。父が生きていたら、すぐにも聞けただろうに。

そう思いながらふと気がついて、カーテンを閉めようと縁側のほうに歩いていくと、朝から降り続いていた雨はいつかしらやんでいて、カイヅカイブキの垣根の上の空には虹が見えた。目を離せば見失ってしまうかと思うほど淡い色の虹だったが、雨雲の残る空を駆け上がっていた。

朝が怖い

視野の左端ぎりぎりに黒い影があった。周りが暗いので、初めは何と判別することはできなかった。目が慣れるにつれて人がうずくまっているのだとわかり、その顔がこちらへ振り向いたとき、ようやく長男の直樹だと気づいた。

直樹はどうしてあんなところにあのような姿でいるのだろう。

事情はわからなかった。それでも何かを恐れ、思い悩んでいるらしいことは、首をすくめた亀のような姿や暗く悲しげな視線から窺《うかが》い知ることができた。

なんであれ、母として手を差し延べてやらなければ。

麻子は急いで直樹のほうへ歩み寄ろうとした。けれども、何度それを試みても、近づくことはできなかった。麻子が進む分だけ直樹も左へ逃げるからだ。結局、麻子は手をこまねいて、直樹を眺めているよりなかった。

夢であった。それも声を上げながら見ていたようで、目が覚めたときには喉が渇き、額や腋《わき》の下が汗ぐっしょりになっていた。布団から起き出る気にもなれぬまま、麻子はその夢を反芻する。

亀のようにうずくまっていたのは、間違いなく直樹であった。その直樹に手を貸そうとして、かなわず途方に暮れていたのは、最近の麻子だった。このところ直樹のことで思い悩んでいるものだから、夢までがそうしたものになったようであった。

直樹が学校を休みがちになったのは二週間前、中学三年の二学期が始まって間もなくからだった。

始業式が行われた九月一日とその翌日の土曜日、週明けの月曜日の、この三日間は登校した。が、火曜日は熱があるということで休み、水曜日もすっきりしないからと言って登校しようとしなかった。

休むときには、父兄が学校へ連絡することになっている。そこで水曜日の午前七時過ぎ、麻子は学校に電話をし、応対に出た事務員にその旨の連絡をした。

そのあと出勤しようと、車庫に行き、そこから自転車を外へ出していると、電話が鳴った。慌ててダイニングキッチンに戻り受話器を取ると、担任の新藤真理子先生だった。先生とは五月の末に家庭訪問で一度会っているが、声が高く話し方も忙《せわ》しなく、大学に行っている娘の洋子とさほど違わない年齢に見えたから、少々頼りなさを覚えたものだ。が、そのとき受話器から聞こえてきた声は別人のように低く、話し方も、一語一語言葉を選びながらのようにゆっくりしていた。

「直樹君から既にお聞きになっていると思いますが、実は直樹君、始業式の日にスリッパを履いて教室に入ってきまして、どうしたのと聞いたら内履きがないと言うんです。それで学校中を捜しましたら、夕方になって体育館のごみ箱から見つかりましたが、誰がそのようないたずらをしたのか、それはいまだにわかっていません。それでも一応、昨日、学年の全クラスで担任からそのようなことをしないように注意してもらい、私もクラスでは厳しく言っておいたんですが、あるいは、そうしたことがあったんで直樹君、学校へ来るのが嫌になったんじゃないかと」

「そうですか。それは知りませんでした。直樹、何も話さないものですから。ご心配をおかけして申し訳ございません」

麻子は、目の前に先生がいるかのように電話機の前で頭を下げた。それから「ちょっとお待ちください。本人をここに呼びますので」と言って、急いで直樹の部屋がある二階へ駆け上がると、布団を頭の上まで引き上げて寝ていた直樹を無理やり起こし、ダイニングキッチンの隅にある電話に出させた。

受話器を手にした直樹は、始め、黙って聞いていた。が、やがて「いえ、別に」と答えると、あとは「はい、わかりました」と言って受話器を本体へ戻すまで「はい」「いいえ」を繰り返すだけで、言葉らしいものは何一つ発しなかった。しかも、すぐ横にある玄関との境のドアの向こうへ体を移してのことだったから、電話から四、五メートル離れたところにいた麻子には表情も見えず、二人の間でどんなことが話されたのか、よくわからない。

そこで麻子は聞いた。

「先生、なんて？」

けれども直樹は「いや、なにも」と答えただけで、それ以上は何も話そうとしない。

だから麻子は再び聞いた。

「なにもってことはないでしょう。心配してわざわざ電話をしてきてくださったみたいなのに」

「…………」

「先生の話では、あなた、内履きを隠されたんだって？」

すると直樹は、眉根を寄せ、麻子を睨《にら》むようにして、がらがら声で言った。

「うるさいな。なんでもないと言ったらなんでもないんだよ」

そして、「そう。じゃ、心配しなくていいのね」と麻子が念を押すと、「ああ」と言って足音も荒く二階へ駆け上がってしまった。

それじゃ先生の考えすぎだったのかもしれない。

そう思い直し、体調がよくなれば登校するものと思っていたのだが、それは安易な考えだったのだろうか。その後もこれで二週間、熱があるだの、下痢だのと言い続けて、学校を休みがちなのである。

しかし、高校受験を半年後にしての大事な時期にそのように頻繁に休んでいるのだから、親としては気が気でない。熱があると言っても六度七分か八分くらいのときもあるので、そのような朝には「この程度なら登校できるんじゃないの？　薬は飲んだんでしょう？　だったら、そのうち熱も下がるでしょうし、登校してみたら？　それで、都合が悪ければ保健室で休んでいてもいいんだし」などと言って登校を促しているのだが、直樹は、行かないと決めたら、てこでも動かない。

もしかしたら、そのうち全く登校しなくなるのではなかろうか。麻子はこのごろ、時々そんな不安を覚えるのである。

直樹はどうして登校しないのだろう。やっぱり新藤先生が言っていたように、内履きをごみ入れに隠されたことが深い傷になって心に残り、それで足が前に出ないのだろうか。何にしても、思い悩むことがあるのなら、話してくれれば相談にも乗ろうものを。

そう思うが、話す話さないは直樹の意思であって、いくら母親でもどうすることもできない。こういうときが来るとわかっていたら、洋子を東京の大学へなどやるんじゃなかった。直樹も姉になら相談したかもしれないのに。

そんなことまで考えながら朝食の用意をし、直樹を起こすために階段の下に立った。

直樹は自分でも目覚まし時計を持っているのだが、そのベルで起きてきたことはほとんどない。大抵は、麻子が三回も四回も声をかけ、あるいは布団をめくって、ようやく起きるというのが、最近の直樹の様子であった。

声をかけても返事がないので、階段を駆け上がった。そして直樹の部屋の前に立ち、ドア越しに言った。

「直樹。まだ起きないの？　隆君と一緒に登校するんでしょう。いつもいつも迎えに来てもらってないで、たまにはあなたのほうから迎えに行ったらどうなの？」

隆君というのは、同じ町内に住む直樹の同級生で、夏休み前までは毎日、一緒に登校していた。「それに、母さん、今日はちょっと早く出勤したいのよ。急いで仕上げなきゃならない仕事があるから」

それからダイニングキッチンに戻り、先に朝食をとっていると、直樹は三分ばかりして二階から下りてきた。そして洗面所で水を使ったあと、その前にある麻子の部屋へ入っていったらしい戸を開ける音や足音などは聞こえていたのだが、それっきり何も聞こえなくなった。

(ああ、もう、朝のこの忙しい時間に、どうしてこんなふうに手数をかけさせるのかしら)

ぶつぶつ口の中で言いながら麻子が自分の部屋へ行ってみると、直樹は畳の上に背中を丸くして横たわっていた。そして、麻子がそばに立っていることに気がついていないはずはないと思うのに、目をつぶったまま、畳につけた頭を上げようともしない。まるで手負いの鹿でも見ているようで、麻子は胸が痛くなった。けれども、そのようなことは素振りにも見せてはいけないと思ったから、平気を装い、

「あーあ、ここでまた寝ころんでるの？　それじゃ起きたことにならないでしょう。さあ、スープも温めておいたし、あなたの好きな荒挽きウインナーも焼いてあるわ。だから早く来て冷めないうちに食べなさい」

と言うと、ダイニングキッチンへ戻り、再び食事を続けた。

すると、間もなく直樹はやってきて麻子の前で食事を始めた。が、右手は箸やスプーンを使っているものの、左手のほうはだらんと下へ下ろしたままである。そこで、

「何よ、その手。ああ、わかった。また、腋に体温計を入れているのね。そんな、熱なんか、毎日測る必要ないんじゃないの。それに、たとえ少々熱があろうと、そう気にすることはないと思うし。母さんなんか、そのくらいの熱、ちょいちょいあるもの。だけど気にしないでいたら、いつの間にか平熱に戻ってる」

そう言ってみたが、直樹は聞こえているのかいないのか無表情で、バターで炒めたスイートコーンを一粒ずつスプーンですくって食べている。

麻子は、いらいらした。だから、すぐにも立ち上がり、体温計と直樹が手にしているスプーンを取り上げようかと思った。が、そのようなことをして、かえって気分を損《そこ》ねさせ、学校へ行かないなどと言いだされてはなおのこと困る、と考え直した。

見ていると苛立ちが募るばかりなので、直樹のほうは見ないようにして食事を済ませ、自分の部屋へ行って、鏡台の前に座った。鏡の中には、今にも泣きそうに目を赤くし、口がへの字

の形になった自分の顔が映っていた。それでも、寝不足でかさつく肌へ指先でファンデーションを載せていると、直樹が後ろへ来て弱々しい声で言った。

「母さん」

麻子は背筋が寒くなった。そのあとに「学校休んだら駄目?」という言葉が続くのではないかと思ったからだ。だから、聞こえなかった振りをして、そのままスポンジでファンデーションを延ばしていると、直樹は体温計を鏡台の上に置いて、黙って麻子の部屋を出ていった。肩を落として去っていく直樹の後ろ姿を、鏡の中から目で追いながら、麻子は早くも自分を責めていた。声をかけてきたとき、なぜすぐに返事をしてやらなかったのだろう。去っていくとき、どうして呼び止め、「何の用?」と尋ねてやらなかったのだろう。考えてみると直樹はただ、「母さん」と言っただけなのであった。別に、登校しないなどと言ったわけではない。それなのに聞こえない振りをして、なんとひどい親なのだろう。これでは、傷つき、すがりついていた我が子の手を振り払い、突き飛ばしたようなものではないか。いけない。あのような態度を取ってはよくない。今のあの子には、できるだけ優しく手を差し伸べてやることが必要なのだから。自省し、とにかく今日は登校してくれますようにと、祈る思いで鏡台の上に置かれた体温計を見ると、三十六度五分、特に高い熱でもなかった。

化粧を終え、時計やネックレスを着けて、薬を飲むためにダイニングキッチンへ行った。

麻子はこのごろ、どういうわけか、体がかゆくてならない。昼間職場にいるときにはさほどでもないのだが、帰宅して夕飯の後片づけも済んだころ、所構わずかゆくなる。掻くと、そこがみみず腫れになって、ますますかゆくなり、それでまた掻くものだから、体のあちこちに引っ掻き傷が絶えない。皮膚科の医師の診断は機械的蕁麻疹《じんましん》あるいは人工的蕁麻疹ということで、抗ヒスタミン剤も処方してくれているのだが、それを飲んで十日ほどになるのに、いまだにすっきりしない。

ダイニングキッチンへ行くと、直樹の姿はなかった。そこで居間との境の引き戸を少しだけ開けてみた。が、そこにも直樹の姿はなくて、見えたのは、テレビを観ながら茶を飲んでいる義父母の背中だけであった。

(ということは、二階へ上がっているということだろうか)

ほとんど手が付けられていないパンと野菜サラダは冷蔵庫に入れ、スープとウインナーソーセージの皿を洗い、薬を飲んでいると、玄関のチャイムが鳴った。出てみると隆で、走ってきたのか、額に細かい汗を浮かせている。

「ああ、隆君、ありがとう。まあ、随分、日焼けして。サッカー?」

「いえ。連合運動会の練習です」

「そう。じゃ、短距離走ね。あなた、走るの速いというから」

「えっ。ええ、まあ」

「頑張って。……ああ、ちょっと待ってて。直樹、呼んでくるから」

そう言って、直樹にも同じように何か夢中になれる運動種目でもあればいいのに、などと思いながら階段の下まで行くと、

「直樹。隆君よ。早く下りていらっしゃい」

できるだけ明るい声を作るようにして言った。

が、十秒ばかり待っても二階からは、何の物音も聞こえてこなかった。

しかたなく、「直樹。何してるの。隆君だと言ってるでしょう」と声を張り上げて言うと、
ようやく返ってきたのは、

「先に行ってもらって」

という、けだるい声であった。

麻子は泣きたくなった。

(この様子では今日も登校しないつもりなのかもしれない)

すぐにもそばへ行って叱りつけたい、と麻子は思った。が、隆が玄関にいることを思うと、直樹のプライドのためにも、それはできない。そこで平気を装いながら玄関へ戻ると、

「ああ、隆君。直樹、まだ時間割もできていないらしいのよ。だから、せっかく迎えに来てもらったのに申し訳ないんだけど、先に行っててもらえる？」

と言って隆を見送り、彼の姿がドアの向こうへ消えてキッチンの前の窓からも見えなくなったのを確認すると、階段を駆け上がった。そしてドアをノックし、答えも待たずにドアを開け

て踏み込もうとして、思わずそこで立ちすくんでしまった。

直樹の部屋は南側に面しており、窓も大きく取ってあった。だから、カーテンを繰れば朝の光が白く差し込み、窓を開ければ爽やかな風が吹き込むはずであった。それなのに麻子の目に見えたのは、カーテンも窓も開けず、室内灯もつけず、枕元の電気スタンドだけをつけて、パジャマ姿のまま、ベッドの上に足を伸ばして魂が抜けたように座っている直樹の姿であった。

麻子は、みぞみちの辺りが重くなった。できればすぐにもそこから立ち去りたいと思った。が、そんなふうに弱気になっていてはよくないと思い直し、自分で自分を押し出すようにして中に踏み込んだ。そして、カーテンを引き、窓を開け、直樹のそばに立って言った。

「どうしたの？」

「………」

「具合でも悪いの？」

「……うん」

「どこが悪いの？」

「……のどと頭が痛い」

「だったら、医者から出してもらった鎮痛剤を飲めばいいじゃないの。それから、のどが痛いんなら、うがい薬でうがいをしたらいいし。何にしても、こんなふうに一日中ここに籠もっているからよくないのよ。熱もないんだし、思い切って学校へ行けば？」

できるだけ声を和らげて言ってみた。が、直樹は全く動こうとしない。

今し方、玄関で見送った隆を麻子は思い返した。

日焼けした額にうっすらと汗を浮かべ、澄んだ目で真っ直ぐに自分を見ていた。直樹のように青白い顔をして眼を伏せてなどいない。

麻子は直樹のそばを離れると、彼が使っているクローゼットを開けた。その途端、脂《あぶら》っぽい男の匂いが鼻を突いた。いつのころからか直樹の部屋に澱むようになった匂いで、クローゼットの中では特にそれが濃くなっているようであった。

開けてはならない場所であった気がして急いで制服を取り出すと、扉を閉めた。それから、その制服を直樹の足もとに置き、

「さあ、すぐに着替えて。今ならまだ大丈夫、始業時刻にも間に合うと思うよ。とにかく、こんなペースで休んでいたら、高校受験はもちろん中学卒業も難しくなるかもしれない」

少々脅しを入れて言った。

が、直樹は相変わらず動こうとしない。

麻子は、どうしたらよいか、わからなくなった。腹が立ち怒鳴りたくもなったが、それをこらえて窓際に行くと、前の道路を見下ろしながら思った。

（わが子ながらなんと腑甲斐《ふがい》ないのだろう。小学生のころは、授業参観のときなど活発過ぎて困るくらいであった。それが、どこでどう間違ってこんなふうになったのか。やっぱり片親だ

けでは駄目だということだろうか。自分としては、父親がいなくてもそのために子供たちが引け目を覚えることがないよう、欲しいと言うものは買ってやり、習いたいと言うものは習わせてきた。車がなくてもバスや電車を利用して動物園や水族館へ行ったり、労働組合主催のレクリエーションにも連れていくなどして頑張ってきたつもりだが、それだけでは不十分だったということだろうか）

胸が痛くなり、こめかみがきりきりしてきた。込み上げるものを抑える気力も失せて、麻子は直樹のほうへ振り返ると言った。

「わかったわ。今日も登校しないつもりなのね。その程度の熱で、もう休もうというのね。だけど、あなた、それで何とも思わないの？　こんなふうに過ごしていていいのかと思ったりしないの？　ちょっと、ここに来て、外を見てみなさいよ。みんな、いそいそと歩いていくじゃないの。勤め人は勤め先へ、学生は学校へ、それぞれの責務を果たそうと脇目も振らずに歩いていく。あの人も、そう。あの子だって、そう。あの子なんか、ランドセルで小さな背中がほとんど隠れそうなのに、それでも前を行く上級生に後《おく》れまいとして小走りに行くわ。それなのに、どうしてあなたはそんなふうに骨無しになってしまったのよ。しっかりしてよ」

ああ、こんなことを言ってはよくない。これではかえって首をすくめてしまう。

途中でそう気づいたが、とき既に遅かった。直樹はベッドに体を倒すと、頭から毛布を被ってしまった。

朝が怖い。

いつの頃からか、麻子はそう思うようになった。

今日も直樹が登校しようとしなかったら。

そう思うと、そのときに始まるであろう地獄が想像され、布団から起き出るのが億劫になってきたのだ。

地獄だなどと、また、おおげさな。自分でもそう思わないではない。しかし、制服に着替えようとせず、なぜ登校しないのか理由も言わない息子を前にして焦り、叱り、力尽《ず》くででも登校させようとする自分を見なければならないのは、地獄でなくて何だろう。麻子にしても別に始めから、そんなふうに感情的に出ているわけではない。できることなら穏やかにと思い、静かに言い聞かせているつもりだが、それでは動く気配がないから、ついそうした態度に出てしまうのだ。

しかし、そういつまでも布団の中にいるわけにもいかない。自らを叱咤し、のろのろと起き出し、何とかして直樹を登校させようとするのだが、結局は根負けし、涙で曇る眼を時々ハンカチで拭いながら職場である裁判所へと自転車のペダルを踏む。これが最近の麻子の朝の状況であった。

ところが、法廷で速記をしていても、速記官室で速記録を作成していても、直樹のことが頭にちらつき、なかなか消えてくれない。

これからも直樹の今のような状態は続くのだろうか。続くのだとしたら、その期間、自分は持ちこたえられるだろうか。無理だ。独りでは多分、耐えられまい。

そう思うのは、想像していた以上に直樹が頑《かたく》なだからだった。それに、麻子自身、自分の言動に自信が持てなくなっていた。例えば、直樹を学校に行かせようとして「ちょっと、ここへ来てみなさいよ。みんな、元気に出掛けていくじゃないの。バスや電車に乗り遅れまいとして、あるいは始業時刻に遅れてはならないと、黙々と急ぎ足で歩いていくじゃないの」と麻子が窓の外を指差しながら言っても、「ああ、そうだね。で、それが？」と直樹がベッドの上からけだるい声で言って、そのあと、蔑《さげす》むような目で麻子を見てきたりすると、もう、そこで心がぐらつき、何も言えなくなってしまうのだ。そして、毎日何の疑問を抱くこともなく学校や職場へ出掛ける人間のほうがあるいは異常なのかもしれないと、そんなふうにさえ思えてくる。

とにかく自分の論法ではもう駄目だ、と麻子は思い始めていた。それに、最近の自分を振り返って恐ろしく思うのは、次第に暴力的になっていることであった。言葉で言ってもだめだとわかると、力尽くで直樹を動かそうとした。そうあってはいけないと自戒してはいるのだが、いつの間にか興奮し、分別をなくしていた。

あれこれ考えた末、九月もあと数日で尽きるというころ、昼の休憩時間になるのを待って裁判所の前にある電話ボックスへ駆け込んだ。中にも公衆電話は設置されているのだが、周囲の耳を思い、外のボックスにしたのだ。電話先は、新聞で知った『子供一一〇番』だった。そこで直樹のような子供について相談を引き受けているという記事を読んだからだ。

ためらいながらダイヤルを回すと、少し低めの女の声が応じてきた。口振りからは、どっしりとした腰と足取りの教師タイプが想像された。

「新聞で紹介されていたんですけど、そちらでは、いわゆる不登校の子供について相談に乗っていただけるんでしょうか」

「ええ、そのとおりですが」

「で、それは、どんなふうに相談に乗っていただけるんでしょうか」

「と言いますと?」

「例えば、子供と一緒にそちらへ伺って、という形になるのかどうか、ですね」

「ああ、それは、できれば一緒においでになったほうがよろしいでしょうね」

「そうですか。で、そのときはまず、こちらの話を聞いていただいて」

「そうです。そうなります」

「で、その後はどういう流れになっていくんでしょうか」

尋ねながら、麻子は次第に苛立ちを覚えていた。『子供一一〇番』で相談するとしても、まず大切にしなければならないのは、直樹の心を傷つけないようにすることである。そのためには組織の実体を一応確かめておかねばならないと思い、尋ねているのだが、それがなかなか摑《つか》めなかったからだ。向こうがこちらの質問に答えるのみで、主導的に説明してこないことにも原因があるようであった。

「その後は、お子さんの様子を見ながら登校するよう指導していくことになります」

「そうすると、当然、お医者さんなども常駐していらっしゃって……」

麻子にはいまだに、直樹が本当に不登校児なのかどうか、わからなかった。あるいは、ただの風邪で発熱したり下痢になったりしているだけかもしれない。そこで、そのへんをまずはっきりさせなければと思っているのだが、麻子が調べた限りでは、不登校児が増えている割に、それを診てくれる医者は、富山にはまだあまりいないようであった。しかし『子供一一〇番』に医者が常駐しているのであれば、それは不登校専門の医師であるはずで、直樹についてもはっきり診断してくれるだろうと期待したのである。

ところが電話の向こうの女性は言った。

「いえ、医師は常駐ではありません。ひと月に一回ぐらいはいらっしゃることになっていますが」

「えっ。ひと月に一回……ですか。で、それはもちろん精神科のお医者さんですよね」

「ええ、そうです」

「ですけど、常駐でないということになると、じゃ、普段はどういう方が……」

「普段は私どもが交代で詰めることになっています」

「私ども。……そうですか。わかりました」

と応《こた》えたものの、麻子はすっきりしない思いだった。向こうは「私ども」と答え、それで十分と思っているようだが、麻子には何のことか、ちっともわからない。「私ども」とは一体どういう人たちのことを言うのだろう。定年退職した教員ということだろうか。それとも、裁判所の調停委員のように有識の主婦ということもあるのだろうか。けれども、それを聞きただすのは、相手も「私ども」の一人であることを考えると、ちょっと失礼なことに思われた。

「で、新聞によりますと、受付時刻は夜の九時までと」

夜ならば直樹にしても麻子にしても休みを取らずに済むから好都合と思い、今度はその点を確認すると、

「いえ、受付時刻は午後の五時までです」

相手はそう答えて何の付言もしない。

「えっ、そうなんですか。……じゃ、土曜の午後とか日曜の昼は」

「土、日はやっておりません」

話は新聞記事とは大分違うようであった。新聞では夜は九時まで、土曜、日曜でも相談に応じるとなっていた。問題が問題だけにそれが実態に合っていると麻子としては思っていたのだが、そうすると、それは不正確な報道だったのだろうか。それとも、初期の計画通りにはやって行けない事情でも出てきたのか。

とにかく、そうとなれば、今日これから休みを取ってそこへ出掛けていくよりない、と麻子は思った。そこで、

「それじゃ、今からそちらへ伺ってもよろしいでしょうか」

と尋ねてみると、

「えっ。今からですか」

相手は、まるで差し支えでもあるかのように答え、そのうえ麻子が、「ええ。と言いますのは、本人、今日も学校を休んでいるものですから、連れていくのにちょうどよいと思いまして」と付言したのに対しては、「そうですか。ただですねえ、私どもとしましては、できれば、そういう、ちょうど休んでいるからということじゃなくて、自分から自主的にそこへ行くんだという気持ちで来ていただきたいんですが」と、そんな子供なら不登校に陥《おちい》ることもないのではないかと反論したくなるようなことを平然とした口調で言った。

「そうおっしゃいましても、親としましては、できるだけ学校を休ませたくないものですから」

「そうですか。でしたら、お母様だけでおいでになってもよろしいんですよ。あのう、お母様、お勤めなんですか」

「はい、勤めております」

「それで、今はお忙しいのですか」

「今ですか。今は昼休みで、それでこうしてお電話しているんですが」

「だったら、この電話でお伺いしてもよろしいですよ」

一つひとつがどことなく嚙み合わないやり取りであった。しかも、この電話ですぐに相談とは気忙しい話である。けれども相手は、相談に乗らないと言っているのではないのであった。しかたなく、その場で直樹の状態を話し、助言を求めてはみたのだが、受話器を置いた後もすっきりしない気持ちであった。


その後も直樹の学校を休みがちな状態は続いた。それでも麻子はそのことについてはできるだけ言わないことにした。『子供一一〇番』の助言も「あまり口やかましく言わず様子を見てはどうか」ということであったし、言えば余計、本人を深みへ追い込むような気がしたからだ。

そっとしておけばそのうち自ら、こんなことをしていてはいけないと気がつき、浮上してくるかもしれない。

けれどもそうしたときは、そう簡単にはやってこなかった。むしろ、これでよしとしているように見えて、だんだん心配になった。

このような生活を放置していて、本当によいのだろうか。同じ年頃の少年少女たちは、この今も勉学に励みスポーツに汗を流しているというのに……。

我慢に我慢を重ねていたが、ついに堪忍袋の緒が切れて、追い立てるように登校させることを試みたのは、十月初旬のことであった。

「このひと月ちょっとの間に登校したの、何日だと思ってるの。こんな調子で休んでいたら本当に大変なことになってしまうよ」

そう言っても直樹のほうは相変わらず無表情で、腰を上げる様子もなかったからだ。

結局、車庫から自転車を出し、その籠に鞄を入れて、玄関から突き出すようにして登校させたのだが、そのようなやり方は決して後味のよいものではなかった。

そのあと、麻子も自転車で職場である裁判所へ向かったが、ペダルを踏んでいても、職場で速記録を作っていても、直樹のことが気になってしかたがない。それどころか、あんなふうに登校させられたのでは直樹も心楽しくないだろう、それでついつい仏頂面《ぶっちょうづら》になって、それをだれかに咎《とが》められるか、からかわれるかして、今ごろ喧嘩になっているのではなかろうか、などと取り越し苦労までしているというぐあいで、しまいには、ワープロのキーを叩く手を止め、考えていた。

直樹がこんなふうになったのは自分が悪かったからだろうか。精神に支障を来《きた》している子供を診断すると、両親の不仲が原因していることが多いという。自分の場合、夫と暮らしたのはたったの九年で、口喧嘩をした記憶もあまりないのだが、ただ、突然死なれてからはずうっと彼を恨んできた。老いた義父母と幼い子供二人と、この四人を自分一人の肩に負わせて黙って逝ってしまったと思うと腹が立ってならなかったからだ。それで彼のことは義父母との間でも必要最小限しか話さないようにし、子供たちにも彼のことを語ることはほとんどせずにきたのだが、そういったことが今このような形で直樹のうえに現れているのだろうか。それとも、そのほかの自分の生き方が原因しているのだろうか。いずれにしても、自分にはこうした生き方しかできなかったのだから、しかたがない。これだけが自分にできる精一杯のことだったのだから。

それはそうと、今後、直樹は続けて登校してくれるだろうか。してくれなかったら、そのときはどうしたらよいだろう。今日と同じ手は、できれば、もう使いたくないのだが……。

あれこれ思い悩んでいるとき、同じ建物の中にいる家庭裁判所調査官のことが頭に浮かんだ。調査官なら心理学も学んでいるし、相談に乗ってもらえるかもしれない。

そこで、同年配の菊岡調査官に電話をしてみた。彼なら、少年事件も扱っているし、同年齢の子供もいる。電話をし、ちょっと息子のことで相談に乗ってもらえないかと言うと、それじゃ、昼の休憩時間に話を聞こうかと言ってくれた。

指定された調査室に行くと、菊岡は既にそこへ来て待っていた。

「申し訳ありません。せっかくの休憩時間を」

「いえいえ。で、どういうことですか」

麻子はためらいながらも、二学期が始まってからの直樹の様子を、できるだけ自分の考えを入れないようにして話した。内履きを隠されてからというもの頭痛や腹痛を訴えて学校を休むことが多くなり、このひと月ちょっとの間に登校したのはせいぜい十日ぐらいであること。しかし、特にふらふら出歩くわけでもなく、家に閉じ籠もってパソコンなどをしており、夕方には塾へ行くし、土日には訪ねてきた子らと楽しげに遊んでいること……。

黙ってときどき相槌を打ちながら聞いていた菊岡は、麻子の話が一段落すると、意外にも明るい声で言った。

「いい傾向なんじゃないですか」

「えっ。いい傾向……ですか」

「そう。学校へ行かなくても塾へは行くし、友達とも普通に遊んでいるということですよね」

「そうです」

「ということは、あれはやる、これはやらないと選択しているような気がするんですよ。選択して、自分を主張し始めているんじゃないかと」

「へえ。そうなんですか。そういう見方もできるんですか」

「そう。だから、今しばらく、黙って様子を見ていたらどうでしょう」

「そうですか。本当にそれでいいんでしょうか」

「いいと思いますよ。それから、さっきおっしゃってた、本人が行かないときにはあなたが代わりに行って医者から薬を出してもらっているという、それはやめたほうがいいと思いますね」

直樹が体調不良を訴えて登校しようとしない日、麻子は直樹に、掛かりつけの内科へ行くようにと言って出勤する。しかし、麻子が夕方帰宅するまでに直樹がそこへ行ってきていたことは、ほとんどない。

「どういうこと？　医者へも行ってないなんて。それじゃ治るはずがないじゃないの。今からでもまだ間に合うわ。母さんと一緒に行きましょう」

そう言っても直樹は、もう大丈夫だから、と言って腰を上げようとしない。それで麻子一人で行って薬を出してもらうことがあるのだが、そのことを菊岡は言っているのであった。

「そうですか。私としては、早く治って登校してほしいものですから、それでついついそんなことをしてしまうんですが、それがよくないということですね」

「そうです」

「そうですか。どうやら、私、子供の育て方を間違えてたようですね。……どうなんでしょう。男の子の場合、やっぱり父親がいないと駄目なんでしょうか」

「そんなことは関係ないと思います。父親がいたらうまく行くというものでもありません。いや、いるから、むしろ、うまく行かないということもある」

「えっ。そうなんですか」

「そう。多分、自分の子供のこととなると、近視眼的になるからでしょうな。……まあ、とにかく、今しばらく黙って眺めていてあげたらどうでしょう。そのようにして大人になろうとしているのだと思って」

「そうですか。大丈夫でしょうか」

「大丈夫ですよ。それより心配なのはあなたのほうです。大分ストレスが溜まっているようですし。……そうだ、テニスでもなさったらどうです？　あるいは自分に合った趣味を探して、それに打ち込んでみるとか」

テニスというのは裁判所の中庭にテニスコートがあるからで、アフターファイブや土曜、日曜には職員がよくそこでプレーをしていた。

直樹についての菊岡調査官の見解は、麻子が全く予想していなかったものであった。けれども、そう言われてみると、なるほどとうなずける気もした。というのは、確かに直樹には、選択していると思える節もあったからだ。例えば、今度ばかりは本当に風邪を引いていると思えるときでも、テストの日には目覚まし時計のベルで起きて、隆と一緒に登校する。

中間テストのあったその日も、当然のように登校していった。送り出して、ほっとして、けれども麻子は考えた。

これは、やはり学校とも連絡を取って、対策を講じたほうがよいのではなかろうか。菊岡があんなふうに言い、その後に読んだ不登校に関する本にも確かに、時期を待つよりないとは書かれていた。しかし、塾へ行ってもそんなことはないのに、学校へ行くと体調を崩し、翌日から登校しないというのがほとんど毎度の流れだし、そのへんを学校の先生と一緒に考えてみてはどうだろう。

とにかく親としてやれることは全部やらなければ。

そう思い、学校へ電話をすると、幸いなことに電話口に出たのが担任の新藤先生で、麻子の話を聞いた後、それじゃ今日の午後四時にお会いしましょうか、と言ってくれた。そこで麻子は二時間の休暇を取って、約束した時刻の十分前に学校の正門をくぐった。

テストの期間だからか、校内は思いの外、静かだった。ただ、グラウンドの奥のほうで、サッカー部とバレーボール部が、時々声を上げながら練習をしていた。

この学校は生徒数が直樹の学年だけでも五百人を超えるマンモス校で、部活動も文武いろいろとあるようだが、スポーツでは今練習をしている二種目が強いと聞いている。近いうちに試合でもあるのかもしれない。

そんなことを思いながらその横を歩き、玄関に入ると、靴を学校備えつけのスリッパに履き替えた。そして階段を上り、薄暗い廊下を職員室に向かったが、途中、何度も転びそうになった。スリッパが合成皮革製なので、中で足が滑るのだ。そのうえ底が薄いので、リノリウムの床の感触がもろに足裏に伝わってきた。

二学期が始まって間もなく直樹が覚えたであろう当惑、怒り、疎外感などが想像された。内履きを隠され、その日一日を、このスリッパで過ごしたということは、今自分が味わっている違和感、不快感を覚えながら過ごしたということか。周囲からの同情や好奇心、してやったりとほくそえむ目を意識しながら。

麻子は胸が締めつけられるような気がした。

もしもその場に自分が居合わせていたら、痛々しくて、思わず駆け寄り、強く抱きしめていたかもしれない……。

職員室は二階の、ちょうど玄関の上にあった。入り口に立ち、引き戸を開けようとして、麻子は一瞬、手を止め、考えた。

自分が今取ろうとしている行動は、本当に直樹のためになるのだろうか。なると思ってやってきたのだが、かえって直樹にとって悪い結果を生むことにならないだろうか。……そんなことはない。これは十分考えた末の行動で、むしろ遅すぎたくらいなのだ。

思い直して戸を開け、あのう、新藤先生はいらっしゃいますでしょうか、と声を抑えて尋ねると、間もなく新藤先生が胸にファイルブックや茶色の封筒を抱えて現れた。そして麻子が、お忙しいところを申し訳ございません、と頭を下げると、薄く笑みを浮かべて「いいえ」と答え、「それじゃこちらへ」と廊下に出ると、先に立って麻子を別の部屋へと案内した。

連れていかれたのは、ドアの上に応接室という表示がされている部屋であった。ドアをノックし、「失礼します」と言って一旦、中に入り、戻ってきて「どうぞ」と麻子に中に入るよう促した新藤先生の脇からそっと中を窺《うかが》うと、入り口近くには大きな黒の革張りソファが、奥の窓近くにはこれまた大きな机と椅子が置かれていた。

その机の向こうに背を向けて立っている肩幅の大きな男性の姿が見えるので、だれだろうと思っていると、その男性がくるりとこちらへ振り向いた。校長先生であった。

校長は、入り口に立って入ろうかどうしようかと逡巡している麻子を見ると、「さあさ、どうぞ」と、ソファを指さしながら愛想よく言った。そして自らも一人用のものに、その重そうな腰を下ろした。そこで、麻子が恐る恐る入っていって指示されたソファの隅に腰を下ろすと、打ち合わせてでもあったのか、更に二人の男性が書類を手にして入ってきた。間もなく紹介されたところによると、教頭と学年主任だということだった。予想もしなかった展開に麻子は困ってしまった。麻子としては、新藤先生と二人だけで話し合うつもりでいたからだ。

「これは大変なことになってしまいました」

麻子は肩をすぼめて言った。「私としましては、どうしたら学校へ行ってくれるだろうかと毎日悩んでおりまして、それで、これはやっぱり新藤先生と連絡を取りながらやって行くよりないだろうと思い、お電話させていただいただけで、こんなふうに校長先生や教頭先生にまでお時間を割《さ》いていただこうとは考えてもいませんでしたので」

すると校長が言った、腹の前で組んでいた両手をソファの肘掛けに載せて、体を横に揺すりながら。

「いやいや、こういう問題は学校全体で考えなければならないことですから」

そこで気が楽になった麻子が、

「ということは、この学校でも不登校児はけっこう多いということでしょうか」

と、何気なく聞くと、校長は言った。

「そうですなあ。病気以外で登校しないのは全校で四、五十人はいますがね、本当の不登校児は、そのうちの十人ぐらいじゃないですか。あとは、ただなまくらから登校しないだけですよ」

どことなく吐き捨てるような言い方で、麻子は驚き、あきれてしまった。ということは、この校長は直樹のことを、そのなまくら者の中の一人として考えているということだろうか。内履きを隠されてからというもの体調を崩し、この一か月半ばかりを暗い水底に身を潜めるようにして生きてきた直樹のことを。何ということだろう。これが、千五百人を超える生徒を抱え、数十人の教師の先頭に立つ校長の、生徒についての見方だということか。このような見方をしていて、数十人の、今現に病んでいる子供たち、あるいはその予備軍の子供たちを救えるとでも思っているのだろうか。

四月の末に行なわれた父兄会が思い出された。五月半ばに予定している修学旅行を実施するかどうか、それを父兄と一緒に検討したいということで緊急に開かれた会合であったが、そこで学年主任からされた非行についての報告である。万引き少年が学年に四十人、つまり八パーセント近くもいること。つい先日発覚したのだが、十日ばかり前に校内で女子生徒によるリンチ事件があったこと。そういうことをするのは、どういう家の子と色分けすることはできず、貧富、母子家庭、父子家庭、成績の良し悪しとも無関係であること。そうした驚くべき報告であったのだが、そういう問題については、それでは校長はどのように考えているのだろうか。

そのへんについても聞いてみたい気がしたが、その席がそのために設けられたものでないことを思い、麻子は口をつぐんだ。

校長が直樹の実情について新藤先生に説明を求めた。新藤先生がファイルブックを開いて説明を始めた。

「直樹君はどちらかというと無口なほうでして、休み時間も読書をするか机の上につっぷしている生徒です。ところが、それが何となく気にかかるんでしょうね、ときどきちょっかいをかける生徒がおりまして、そこから喧嘩になるわけです。私も何回か間に入って治めたことがありますが、このごろではそういうこともほとんどなくなりました。むしろ給食のときなど、そのちょっかいをかける子と好きなおかずを交換し合ったりしているくらいで。ですから、私としましては特別、学校に来るのが嫌という事情は今のところないと思うんですが」

学年主任が持参の資料を見ながら、横から口を挟んだ。

「ただ、私は社会を担当しているので、その限りで申しますと、宿題の提出が非常に悪いんですね。宿題ができていないから登校しにくいということも考えられるかもしれません」

初めて知ったことだったので、麻子は驚いて尋ねた。

「あのう、直樹、そんなに宿題を出していないのでしょうか」

「ええ。ちなみに社会の場合、三年になってから四十回ばかり提出させているんですが、本人が出したのは十七回です」

「そうですか。ひどいですね。そう言われれば、何も書き込まれていないプリントがよく机の上に放ってあります。ですけど私には、それが提出しなければならないものなのかどうか、そこまではわかりませんので、ただ、なくならないようにと、それだけに気を配っているんですが」

「そりゃ、そうでしょう。お母さんが提出物を出したかどうかなんてチェックする年齢でもありませんわな」

再び上半身を揺すりながら校長が口を挟んだ。

「はい。……ですけど、これはあくまで、ご参考までに申し上げるんですが、学校へは行かない日でも、どういうわけか、塾へは行くんですよ」

別に嫌味でそんなことを言ったわけではない。家の真向かいにある少人数制の学習塾の塾長のおおらかな考えが、登校できずに苛立っている直樹の心をなだめ、支えてくれているように思えるので、その現実を伝えて、そのへんから学校教育を考えてもらうことも必要ではないかと思い、言ってみただけであった。ところが、麻子が言い終わるか終わらないかに校長が言った。

「それはそうでしょう。塾というのは学校とは違い、無責任でいられますからな」

まるで、その一言で麻子の言っていることの説明がつくかのような言い方であった。

結局、話し合いは、麻子が期待していた、直樹を登校させるための手だてを考えることどころか、麻子が自らを振り返り、反省することで終わったような感じだった。

最後に校長が言った。

「お母さんも結構、口うるさいんではないですか」

まるでそれが直樹の不登校の原因であり、その日の話の結論であるかのような口振りであった。

何度も頭を下げながらその部屋を出て、日が落ちて闇が浸食し始めた廊下を歩きながら、麻子は考えた。わざわざ休暇まで取って来てみたのだが、果たしてその意味があったと言えるだろうか。あったとすれば、ただ一つ、麻子が席を立とうとしたときに学年主任から、「不登校というのは飛行機が失速したようなものだという説があるんですよ。失速して低迷しているが、いつまでもそのままじゃなくて、いつかまた独りで浮上するものだと。ただ、その浮上に要する時間が長いのもあれば短いのもあると」という言葉を聞けたことだったかもしれないと思った。


中間テストを受けたあとしばらくは、直樹も普通に登校した。麻子が声を掛けなくても目覚まし時計で起きて、体温など気にする様子もなく身支度をし、迎えに来た隆と肩を並べて。ちょっとしたことがきっかけで登校できるようになるのかもしれない。何にしても、この状態が長く続きますように。

そう祈りながら過ごしていると、十月十四日、事件が起こった。

その日は土曜日で、いわゆる半ドンの日であったが、退庁後、たまたま招待券をもらっていた生け花展を見て家に帰ると、玄関には直樹のズックが乱雑に脱ぎ捨てられていた。直樹は、幼いころから厳しく教えてきたので、脱いだ靴は壁のほうにきちんと揃えて置く子である。それなのに、この脱ぎ方はどうだろう。多分、また何か不愉快なことがあったに違いない。それにしても、私という人間は、たまに美しいものを観たりする楽しみも許されないのだろうか。そんなことを思いながら急いで家に上がり、まず居間の戸を開けてみた。が、そこに直樹の姿はなく、見えたのは、円卓の前に座って茶を飲んでいる義父母の姿だけであった。

「直樹は？」

麻子は聞いた。

「二階におると思うけど。何やら恐ろしい顔をして学校から帰ってきたかと思うと、二階に上がったきり下りてこんから」

義母が言った。

そこで急いで直樹の部屋へ行ってみると、直樹は制服姿のまま床の上に向こう向きで横たわっていた。すぐそばにはカッターナイフと小刀が転がっている。思わず後ずさりし、それでもおそるおそる前に出て直樹やその周囲を見ると、血は流れておらず、直樹も呼吸はしているようであった。

麻子はほっと胸を撫で下ろし、直樹の前に回って声をかけた。

「どうしたの、直樹。具合でも悪いの？」

すると、直樹は細く目を開けて麻子のほうを見上げたが、起きるのも声を出すのも億劫《おっくう》らしく、横になったまま、手を横に振った。

「そう。だったらいいけど、母さん、びっくりして胸が潰《つぶ》れそうになった。だって、戸を開けたら、あなたが倒れてるし、そばにはこんな刃物なんかが転がってるから。……本当に大丈夫なのね。怪我なんかしてないのね」

「……うん」

「そう。じゃ、安心したけど。それにしても、どうしてここにこんな刃物なんかがあるのよ」

一番気になることを聞いてみたが、直樹は目を瞑っていて話そうとしない。そこで、

「とにかく物騒だから、この二つ、母さんの部屋へ持っていっておくわね」

と言ってナイフと小刀を拾い、階下の自分の部屋へ持っていって机の引き出しに入れた。それから再び直樹の部屋に戻り、「何か食べる?」と聞いてみると、直樹は物憂げな顔をして体を起こし、首を縦に振った。そこで急いでピザトーストを焼き、紅茶と共に持っていってやると、直樹は体を起こし黙々と口を動かしていたが、食べ終わると、ちらりと麻子を見て、

「メモしないの?」

と言った。

けれども麻子には、その言葉が何を意味するのか、すぐにはわからなかった。麻子にというより独り言を言ったようにも聞こえたからだ。が、更に眉根を寄せて催促するように直樹が同

じ言葉を口にしたとき、今度はその意味を理解することができた。これから自分が話すことをメモするように、と直樹は言っていたのである。

そこで麻子が自分の部屋から便箋とボールペンを取ってきて、直樹の前に座り、話すように促すと、直樹はメモを取る麻子の手許を見ながらゆっくりと訴えるように話し始めた。

……今日の午後、教室で合唱コンクールの練習をしていたら、一緒に練習していた小松というのが僕の前に来て「歌っとるのか」と聞いたんよね。

そこで僕が「歌っとるよ」と答えたら、

「いいや、歌っとらん。聞こえんかった」

と言って、いきなり突き飛ばしてきた。それで、僕が「何するんだ」と言って抗議すると、今度は殴りかかってきた。それで僕も癪《しゃく》に障《さわ》って小松の足を蹴って、しばらく揉《も》み合いになったんだけど、周りにいた者が止めてくれたから、その場はそれだけで済んだ。

ところが、そのあと学校を出て隆と一緒に家に向かって歩いてくると、小松がニコニコスーパーの前で待ちぶせしていた。いつもつるんで歩いている同じクラスの浅野、中井、津田と一緒に。そして、行く手に立ちふさがるようにして僕らをスーパーの駐車場に連れていくと、小松が言った、「よう、藤井君。さっきはよくも蹴ってくれたな」と。

さらに浅野に僕を羽交《はが》い締《じ》めにさせておいて、「あのとき練習していた歌をここで大声で歌うか、土下座して謝るか、それとも殴られるか、この三つの内のどれかを選択しろ」とも。

僕は、そのどれをも選択する理由はないと思ったから、何も答えず突っ立っていた。

だけど、だんだんむかついてきて、このままでは自分で自分をコントロールできなくなるのではないかという不安も覚えたから、とにかくこんな挑発するようなことはやめてほしいと思い、

「やめろ」

と大きい声で叫んだ。一緒にいた隆も「やめろ。やめろ」と叫んで必死に止めようとしてくれた。

だけど小松は、やめるどころか、

「もう待てん」

と言って僕の足を蹴ってきた。

そこで僕は、もう駄目だと思い、もしかしたら殺されるかもしれないという恐怖も覚えたから、羽交い締めにしていた浅野の腕を振り払うと、そばに捨ててあったビニールの傘を持って振り回し、小松目掛けて投げつけた。そうすれば、びびって立ち去ってくれるかもしれないと思ったから。ところが小松は、びびるどころか、更にごちゃごちゃ言ってきて、ほかの三人と一緒に飛び掛かってきた。そこで僕は、たまたまポケットに入れていたカッターナイフを取り出し小松に向かって突き出した。すると、さすがに小松も驚いたようで、

「月曜日、覚えておれよ」

と捨てぜりふを残して、ほかの三人と一緒にどこかへ去っていった。

とにかく、小松は以前から僕に何だかんだと因縁をつけてくるやつで、例えば体育でバレーボールをしているときでも、自分も失敗しているくせに、僕が失敗すると蹴ってきて、

「謝れ」

などと言う。ホームルームの時間にバスケをやっていたときも、班が違うのにいきなり割り込んできて、わざと僕にぶつかってきた。

それに、これは最近、隆から聞いたことだけど、小松は隆やほかの友達に、藤井と付き合うなと言っているらしい……。

そしてここまで言うと一息ついて、

「この話、新藤先生に話してほしい」

まっすぐに麻子の目を見て、きっぱりとした口調で言った。

「わかったわ」

麻子は言った。即座にそう応えたのは、直樹の言葉に嘘偽りはないと思ったからだ。それに、ずうっと閉じていた心を今ようやく開いて見せてくれて自分に助けを求めてきた、そうも思ったからだ。「このあとすぐに電話をするわね。だけど、この話を先生にするときには、あなたがナイフを出したことも言わなきゃならないんだけど、それは言っていいのね」

「いいよ。構わない。言わないと嘘になるから」

「そう。わかったわ。じゃ、このとおりに言うわね。だけど、その先に聞いておきたいんだけど、あなた、そのとき、どうしてナイフなんか持ってたの」

「技術の授業で使うために家から持っていっていたんだけど、終わったあと持ち帰ろうと思ってポケットに入れて、そのまま忘れていたんだよ」

直樹はそう答えたが、麻子は鵜呑みにはしなかった。

たとえそのような理由でポケットに入れたとしても、家に帰ったらすぐに取り出し、元あった場所にしまうべきではないか。それなのにそうしなかったのは、もしかしたら護身用に持っていたほうがよいと考えたからではないか……。

けれども、そこまでは追及しないことにして麻子は言った。

「そう。だけど、いくら身の危険を感じたとしても、そんなナイフなんかを取り出して、もし、何かの拍子に相手を傷つけたりしたらどうするのよ。それでもう、一生、そのことを背負って生きていかなきゃならなくなるのよ。とにかくそういうものは今後、絶対持ち歩かないこと。いいわね」

「……うん」

それからダイニングキッチンへ行くと、新藤先生に電話をした。ナイフのことも言っていいからとにかく先生に話してほしいと言っているということは、よほど身の危険を感じているか、小松のほうに自分以上の非があると確信しているからだろうと思ったからだ。それに、そのように助けを求めてきているときにどれほど力になってやれるか、それが今、自分は試されているのだと、そうも思った。彼のために一所懸命になっている姿を見せてやれば、彼の母親に対する信頼も生まれ、いじめてくる人間たちと闘う力も湧いてくるかもしれない、とも。

土曜日で四時を過ぎているし、もうだれもいないかもしれない。

そう思いながらダイヤルを回すと、新藤先生はまだ職員室にいた。そこでメモを見ながら事の顚末を話し、

「直樹が先生に伝えてほしいと私に言ったことは、今申し上げたとおりです。まあ、うちの子もどこか悪い点があったのかもしれませんが、待ち伏せしていたなんて、怖いですよねえ。そのうえ、羽交い締めにして、三つの内のどれかを選べと言ったというんですから、まるでやくざですよ。直樹は、そっとしておいてもらえば、他人に危害を及ぼすようなことはしない子です。それなのにどうしてこのようなことになるのか、先生にはおわかりにならないでしょうか」

「えっ。ああ、そうですねえ。……まあ、確かに直樹君、なぜかターゲットにされるんですよね」

「なぜかって、それじゃ、先生にもおわかりにならないということですか」

「ええ。……申し訳ございません」

「そうですか。まあ、私のほうで考えられるのは、体が小さいことと、私が日ごろ、絶対に手を出すなって言っているものですから、それで弱く見られてこうなるのかもしれないと、そのくらいしかないんですが」

「………」

「とにかく、久し振りに登校したというのに、こんな思いをさせられるのでは登校したくなくなるのも無理はないと、そう思うものですから」

「はい、おっしゃることはよくわかります。まあ、小松君とは学年の初めからとかく衝突しがちで、それでも、このごろは大分打ち解けてきていたんで、内心ほっとしていたんですが。……わかりました。月曜日、よく話してみます」

「そうですか。よろしくお願いします。特に、『月曜日、覚えておれよ』と捨てぜりふを残していったようですので」

「小松君がですか」

「そうです。それで直樹も怖いんだと思います。といいますのは、月曜日も早朝に合唱の練習をすることになっているらしいので、先生がおいでにならないところで、また同じようなことをされるのではないかと」

「ああ、そういうことでしたら大丈夫です。今日は他校とのバスケの練習試合に私もついていっていて、たまたまいなかったんですが、月曜日は私も早く出勤しますので。それでさっそく双方に事情を聞いてみますので」

「そうですか。よろしくお願いします。ああ、それと、事情をお聞きになるということですが、そうなると心配なのは、いわゆる、今どきの言葉で言う『ちくり』ですか、それを直樹が先生にしたのではないかと思われ、それでまたターゲットになるのではないかということなんですが……」

「ああ、そうですね。それじゃ、クラスの女の子が心配して電話をかけてきたことにしましょうか」

「そうですか。そのへん、よろしくお願いいたします」

深々と頭を下げて麻子は受話器を下ろした。

すると、月曜日の夕方、新藤先生から電話があった。

「土曜日にお電話いただいた件につきましては、双方から事情を聞きました。小松君も、クラス対抗の合唱コンクールなのでできるだけよい成績を上げたいと思っていたようで、その熱心さのあまり、ついそのような行為に出てしまったと反省しております。とにかくお互い、悪い点があったことを認めさせ、和解させましたので、今後こういうことはないと思います」

「そうですか。ありがとうございました。今後ともよろしくお願いいたします」

そう言って麻子は受話器を下ろしたが、内心では少しばかり不満と不安を覚えていた。お互い、悪い点があったことを認めさせたということは喧嘩両成敗ということではないか。そんなやり方で小松の直樹に対する嫌がらせはなくなるものだろうか。そう思ったからだ。

それでも、この後しばらくは登校してくれるだろうと思っていたのだが、直樹はその翌々日からまた登校しなくなった。新藤先生は和解させたから今後同じようなことは起こらないだろうと言っていたが、いくら子供でもそう単純にはいかないはずで、直樹も何らかの危険を感じたのかもしれない。

ようやく登校するようになっていたのに、これじゃ、台無しじゃないか。落胆し腹立ちも覚えたが、それでも思い直して、麻子は再び静観することにした。その段階でやれることはほかになかったからだ。それに、洋子が突然入院したために直樹のことばかりを考えているわけにいかなくなった。

十月十九日、火曜日の午後九時過ぎであった。洋子と同じ大学に通う友人から電話があった。内容は、洋子が三、四日前から体調を崩し、授業も休んで静養していたが、それでもよくならず、むしろひどくなる一方なので、さきほどタクシーで入院した、というものであった。その友人には食事の世話などもしてもらい、入院するときにも付き添ってもらったようなので、丁重に礼を言い、できるだけ早くそちらへまいります、と言って受話器を置いたが、そんな遅い時刻では、その日の内に上京できるJRはない。病状だけでも聞いておこうと、教えられた病院のナースセンターへ電話をすると、看護婦では病状の説明をしてはならないことになっている、明日の朝、電話をしてほしいということであった。そこで翌朝の九時ごろ再度電話をすると、担当医が出て、喘息の発作が起きて血中酸素が標準値の半分、脱水症状もあったので入院させたのだということであった。

本人は別に親に来てもらうほどでもないと言っていると医者は言ったが、麻子は休暇を取って午前十一時のＪＲに乗って上京した。

病室に入ると、洋子は酸素吸入と点滴をしていたが、酸素テントの中にいるせいか、痛々しく感じられた。

ストレスによってもこうしたことは起きるのだと、回診に来た医師は言ったが、どんなストレスがあったのだろうか。けっこう学園生活を楽しんでいるように見えたのだが……。

症状を見届けたところで、必要なものを揃えるため、洋子が借りているアパートと病院の間をタクシーで何往復もした。合間合間に、半乾きの洗濯物をコインランドリーに運び、乾燥機にかけて。

東海地方は十月に入ってからずっと雨続きだったらしい。そういう天候も病状を悪化させたのだろうか……。


入院して五日目ぐらいになると、洋子の病状も、自分のことは自分でできるくらいまでに回復した。

そうなると今度は、富山に残してきた直樹のことが気になった。食べるほうは義父母がいるから心配することはなかろうと思っていたが、登校については二人とも口出ししないほうがよいと考えているふうだったから、どうなっているか気掛かりだった。

そこで十月二十三日の月曜日、最終便で富山に帰り、義母にそのことを聞いてみると、麻子が上京した日から富山に帰ったその日まで、三日とも登校しなかったということであった。ということは、十月に入って登校したのは、テストの日の二日間と、あと三、四日、登校したかどうかということになる。

そのうえ、翌日の二十四日、また登校しないと言ったので、麻子は泣きたくなった。

それでも麻子自身は出勤しなければならない。あとのことは義父母に頼んで家を出たが、自転車のペダルを踏みながら、このまま家へは帰らず、どこかへ行ってしまいたいと思った。あるいは、酒でも飲んで深夜に帰り、母親がどんなに情けない思いをしているか、わからせてやろうかとも。

しかし、そのどれをも実行できないことは麻子自身よくわかっていた。そして、仕事が終われば重いペダルを踏んで帰宅するしかないことも。

十月二十六日の夜、洋子から、一応平常に戻ったので明日退院することになったという電話があった。

じゃ、手伝いが要るだろうし、母さん、上京しようか、と聞くと、友達もいるし何とかなるからいい、という返事だった。

そう。じゃ、行かないけど、あまり無理をしないでね、と言って受話器を下ろしたが、そのあと、麻子は思った。今度のようにあちらでもこちらでもということは、もうこれっきりにしてほしい。そうでないと精神的に参ってしまうし、この蕁麻疹も直らない、と。

というのは、蕁麻疹には精神的なものが原因で出るものもありますと、診てくれた皮膚科の医者も言っていたからだ。


そうした麻子の思いが直樹にも通じたのか、それとも麻子の大変さが直樹にもわかったのか、その後しばらく、直樹は登校した。

しかし、十一月七日、また事件が起こった。

その日、午後二時ごろ、直樹の担任の新藤先生から麻子の職場に電話があった。趣旨は、昼休みに直樹君と同級生の男子との間で揉《も》み合いになり、直樹君が防火扉に頭をぶつけて、額にこぶができてしまった。すぐに病院へ行こうかと言ったが、直樹君が大丈夫ですと言うので保健室で一応応急措置をしてもらい家へ帰らせた。しかし頭のことなので、念のため病院で診てもらってほしい、というものであった。

麻子は急いで家に帰ると、翌日、富山市民病院へ直樹を連れていった。すると、すぐに脳神経外科へ回され、CTスキャンや脳波の検査を受けさせられたが、結果は、今のところ異常はない、しかしこのあと、吐き気や頭痛、手足のしびれというような症状が出たら、すぐに来院するように、ということであった。

帰宅し、その旨を新藤先生に報告すると、翌日の夕方、その揉み合いになったという相手の生徒とその母親が新藤先生に連れられて家まで謝りに来た。生徒は直樹とは違い、色黒で背が高く肩幅も広かった。

こんなにも体格が違うのでは勝ち目がないことは、直樹自身、始めからわかっていただろうに、どうしてそんな喧嘩などしたのだろう。新藤先生の話では、何かちょっかいをかけられて、ということであったが、そんな我慢ができないほどのことだったのだろうか。

そう思ったが、それを直樹から聞き出すことは、再び不愉快なことを思い出させるような気がして、麻子にはできなかった。

翌日からまたしても、直樹は登校しなくなった。

一月下旬には私立高校の入試がある。二月中旬には、どの県立高校の入試を受けるかを決めなければならない。それなのに本人がそんなふうなのだから、親としては気が気でない。焦燥と不安も募る一方であったが、麻子はできるだけ気を逸《そ》らし、眼をつぶるようにしていた。今となっては塾だけが頼みの綱だ、と思いながら。

それなのに今度は、その塾をも休もうかと直樹が言い始めた。

その日、麻子が勤めから帰ると、直樹は布団の中にいた。

「なあに、まだ寝ているの。今日は金曜日だから七時半から塾でなかった？」

「うん。だけど、休もうかな」

「えっ。どうして？　塾は家のすぐ前にあるのに。それに、たったの一時間半。あっという間じゃないの」

そう言ってダイニングキッチンへ行き、夕飯の用意をしていると、直樹は間もなく二階から下りてきたが、義父母と一緒にテレビを見ていて、一向に出掛ける様子がない。

そうするうち、塾生が先生の使いということで迎えに来た。忘れているのかもしれない、と思ったのだろう。直樹が玄関に出て応対していたが、どう答えたのか、塾生を帰し、そのあと二階へ上がってしまった。

それっきり、ことりとも音がしないので、麻子はそっと二階へ行ってみた。直樹はベッドに横になり、頭から布団を被《かぶ》っていた。

麻子は全身の力が抜けていくような気がした。これまでの直樹は、たとえ学校を休んだ日でも、塾へは当然のように行っていた。それなのに今度はその塾をも休もうとしている。そう思ったからだ。物を言うのも億劫になったが、そのまま部屋を出たのでは休むことを黙認することになると思った。だから布団を乱暴に引き剝《は》がすと、声を張り上げて言った。

「どうなってるの、あんたって子は」

すると、直樹は慌てたようにがばと起き上がり、窓の向こうへ目をやりながら声を潜《ひそ》めて言った。

「静かにしてよ。塾に聞こえるじゃないか」

麻子は一瞬めまいのようなものを覚えた。そんなことに気を回すくらいなら塾へ行けばよいではないか。が、すぐに気を取り直すと、直樹の言葉など無視して言った。

「大体、今日一日、学校を休んで、何を考えてたの？」

「……………」

「何も考えなかったの？」

「……………」

「そう。何も考えなかったんだ。……ねえ、一度聞いてみなければと思ってたんだけど、あんた、今をどういう時期だと思ってるの？」

直樹が伏せていた目を上げ、麻子を見た。けれども、それはほんのしばらくで、間もなくその目を伏せると、けだるそうに言った。

「どういう時期って、……母さんはどう思うの」

麻子は言葉に窮した。この子はそんなこともわかっていないのだろうか。一瞬そう思ったからだ。が、すぐに思い直した。いやいや、わかってはいるが、とぼけているのだ。

だから今度も声を張り上げて言った。

「何言ってるの。母さんじゃなくて、あんたに聞いてるんじゃないの。あんたにとって今はどういう時期なのかと」

するとと直樹は、今度は他人事のように言った。


するとと直樹は、今度は他人事のように言った。

「どういう時期なんだろうね」

麻子は、崩れるようにベッドの脚もとにしゃがんだ。そして下から直樹の目を覗いた。この子は一体どんな目をして、今のようなことを言っているのだろう。

直樹の目は一見、虚ろだった。が、よく見ると、笑っていた。まるで目の前の麻子をあざわらっているかのように。

麻子は腹が立った。この子は、こんなにも心配している私を蔑《さげす》み笑っているのか。みぞおちの辺りから喉元へ重く熱いものが込み上げた。麻子は立ち上がって後ろへ飛びのくと、震える声でまくしたてた。

「わからないの。自分が今、どんなに大事な岐路に立っているか、それさえわからないというの。だったら、よっぽどのばかということよね。ああ、もう、母さん、頭がどうかなってしまいそう。父親がいないからってばかにされることがないよう、一所懸命頑張ってきたのに、ここに来てこんな思いをさせられるなんて。ああ、もう、どこかへ行ってしまってよ」

だめだ、こんなことを言ってはよくない。これでは直樹はなおのこと首をすくめてしまう。そう思いながらも自分を抑えることができず、麻子は叫び続けていた。

次第に麻子は自己嫌悪に陥っていった。どうして直樹は登校しないのか、さらには塾まで休むと言い出したのか、その理由がわからないから苛つき、つい大声を出してしまうのだが、そうした自分を哀れみとも蔑みともつかぬ目で眺めている直樹に気づくと、今度は自分の至らなさを痛感させられるからだ。

塾をも休もうかと言った、そのときもそうであった。

その後一週間ほどして塾の先生から聞いて初めてわかったのだが、直樹が塾へ行かないと言い出したのには、それなりの理由があった。同じ塾へ来るようになった学校の同級生が、直樹について、学校をずる休みしていると塾で触れ回っていたというのである。

それならそうと言ってくれれば、こちらにも対し方があったものを。すぐにそう思ったが、それじゃ、当時自分がゆっくりと話を聞いてやる姿勢を見せていたかと振り返ると、とてもそうとは言い切れない気がした。

もしかしたら自分が直樹を駄目にしていっているのかもしれない。だんだんそんな気がしてきた。現に直樹から、そうしたことを言われたことがあった、「あんたのその言葉が僕を駄目にしていくんだよね」と。さらに別の機会には、こう言われたこともあった、「僕が嫌がらせを受けるのは、あんたのせいでもあるんだよ。あんた、僕によく言っただろう。やられても絶対手を出すなって。もし何かあったら、母さん、仕事を辞めなきゃならないからって。それで立ち向かっていかなかったから、弱く見られてしまったんじゃないか」と。

けれども、どんなに悪く言われようと、自己嫌悪に陥ろうと、親であることから逃れることは許されないのだ、と麻子は思った。だから思い直して自戒しながらまた立ち上がるのだが、その後も何度となく感情的な行動をとっては打ちのめされた。

そのあと十日ばかり経った、その日もそうであった。

寒い朝であったが、直樹は起きてくると、体温計で体温を測り、長い間トイレに入っていた。その後、物も言わずに二階へ上がってしまい、行ってみると、ベッドの上で蓑虫のように布団にくるまっていた。

「なあに。今日もまた学校を休もうというの？」

「……うん」

「どこか具合悪いの？」

「………」

「どこが悪いの？」

繰り返し尋ねたが、直樹は黙り込んで返事をしない。

麻子は布団をめくると、直樹の腕を取った。そして、「どこも悪くないんでしょう。だったら、さっさと服を着て学校へ行きなさいよ」と言いながら強引にベッドから直樹を下ろそうとした。けれども直樹はベッドのヘッドボードにしがみついて、下りようとしない。麻子は手を離し、後ずさりして直樹を見た。

直樹の顔は、窓を背にしているせいか、あまりはっきりとは見えなかった。ただ目だけが光って見えたが、その光は冷たく、心なしか哀れみのようなものさえ浮かべていた。

麻子は直樹の上に被さっていった。そして、所構わずその体の上に拳を振り下ろし、ほとばしる思いを言葉にして吐き続けた。

「わかったわよ。休みたかったら、好きなだけ休んだらいい。ただし、その結果は四か月後にはっきりと現れてくるけど。それでもいいんなら、そうしていなさい。それにしても、あなたが二歳、洋子が小学二年のときに父さんが死んで、それから母さん、どんな思いをしてあなたたち二人を育ててきたか。それを考えたら、もう少し気概を出してくれてもいいんじゃないかと思うんだけど。そして母さんを喜ばせてくれてもいいんじゃないかと。それなのに、あなたたちといったら、これでもか、これでもかというように次から次に苦労をかけてくる。ああ、わかった。母さんなんかどうなってもいいと思ってるんでしょう。頭がおかしくなろうとどうなろうと、そんなこと知ったことかと思ってるのね。まあ、そう思ってるんならそれでいいけど。いえ、むしろ、頭がおかしくなったほうが、楽でいいかもしれない」

もう駄目だ、と麻子は思った。このままでは自分も直樹も、より悪い方へ向かうばかりだ。しかし、それでも親であることから逃げ出すことができないのなら、さてどうしたらよいだろう。もう一度、『子供一一〇番』に電話をしてみようか。それでなければ新藤先生に会ってみるとか。いやいや、そんなことをしても、以前に相談したときよりましな答えが返ってくるとは思えない。むしろさらに失望させられるだけかもしれない。なぜなら『一一〇番』も学校も、本気で一人一人の子を見ようとはしていないのだから。となると、やはり自分が独りで立ち向かうしかないということか。菊岡調査官が言っていたように、スポーツをやるなり趣味に打ち込むなりして、少しでもストレスを解消するようにしながら。

が、そう思い、小説を書くことや水墨画を描くことに打ち込んでみても、直樹の不登校の問題だけは頭から消えなかった。夫の不在からくる寂しさや悲しみ、夫が亡くなった後も義父母と一緒に暮らしていることからくる不満や苛立ち、そうしたことは考え方一つで和らげることも薄めることもできたが、直樹の問題はそうはいかなかった。一過性のことでなかったという理由もあるかもしれない。いや、それよりも何よりも、それが自分の血と肉を分けた息子のことであったからだ。わが子が沼に落ちてもがいている。足掻《あが》いても沼から抜け出せず、悲しげな目をして助けを求めている。そうした姿が眉間の辺りに常に張りついていて、消し去ることができなかったからだ。

だったら、旅でもしてみようか。しかし、夕方までには家へ帰らなければならないし、交通手段は電車かバスを使うしかないのだから、行けるのは県内、あるいは金沢ぐらいしかないのだが……。

などと考えていると、同人誌仲間の高子から電話があった。内容は、二人が属している同人誌の同人の消息や他の同人誌の話などであったが、話が尽きたかと思うころ、明後日、年休を取ったのだが何をして過ごそうかと思っている、という話が出た。そこで麻子は言ってみた。

「だったら、ドライブに連れてってもらえる？」

「ドライブ？　いいけど」

「そう？　ちょっと気晴らしがしたいのよ」

「気晴らし？　ということは、直樹君、まだ……」

高子とは、同じ同人誌に彼女は随筆や紀行文を、麻子は小説を発表していたことから顔見知りにはなっていたのだが、その後、洋子の医療費について助成を受けるために市役所の福祉課へ手続きに行ったときに彼女が職員としてその受付に座っていたということもあって、より深く付き合うようになり、最近では個人的なことについても話をしたりしている。

「うん。まだ……」

「そう。……で、どこへ行く？」

「どこでもいい」

「それじゃ、困る。どこへ行きたいか、はっきり言ってもらわないと」

「そう？　だったら、そうね、高山辺り」

「高山？　いいわよ」

ということで、麻子も一日の年休を取って高山方面へ行くことになった。

翌々日の朝、出勤しているときと同じ時刻に家を出て、スーパーマーケットの自転車置き場に自転車を置き、高子の車を待っていると、十月半ばに直樹の自転車が盗まれたことを思い出した。家の前にある塾のほかに学校の近くにある塾にも通っていたときで、そこで勉強している間に塾の自転車置き場からなくなっていたのだ。すぐに麻子も一緒になって捜し回ったが見つからず、警察に盗難届けも出したのだが、いまだに何の連絡もない。スリッパを隠されてまだ一か月余りのときだったし、多くの自転車の中から直樹の自転車一台だけがなくなっていたことから、直樹も不安そうな顔をしていたけれども、あのようなことの積み重ねが今の不登校につながっているのではなかろうか……。

高子は約束の時刻きっかりにやってきた。そして、麻子を助手席に乗せると、国道四十一号線を北に向かって車を走らせた。「今はまだ、おいしいコーヒーを飲ませる店も開いてないし、このまままっすぐ行くわね」と言って。

すると、二十分ほども走っただろうか、目の前に墨絵のような風景が見えてきた。標高七、八百メートルの山が幾重にも重なっている、その尾根近くに雪が刷毛で塗られたように薄く積もっていたのである。

「へえ、雪が降ったんだ、昨夜」

「そうみたいね。いよいよ来るものが来たという感じ」

更に先へ行くと、やがて車はトンネルに入った。以前にも仕事やドライブで何度か通っているトンネルだが、今日はなぜか、随分長く感ずる。いつになったら明るいところに出られるのだろうと思いながら、狭く長い闇の先を見つめていると、直樹との最近もこのトンネルのようなものだと思え、再び直樹のことが気になってきた。出てくるときもまだベッドの中にいて学校へは行かないように見えたから、伝えたいことは便箋に書いて机の上に置いてきたのだが、ちゃんと読んでくれただろうか。そこには冷蔵庫にサラダがあることも書いておいたのだが……。

「何考えてるの」

高子が麻子のほうをちらりと見て言った。

「ああ、ごめん。いつの間にか直樹のことを考えていて……。今日一日は考えないでおこうと思っていたのに」

「そんなの、無理でしょう。自然にしてたらいいんじゃないの。考えてしまうんなら考えたらいいし」

「そう？　だけど、それじゃ、あなたがおもしろくないだろうと」

「そんなこと気にしなくていい。かつては私も同じ思いをしたんだから。娘がシカトされて鬱状態になって」

「ああ、そう言ってたわね」

「そのために夫との関係までおかしくなって」

「えっ。そうなの？　私はまた、こんなとき夫がいてくれたらどんなに心丈夫だろうと」

「全然。私の場合はかえって、やりにくかった。時と場合を考えずに横であれこれ言うから」

「それに、父親がいたら、あの子もいじめられたりはしないだろうに、と」

「それも違う。シカトやいじめの被害者には、父親がいる子だってなるんだから」

「そう言えばそうね。この間、いじめが原因で自殺した子には、立派な両親がいたし、じいちゃん、ばあちゃんもいた」

そんなことを話しているうちに、車はトンネルを抜けて、雪が轍《わだち》の幅だけを残して十センチほども積もる、山間の道を走っていた。

枯色《かれいろ》の荒寥とした山も川も、放置されて今にも朽ちそうな作業小屋も、すべてを覆い隠して白く清らかに広がる雪の風景を眺めていると、何ひとつ苦にすることがなく伸び伸びと育っていたころの直樹の笑顔がまぶたに浮かんできた。

「今、直樹の昔を思い出していたんだけど、あの子、本当は明るく活発な子だったのよ。小学校に上がる前から、大人の読むような飼育本を読んでランチュウという金魚を育てていたし、自転車に乗れるようになると裏にあった自動車教習所の跡地へ行って日が落ちるまでそれを乗り回していたりして。ああ、そうだ。動物が好きで、椋鳩十《むくはとじゅう》の本なんか全部読んで、そのせいか、将来は動物学者になってアフリカに行くんだなんて、そんなことも言ってたわね。それなのに、この夏休み明け、スリッパを隠されてからは、急に陰気臭くなり学校も休むようになって」

「………」

「まあ、だけど、こんな過去のことを幾ら思っていても、問題解決にはならないよね。それより、今後どうしたらよいかを考えないと……」

「……」

「ねえ、あなた、学校については、どんなふうに考えてる？」

「学校？　そうねえ。今、急に聞かれても……」

「というのは、私、一度、学校に相談に行ったことがあるのよ。どうして直樹は学校へ行かないのか、先生はそのへん、どう考えているのか、聞きたいと思って。で、何とかして直樹が登校できるよう、その方法を先生と相談しようと考えて。だけど結果は、学校に対する失望と、自分の無力さを思い知らされただけだった」

「ああ、その点については私も同じ感想を持ったよ。一応応対だけはしてくれたんだけど、あとは、というと、何一つしてくれなかった。結果、娘はますます孤立し、学校へは行かなくなった」

どうやら高子にも同じ思いに陥ったことがあるようであった。

車は、坂道を上り始めていた。標高が九百メートル近くある数河峠《すごう》へと上る道で、ヘアピン状の折り返しを頻繁に繰り返しながら、ぐんぐん上へと上っていく。ようやく頂上が見えてきたと思ったら、雪が降り始めた。水気を含んだ霙雪《みぞれゆき》で、フロントガラスにぶつかってはワイパーに押されて流れていく。そして、そうした雪に煙るカラマツや白樺の林の間に、やがて赤や青の屋根を持つペンション風のしゃれた建物が見え始めた。数河峠の頂上で、道路の上に出ている掲示板にはマイナス二度と気温が表示されていた。

ドライブインに立ち寄るのかと思ったが、高子はさらに車を走らせた。できるだけ早く峠を下りたほうがよいと判断したのかもしれない。

上ってきたときとは違い、ひたすら麓へと下りていく長い坂道をゆっくり行くと、やがて雪はやみ、民家も見え始めた。

「さっき言ってた、今後どうしたらよいかということね、こんなふうにしたらどうかと、今ふっと思いついたんだけど。これからはあの子を社会の子だと思うことにするの。こうした病気を持っている子を預かって世話をしているんだと思うことにすると。自分の子だと思うから力が入り、期待どおりに行かないと腹が立って、つい手を上げたりするので、そんなふうに見方を変えたら、うまく行くんじゃないかと、こう思うんだけど。どう、この考え方？」

「うーん。まあ、それでやってみようと思うんならやってみたらいい。ただ、そう簡単に割り切れるものかどうか。……もうしばらくの辛抱だと思うよ。その間、そっと見ていてやれば。そうすれば、そのうち、必ず立ち直るから」

「そうかな。……だったら、もう少し頑張ってみようか」

「うん」

「それにしても、あなたが電話をしてくる前の日の夜なんか、私、思わず泣いてしまった。だから、すぐにもだれかに聞いてもらいたいと思ったんだけど」

「だったら電話をかけてくればよかったのに」

「そう？　だけど、お宅にはご主人がいらっしゃるし」

「そんな気遣い、全く要らない。亭主が近くにいるのは、朝、昼、晩の食事のときだけ。あとはそれぞれ自分の部屋で好きなことをして過ごしてるんだから」

「そうなの？」

「そうよ。でなきゃ、夫婦なんて続かないよ」

麓まで下りて、そのまままっすぐ進んで行くと、やがて、白壁土蔵の古い町並みや和ろうそくの老舗が見られる古川町中心部への道も見えてきた。が、高子はそのほうへは行かず四十一号線を高山に向かって車を走らせた。

「ちょっと情けない話をするけど、私、あの子によって救われていると思うこともあるの」

「というと？」

「いけないと思いながらも、つい感情的になって、言ってはならないことを口走ったり、時には手を上げたりするんだけど、それでも、あの子、怒って飛び出すようなこともしないし、反抗的になることもないから」

「なんだ。それじゃ、親と子と逆になってるんじゃないの」

「そうなのよ。私って、本当に母親としては失格」

高山の町に入ったのは午前十一時過ぎであった。市営駐車場に車を入れて、上一之町《かみいちのまち》、上二之町、上三之町などのいわゆる三町《さんまち》を歩くことにした。

ウィークデーだからか、それとも、風花が舞う寒さのせいか、観光客はまばらであった。麻子と高子は上着の襟を立て、自分の腕で自分を抱くようにして歩いた。時々、興味を覚える店があると、ぶらりと入っていく。そして店の中を一巡し、気に入るものがなければ黙って出て、また次の店へと入っていく。

出格子の窓の上に「金銀細工師」という古い看板を上げている店があった。戸を開け、のれんをくぐると、金銀細工というより、むしろ陶器や和小物などを多く並べている店で、隅のほうには、軽い食事や飲み物などを出しているらしく、小さいカウンターがあった。カウンターの中にいる女主人に地図を見せながら何やら聞き始めた高子に目で合図をして、麻子は店の中を回ってみた。昔懐かしい古布で作られたポーチや匂い袋、手染めの布で作られたぬいぐるみなどを手に取って見ていると、次第に心が和み、暖かいものに包まれているような気がしてくる。藍染の足袋袋を一つ買って、大小のぬいぐるみがぶら下げられている柱のほうへ行ってみた。赤い布で作られた高山独特のぬいぐるみで、丸い顔には目も口もなく、手と足はあるが指がない。ただ黒い頭巾を被り、金太郎のような腹掛けをしているという、それほど手数の掛かっていないものであった。

その中の一つを指さしながら麻子はカウンターの中にいる女主人に聞いた。

「これ、何と言うんでしたっけ」

「さるぼぼと言うんですよ。猿の子供という意味ですけど。これは、姑から聞いた話ですが、飛驒では雪が深いものですから、昔は子供の遊ぶおもちゃもなくて、それで、おばあちゃん達が孫のためにそういうものを作って与えたんだそうです。それが今では安産、魔よけ、夫婦縁を祈るお守りとして親しまれるようになって、けっこうお土産に買っていかれます」

「そうですか。安産ねえ」

麻子は女の言った言葉から、直樹が産まれたときのことを思い出した。生まれたあと、それが、産みの苦しみをしなくてよく、子育てや家事に縛られなくてもよい性《せい》であったことを、生まれた子のために喜んだことを。それなのに、その子が今、学校に行けなくて悩んでいる。行きたくても行けなくて苦しんでいる。

「一つ買って帰ろうかしら。魔よけになるというから」

刺子のちゃんちゃんこを着て肩から巾着を掛けた、直径十センチ大の顔のものを高子に示して麻子が言うと、

「いいんじゃない。私はこれを買う」と高子は言って春慶塗りのペン皿を見せた。

そのあとも、造り酒屋を覗いたり、高山の郷土料理などを食べたりして、富山へ向かったころには、太陽は既に西に傾きかけていた。

雲がたなびき、山の稜線との間に甘い色の夕焼け空が見えている、その空を見上げながら車の振動に身を委ねていると、寝不足だったせいか、まぶたが重くなってきた。

そこで麻子は言ってみた。

「ねえ、しばらくの間、シートをリクライニングにしていっていい？　この空をずっと見ていたいの」

「ええ、いいわよ。お好きにどうぞ」

高子はカーステレオのスイッチを入れてくれた。聞こえてきたのは、ヒーリングミュージックと言われる種類の音楽のようで、川のせせらぎを想像させるメロディーの奥から時々小鳥のさえずりも聞こえてくる。それを聞きながら空を眺めていると、これほどの幸せ者はどこにもいないのではないかと、そんなふうにも思えてきた。

もうどんな不満も言うまいと思いながら目をつぶっていると、いつの間にか眠ってしまったようであった。目が覚めたときには既に夕焼けの色はなく、周囲はすっかり闇の中に沈んでいた。

高山へのドライブは、麻子の心に覆い被さっていた自己嫌悪感や絶望感、無力感などの暗雲を、一時的にではあれ晴らしてくれた。

すると、それが直樹の心にもよい効果をもたらしたのか、十二月に入って、少しずつではあったが、直樹に変化が見え始めた。目覚まし時計で起きて隆と肩を並べて登校し、帰宅すると今度は塾へ行くという日課を当然のようにこなして。

十二月五日。その日も直樹は普通に登校し、夕方、麻子が仕事を終えて帰宅したときには、家の前の学習塾に行っていた。授業は六時半までだから夕食は一緒にとるのだろう。そう思いながら彼の分も用意をしていると、七時近くに急ぎ足でやってきて、今日はこのあとさらに二時間授業を受けてくると言った。塾長と話をして急遽それだけの個別指導を受けることにしたというのである。そこで義父母と三人で食事をし、そのあと自分の部屋で洋子に手紙を書いていると、直樹は九時過ぎに機嫌よく帰ってきた。そして独りで夕食をとった後、麻子の横に座ると、テレビのスイッチを入れてアクション物の映画を見始めた。麻子も知っている外国の俳優が出ていて、それが悪者を次々にやっつけるのが小気味よいので麻子も思わず見入っていると、直樹が甘えるように麻子のほうへ体を寄せてきた。一瞬驚き、くすぐったさも覚えたが、それでも気がつかないかのようにテレビの画面へ目を向けながら、麻子は今さらのように思うのだった。体こそ大きくなったが心のほうは、直樹自身言っているように、まだまだ「小人（ことな）」なのだ。

十二月六日も直樹は登校し、夜の九時ごろまで塾で勉強していた。あの子はあの子なりに精一杯頑張っているのだ。そう思い、義父母と一緒に夕食をとった後、年賀状を書いていると、帰ってきた直樹は、それまでになく生き生きしていた。充実した時間を過ごした後の満足感のようなものさえニキビ面に滲《にじ》ませて。それを見て麻子はまた思った。

こんなにも素直な少年なのに、それを歪《ゆが》めていたのは、もしかしたら、この私かもしれない。

その後も直樹は何の屈託もなさそうに登校し、塾へも行った。塾のほうは、冬季特別講習のほかに個人指導も可能な限り受けることにして。

そして十二月二十二日、学習塾から帰宅すると、麻子の横に座り、体をすり寄せるようにして言った。「明日、学校を休んでやるからな」

一瞬ぞくっとしたが、それでも声が明るいので、そっと彼のほうを見ると、その目は笑っていた。まるで、そう言って麻子が困惑するのを楽しんでいるかのように。

翌日、二十三日の日も直樹は登校した。雪の降る中を自転車で。その上、塾でも目一杯頑張って夜の十時半頃帰ってきたが、夕食をとった後、麻子の部屋まで来ると、またしても言った。

「明日、学校、休んでやるからな」

再びどきっとしたが、そのあと考えてみると、翌日からは冬休み、登校する必要はないわけで、そう言って麻子を困らせてみたようであった。麻子は思った。こうした冗談が言えるだけ、精神的に余裕が出てきたということかもしれない。

ところが冬休み明け、また事件が起こった。

夕方、麻子が帰宅すると、義母が待ちかねていたかのように居間から飛び出してきて言った。

「直樹のことだけど、一体どうなっとるがけ。なんやら恐ろしい顔をして学校から帰ってきたかと思うと、木刀を持って飛び出したりして」

「えっ。そうなんですか。……で、今はどこに」

「じきに帰ってきて二階に上がっていったから、自分の部屋におると思うけど」

「そうですか。じゃ、特に面倒なことにはならなかったんですね」

ほっと胸をなで下ろし、「どうもすみません」と詫びを言って、それから二階へ行ってみると、直樹は魂でも抜けたかのようにぐったりとベッドの上に横たわっていた。

そこで麻子が横に座って何があったのかと聞いてみると、直樹ははじめは億劫そうにしていたが、やがて次のように話した。

……僕が学校から家に向かって一人で歩いていると、自転車に乗った小松と浅野が追いかけてきて、僕を挟むように走り、なんだかんだと言いながら僕の脛《すね》辺りを蹴ってきた。痛いし、転びそうにもなったから僕は何度も「やめろ」「やめてくれ」と言ったんだけど、それでも蹴り続けて、家の前までついてきた。それで、我慢も限界にきていたし、そのまま家の前でうろちょろされても困るから、車庫にあった木刀を持って飛び出した。追い払おうと思って。だけど彼らもそれを察知したのか、出てみると、すでに逃げていて、どこにも二人の姿はなかった……。

「そう。わかったわ。だけど、あなた、家に帰るまでよく我慢をしたわね。それに、木刀を持って出たとき、その二人がいなくて、結果的にはよかったんじゃないの。そうでなかったら今ごろ、大変なことになってたかもしれない」

ひとまずそう言って宥《なだ》め、そのあと「だけど、その小松という子、どうしてあなたにそんなふうに嫌なことばっかりしてくるわけ？　合唱コンクールのときに先生から注意され、反省もしてたということだったのに。……なんだったら、もう一度先生から注意してもらおうか」と言ってみたが、「いや、そんなことしてもらわなくていい。余計なことはするな」と直樹が怒るように言ったので、そのままにしておいた。

しかし、果たしてそれでよかったのかどうか、その後、直樹はまた登校しなくなった。

そして、その頃からであった、直樹が麻子に対して暴力を振るい始めたのは。

それは時として、地獄を生きていると思うほどであった。

大抵が些細な言葉をきっかけにして始まるのであったが、がらがら声で怒鳴り、手当たり次第に物を投げ、突き倒して戸を閉めるという荒れようで、そうしたときの直樹の目といったら、手を差し伸べるのも怖いほど冷やかで、哀しげだった。

きっと苦しんでいるのだ。と麻子は思った。そろそろ受験校を決めなければならないのに、登校もできず、家の中に閉じ籠もっているしかない自分に腹を立て、苛《いら》ついているのだ。

そこで、何とかしてそうした苦しみから救い出してやりたいと思い、あれこれ考えてみたが、思い浮ぶ方法はもう何もない気がして、結局は黙って腹いせをぶつける対象になっているよりなかった。

その日もそうであった。ちょうど実力テストの範囲を書いたプリントを持って先生が訪ねてきてくれた夜であったが、麻子の部屋に直樹が来たとき、

「先生も、ああして心配して来てくださっているじゃないの。明日ぐらい、一度登校してみたら？」

と麻子が言ったら、それが気に障《さわ》ったらしい。

「うるせえな。登校しようとどうしようと僕の勝手だろう。なんで、そんなことにいちいち口出ししてくるんだよう」

そう言って近寄ってきたかと思うと、左手で麻子のセーターの襟をつかんだ。そして、麻子がひるんで声も出せないでいると、

「僕が何をしようと、あんたには関係ないだろう」

つかんだセーターの襟をひねり上げながら、更ににじり寄ってきた。

「それはそうかもしれないけど、そろそろ高校受験の説明などもあるかもしれないし」

かろうじてそれだけを喉から絞り出すようにして言うと、

「そんなこと、心配してもらわなくても、ちゃんと考えてるよ。とにかく、あんた、少しうるさいんだよな」

目尻を上げ、今度はいきなり後ろへ突き飛ばした。そして、麻子が起き上がろうとすると、今度は肩を蹴ってきたので、

「痛い！　何するの」

と逃げようとすると、

「ほら。ほら」

と、せせら笑いながら足で小突いてきた。

麻子は畳に尻をついたまま後ずさりした。ところが、後ろを見ていなかったので、うかつにもサイドボードに肩を打ちつけてしまった。ガラスが割れ、倒れた麻子の頭や肩に飾り皿や銅の置物が降ってくる。立ち上がる気力も失せて、サイドボードに体を預けた姿勢で直樹を見上げながら、麻子は思った。ああ、生むんじゃなかった。こんな思いをするのなら、この子を生むんじゃなかった……。

すると、そうした思いを見透かしたのだろうか、直樹は顔を歪めて憎々しげに麻子を見下ろすと、フンと鼻先で笑い、踵《きびす》を返して部屋を出て行った。

麻子はしばらくの間、そのままの姿勢で座っていた。蹴られた肩や腰が痛かったからでもあるが、それよりも、瞼に焼きついた直樹の冷やかな目になおも射すくめられていたのである。

今は遠い昔になった直樹の姿が思い出された。ＢＭＸという自転車で坂の多い砂利道を楽しげに走り回っていた姿や、本が詰まった重い鞄を肩にかけて図書館へ出掛ける姿である。ランチューという金魚を専門書を読みながら熱心に育てていたこともあったのだが、あの行動的で心優しかった少年はどこへ行ってしまったのだろうか。

何もかもが狂ってしまった、と麻子は思った。内履きを隠されたというあの日から、直樹の人生も私の人生も狂ってしまった。

「ああ、もう、疲れちゃった。もう、やっていけない」

麻子は思わず溜め息をつき、呟いていた。目から涙が溢れ、全身の力が抜けていくような気がした。

死のう、直樹と一緒に。そうすれば直樹も私も、この苦しみから解放される。

嫌だ、と突っぱねる直樹の声が聞こえるようであった。というのは、それまでにも麻子は直樹に向かって何度か、死のうと言ったことがあったからだ。しかし、その度に、直樹は撥《は》ねつけるように言った。

「嫌だ。どうして死ななきゃならん。死にたければ、おまえ一人で死ねばいい」

麻子は足音を忍ばせて階段の下に行った。そして耳をそばだてたが、上からは何の物音も聞こえなかった。そっと階段を上り、ドアに耳を寄せてみた。しかし、やはり、ことりとも音はしない。そっとドアを開けてみると、まだ夜の八時過ぎだというのに、直樹の部屋は真っ暗であった。

麻子はどきりとした。もしかしたら直樹も思い余って……。というのは、自分なら、あれだけも暴れれば、生きているのが嫌になると思ったからだ。一瞬不吉な想像までしたが、間もなくそれが思い過ごしだとわかった。

「何だよう」

直樹の眠そうな声が聞こえてきたからだ。

麻子はほっと胸を撫で下ろし、ドアを閉めると、階段を下りた。それから、自分の部屋に行ってテーブルの前に体を投げ出すように座った。続きの部屋になっている六畳間に目をやると、ついさっき修羅場となったサイドボードの前は、足の踏み場もない状態であった。

それをぼんやり眺めながら、麻子は考えていた。今し方、直樹の無事を知って自分が安堵したことを。直樹も、そして自分も本当は死にたくなんかないことを。

すると、怒りが噴き上げてきた。直樹が何をしたというのか。私がどんな悪いことをしたというのか。直樹も私も精一杯生きてきたのだ。それなのに、どうしてこのように苦しまなければならないのか……。

ふと、三者懇談のときに直樹から、あれが小松だと教えられて見た少年の、肥満ぎみな体や、いがぐり頭が思い出された。

すると、その少年の家の夕餉《ゆうげ》の風景が想像された。家族みんなで鍋を囲んで賑やかに食事をしている姿である。

そんなこと、絶対に許すことはできない！

と、麻子は思った。嫌がらせをされたほうはいつまでも心の傷が癒えず、その後も世の中への不信感と、暴力を振るう自分への嫌悪感を募らせているというのに、嫌がらせをしたほうは、そのことをすっかり忘れて、家族と共に楽しい団欒《だんらん》のときを過ごしている、などということは。

麻子は洋間に行くと、洋子や直樹関係のものを納めてある本棚から、直樹が学校からもらってきたプリントを綴じてあるファイルブックを取り出した。そして直樹のクラス名簿から小松の家の電話番号を探し出すと、それをメモ用紙に書き移し、それを持って電話機の前に立った。

この納得できない思いを、小松少年にもその親にも何らかの形で知ってもらわなければならないと思いながら。

けれども、メモ用紙に書いてある六桁の数字を、見間違えていないかどうか何度も確認しながらダイヤルをゆっくりと回し、呼出し音が七、八秒続いたあと、「はい。もしもし」と応える男の声を耳にした途端、恐ろしくなって受話器を下ろしてしまった。

その後も直樹はほとんど登校しようとしなかった。陰に陽に小松らの嫌がらせが続いていて、身の危険も感じていたからではないかと麻子は考えている。というのは麻子自身、直樹のそばにいて、それに近いものを覚えたことがあったからだ。

一月の末か二月の初めでなかっただろうか。夕方、直樹が、自転車なら十分ほどで行ける本屋へ行くと言ったので、麻子も買いたい本があり、一緒に行くことになった。街灯が少ないので、通り過ぎる車と自分たちの自転車のライトだけを頼りにペダルを踏んでいくと、直樹が突然、麻子を振り返り、「お母さん、早く走れ」と言った。声は低かったが語調のほうは強い命令口調だったので、麻子は、何が何だかわからないまま必死にペダルを踏んだのだが、家に帰ったあと、考えた。

……直樹が「早く走れ」と言ったときに、ふと後ろを見ると、あとを走ってきていた自転車が二台くるりと向きを変えて、向こうへ走り去っていくのを見たのだが、もしかしたら、あれは小松かその取り巻きだったのではなかろうか。……何にしても直樹は読みたい本一冊を買いに行く、ただそれだけのことをする間も身の危険を覚えたり不愉快な思いをさせられたりしていたのかもしれない……。

そんなふうに登校した日も少なかったから、中学校が高校に提出する内申書も良いはずはなく、結局、直樹は県立高校の受験には失敗し、私立の高校に行くことになった。しかし、それも悪くなかったのではないかと、その後数年たった今、麻子は思っている。それによって小松やその取り巻きから離れることができたし、親身になってくれる先生にも出会えたからだ。

親身と言えば、その後間もなく、不登校の子を専門に扱う女医の存在を知ったことも幸いであった。

そのような医師に診てもらう必要はないと言ってなかなか行こうとしない直樹を何とか説得し、その医師のいる病院へ連れていくと、

「お母さんはちょっと外へ出ていてください」

と、その医師は言った。

そこで、待合室で待っていると、間もなく診察室から直樹が出てきて、代わりに麻子に入るようにと言われた。どういうことだろうと思いながら指示された席に座ると、医師は開口一番、麻子に言った。

「いい息子さんじゃないの、お母さん思いで。何も心配することはありません。学校なんか、行きたくなければ行かなくてもいいんですよ。楽しいはずはありませんから。それより、お母さん、あなた、もう少し、時間をご自分のためにお使いになったほうがいいと思いますよ。何か趣味でもお持ちになるとか、それでなければスポーツでもなさるとか」

直樹よりむしろ麻子のことを心配しているような口ぶりであった。

診察室を出て待合室に戻りながら麻子は、医師が言った言葉を反芻した。「学校なんか、行きたくなければ行かなくてもいい」という言葉である。

ああ、そのような考え方もできるのか。

麻子は久し振りに青空を目にした気分になった。そんなふうに考えたことなど一度もなかっ

たからだ。学校は何が何でも行くものと思っていた。驚きであった。目から鱗《うろこ》が落ちるとはまさにこのことだと思った。

その後、直樹はその病院へカウンセリングを受けるために定期的に通い、徐々に登校もできるようになって大学受験にも成功した。しかも、東海地方にある大学だったから小松やその取り巻きとは擦《す》れ違うこともないわけで、それもよかったのだろう、今はすっかり以前の明るさを取り戻し、楽しそうに学生生活を送っている。

家を出る

一

夫の健一は昭和五十二年に三十六歳で亡くなった。

夜間、睡眠中に恐ろしい唸り声を上げて、それっきり目を開けることもなく死亡するという突然死だったから、麻子は救急救命センターの医者から「あらゆる手を尽くしましたが、だめでした」と言われても、それをそのまま信じることはできなかった。

まさに壮年期にあった人間がこんなにもあっけなく逝くものだろうか。

自分と小二の洋子、二歳の直樹、それに健一の両親の五人があとに残された。

茫然としたまま、なきがらとなった健一を家に連れて帰り、その後も、健一の会社と葬儀社と世話人との間で進められた儀式のレールに乗せられ、ただ言われるままに動いていた。喪主は義父が務めたが、耳が遠くて話が通じにくいということで麻子が呼ばれることが多く、実際に決めて事を運んだのは麻子だった。告別式では、弔問客が多くて家に入りきらず、庭にまで溢れ出していた。

通夜、告別式、還骨法要がようやく終わり、住職も帰ったあと、居間に義父母と健一の姉妹三人、そして麻子の母親と自分の子供二人が残った。麻子の父親は刑務官を退職後、家庭薬配置業の仕事をしていたのだが、当時は熊本を回っていて、携帯電話もない時代だったからなかなか連絡がつかず、葬儀には出席していなかった。

そうした席で義母がいきなり言った。

「ところで、麻子さん、おさとに戻られるがですけ」

麻子は思わず顔を上げ、周囲を見た。だれに向かって言ったのか、わからなかったからだ。すると、すべての目がこちらへ向けられていて、どうやら自分に向かって尋ねたらしいとわかったが、それでも答えることはできなかった。余命何か月とでも言われていたら、この人が亡くなったあとどう生きようかと考える時間もあったと思う。けれども健一の場合、突然死だった。それに、健一を家に連れて帰ってから、つい先程行われた還骨法要まで、喪主の義父に代わる人間として動いていたから、自分の将来についてなど考える暇もなかった。だから何と答えてよいかわからず、黙って俯《うつむ》いていると、麻子の横にいた母親が言った。

「まあ、おかあさん、もう、そんなことを……」

その意味は多分こういうことだったのではないか、と麻子は思っている。

まあ、おかあさん、もう、そのような話をしようとおっしゃるのですか。今、還骨法要が終わったばかりですのに……。

それなのに義父が間髪を入れずに言った。

「それならそれで、この家の……になったつもりで」

呂律《ろれつ》の回らない口調で呟くように言ったから、何になったつもりで、と言ったのか、麻子にはよく聞き取れなかった。「おやじになったつもりで」か、「あるじになったつもりで」か、何かそのような発音だったと思うのだが、「おやじ」にしても「主」にしても、それは義父自身のこと、夫を亡くしたばかりの三十代半ばの嫁に向かって義父が言う言葉ではない。だから意味がわからず、何の返事もしなかったのだが、三人の義姉妹は、まるでそれで話が付いたかのようにそれぞれ腰を上げて荷物をまとめ始めた。

麻子の母親も疲れたのか、麻子の弟が車で迎えに来ると、麻子の肩に手を置いて、「先のことはまたあとで考えればいいのよ。それより今日はよく休みなさい」と言って帰っていった。

あとには義父母と麻子と洋子と直樹だけが残った。


翌日からは、葬儀社や寺への支払い、健一の勤めていた会社や自分の勤めている裁判所への挨拶回りなどといった葬儀後の後始末で、麻子は毎日忙しかった。

忌引期間が終わると、すぐに勤めに出て、休暇を取ったために遅れてしまった速記録の作成をした。自分だけがどうしてこのようにひどい目に遭わなければならないのかと思うと腹が立って、だれにでもその不満をぶつけそうな気がしたから、できるだけ人とは口を利《き》かないようにして。裁判所速記官の仕事は、法廷に出て、そこで交わされる言葉のやり取りを速記タイプを使って速記し、速記官室に戻ると、法廷で作成した速記原本を基にして速記録を作成するというのが主な仕事だったから、そのようにしていても特に支障はなかったのだ。

そうしながらも時々、考えていた。

還骨法要のあと、義父母と義姉妹、母親と私のいる場所で、私の今後についての話は出た。が、出たと言っても、義父母と母親がそれぞれ、その思う一端を呟いただけで、私自身は何の意思表示もしていないから、あれでは話し合いをしたことにはならない。母親も「まあ、おかあさん、もう、そんなことを」と言って、あの場でそうした話をすることには賛成できない旨の発言をしていたし、そのうち日をあらためて本当の話し合いが持たれるのではなかろうか、と。

けれども、いくら待ってもそうした動きはなかった。

どうなっているのだ。苛立ちが募っていく。

このまま私の意思も確認せずに藤井の家で過ごさせようというのか。法的には私に健一の親を見る義務はない。だから私は藤井の家を出てもよいのだが……。

しかし、その一方では、こんなことも考えていた。

私が今この家を出たら世間は何と思うだろう。私は、家を出ても借家を借りることができる。子供たちについても、保育所に入れるか、実家の母にその世話を頼めばよい。母親は今も次兄の娘の子供を預かって保育園への送り迎えなどをしているし、私の子供たちの世話もしてくれると思う。だから私のほうは十分やっていけるのだが、ただ世間がなんと思うかだ。息子が亡くなってまだどれほどもたたないのに、もう嫁が出ていったと知ったら何と思うだろう。薄情だと思うのではなかろうか。

あれこれ思い惑い、自分からは、出たいとも話し合いの場を持ってほしいとも言えないまま、ずるずる引きずられるようにして過ごしていると、健一が亡くなってひと月にもならない七月中旬、義母が麻子にちょっと居間まで来てほしいと言って呼びに来た。

何だろうと思い、行ってみると、義父もそこで茶を飲んでいて、義母が言った。

「生活費のことやけど、健一が亡くなった今、いくら入れてもらえるがやろうと思って……」

健一が生きていたときには、生活費として、健一の給料の全額と麻子の給料の半額を健一の手から義母に渡していた。それのあらためての請求で、しかもその額をこれからいくらにしてくれるのか、と聞いてきたのである。

麻子は考えた。これは、今まで健一を通して出してきた私の給料の半分では足りないということだろうか。健一の給料が入らなくなった今、以前より多く出してほしいということだろうか。

そこで急いで頭を巡《めぐ》らせ、十五万円出すと言った。

あとになって、どうしてあの場ですぐに答えたのか、もっとよく考えて翌日か翌々日に答えてもよかったのに、と悔やんだものだが、そのときは、どんな答えが返ってくるか聞くまでは茶も飲めないといった様子で耳をそばだてている義父母を見て、あまり待たせるのは気の毒というか、かわいそうというか、何かそう思ってしまったのだ。基本給が二十万円足らずなのに十五万円という額を言ったのも、取りあえず前よりも大きい額を言って二人を安心させたいと思ったからで、その差額をどこから出すかについては、健一に渡していた小遣いやガソリン代もこれからは要らなくなるし、それを充《あ》てればなんとかなるのではなかろうかと、なぜか投げやりになって考えていた。

けれども自分の部屋へ戻ると、次第に不愉快になり、義父母に対する不満も噴き上げた。またしても「おさとに戻られるがですけ」と聞かれたとき同様、虚をつく形で聞かれた。そしてそれに思わず答えた結果、今度は経済的に身動きできなくされてしまった。そう気がついたからだ。

だから眠れないままに考えた。……それは、義父母にとっては、嫁がこの家を出ていくのかどうなのかということも、生活費としていくら入れてくれるのかということも、彼らの今後を左右する問題だから、一刻も早くはっきりさせたいことだったのだろう。それで二人で相談し、あのように聞いてきたのだと思うが、その相談をしているとき、嫁の将来については考えなかったのだろうか。息子が亡くなったあと、ほとんどしゃべらない嫁の心中を推し量り、聞くとしてもいましばらく時間を置いてから、心が定まってからにしたほうがよくないか、と話し合うようなことはなかったのだろうか。なかったとすれば自分たち本意の、薄情な人たちだ……。

八月下旬、麻子は自転車で神通川の土手を上流に向かって走っていた。

忌引休暇が過ぎるとすぐに仕事に出て、以前と同じ生活が始まったが、家でも職場でも麻子はほとんど話さなかった。口を開けば胸の辺りにわだかまっている怒りや不満が噴き出しそうで怖かったからだ。けれども四十九日も過ぎると、こんなことをしていてはいけないと思うようになった。自分がこのようにしていることで周囲の空気を暗く重く沈ませている、と気がついたからだ。そこで、一度、どこか静かなところへ行って頭を整理しようと思い、午後半日の休暇を取ったところであった。

(あとになって知ったのだが、この時期、義母から麻子の実家に次のような電話がかかったそうだ、「麻子さんにあのように陰気臭い顔で黙りこくっていられては私たちの体が持ちません。おかあさんから麻子さんに注意してください」。けれども母親はこう答えたという、「今の麻子にそんなことは言えません」。実際、母親が麻子にこのことを話したのは、その後三年ばかりしてからだった)

有沢橋の手前まで行くと、河川敷へと下りる道を走り、橋脚近くで自転車を下りて、水際に築かれていた石垣に腰を下ろした。そして、神通川の流れを見ながら考えた。健一が獣のような声を上げて亡くなってからの目まぐるしく過ぎた日々や、その間に覚えた様々な思いを。そして、このあと自分はどう生きていけばいいのか、というより、どう生きていきたいのかを。

すると、胸の奥深くに押し込めていた思いの澱《おり》が一つの言葉となって浮かび上がった。それは、健一が亡くなってから、というよりもさらに前、健一と結婚してしばらくたったころから、義母に叱られたり不自由さを覚えたりして少しずつ募り始めていた、家を出たいという思いであった。

藤井の家を出たい。出て、だれに遠慮をすることもなく、だれに干渉されることもなく、のびのびと自分の人生を生きたい。

けれども、その言葉に行き着いて、夕方家に帰り、いざ、そうした思いを義父母に話そうとすると、息子に先立たれて心細い思いをしているであろう二人に、もう、そんなことを話そうとしている自分が薄情というか無責任な人間に思えて、どうしても切り出すことができなかった。

そこで、話すとしても百か日が過ぎてから、いや、年が明け少し春めいてからにしようと、そのころになれば義父母の心も今よりはしっかりし、家を出たいと思う嫁の気持ちも理解してくれるようになるかもしれないし、と自分で自分を諭《さと》して、その場は言わずに過ごしたのだが、なかなか、そう、思うようには行かなかった。

年明け早々、義母が「背中に冷たい雑巾が張りついているよう」だとか「食欲がない」などと言って寝込み――往診に来た医者は自律神経失調症だと言っていたが――一か月後ようやく床離れしたと思ったら、今度は義父が脳梗塞で入院するというふうに、自分のことなど言っていられないようなことが次々と起こったからだ。

さらに健一の一周忌が近づくと、今度は墓を建て直す話が出た。義父と麻子が費用を出し、これまでより大きい墓を建て、そこに建立者として麻子の名前も刻むという話だった。麻子は胸苦しい思いになった。建立者として名前を刻むということは、取りも直さず、藤井の家に残ることを意味する。それだけはやめてほしい、と麻子は思った。それでは、この一年近く、いつ言い出そうかと思っていたことが言えなくなってしまう。そこで、たとえ建立者として名前を刻まれても最後まで藤井の家を守るとは約束できないと、義姉にだけは、墓石のデザインや大きさなどを話し合ったあと家から送って出たときに言っておいたのだが――義父母には、菩提寺の住職や石材店も同席していたから言えなかった――義姉がそれを義父母に言ってくれたのかどうなのか、建ってみると、義父の名前の横には麻子の名前が刻まれていた。

そのために、今度こそ足枷《あしかせ》でもされたような思いになって、結局自分はこのようにして言いたいことも言えずに家に縛られ生きていくしかないのだろうかと、絶望的な気持ちに駆られた。

義父母のことに加え、仕事のほうにもそれまで以上の気を遣わなければならなくなった。全国を騒がせた連続女性誘拐殺人事件が富山地方裁判所に係属し、集中的に審理されることになったからだ。しかも、事件の現場が富山と長野の両県にわたっていたから、長野への出張尋問もあり、多忙を極めた。

翌年の春、義父が再び脳梗塞で入院した。このときもそれほど重症にはならず、リハビリでなんとか以前と同じ生活ができるようになったが、夏の初め、今度は実家の母が腰を痛めて入院し、秋には実家の父が家庭薬配置業の仕事で回っていた群馬県で交通事故に遇って入院した。幸い後遺症もほとんどなく、碁を打つために六、七キロ先の呉羽山老人センターへ自転車で出掛けるまでになったが、一年後、末期の膵臓癌と診断され、手術もできず亡くなってしまった。

父は健一が亡くなって間もなくから、藤井の家を出て戻ってこいと言っていた。その父が亡くなったのだから、麻子は大きな支柱が自分から失われた気がした。

肉親の死が自分の足元をあらためて見直させ、血の絆の喪失が痛切な悼《いた》みとなって覆い被さってきた。

次から次へとめまぐるしく事件が起き、結局、何も言い出せないまま、それに飲み込まれるように年月が経っていく。不満が鬱積したまま、なし崩しに時間が埋められていく。いつの間にか惰性が内部の意思を押さえつけ、家に飲み込まれていく麻子を塗り潰していた。

二

惰性と日常の繁忙のうちに深くどこかへ潜ってしまったような懸案だったが、ふとしたことからそれが突然蘇ってきた。

すでに洋子は大学生になって東京に住み、直樹は中学三年になっていた。

健一の十三回忌法要を済ませた十二月初旬のことだった。義母の発した一言が、地下に伏流していた意思を呼び覚ました。

その日、麻子が仕事から帰り、普段着に着替えて台所に出ていくと、義母が居間から出てきて麻子の前で言った。

「波岡のばばあはよく面倒を見てくれるから、波岡のばばあに見てもらえ」

その前に、新潟に住んでいる義母の次女からソファが送られてきたので、それを直樹に指示して縁側のほうへ移動させていたら、直樹がその次女のことを「ばばあ」と言ったので気分が悪かった、というようなことを言っていたし、義母の後ろを見ると直樹がにやにや笑いながら立っていたから、もしかしたら直樹に仕返しをしようと思い、そう言ったのかもしれないが、――その後、直樹に確認したところ、そんな「ばばあ」などとは言っていないと言っていた。ただ、ソファを移動するにつけて、ばあちゃん自身は居間のいつもの席に座ったまま、座敷のテーブルをこっちへ動かせ、縁側の今あるテーブルと椅子は洋間へ持っていけ、などと、せっかちに口うるさく指示したので文句は言ったけれども、と。だから義母の聞き間違いか、補聴器の具合でも悪かったのではないかと思うのだが――何であれ麻子は、義母のその「波岡のばばあ」という言葉を聞き流すことができなかった。「波岡のばばあ」とは実家の母のことだと思ったし、「波岡のばばあはよく面倒を見てくれるから」という、その言葉の裏には、嫁の実家は何もしてくれていないという不満や皮肉のようなものが込められていると思えたからだ。

麻子の実家は、健一が亡くなったあと、麻子や子供たちのことを放っていたわけではない。藤井の家を出て戻ってこいと言っていても娘の麻子がそうしないから心配しながら見守っていただけで、頼めば、義母が自律神経失調症で一か月寝込んだときなど、母が藤井の家まで来て食事の用意をしてくれた。麻子に当直や泊まりがけの出張が割り当てられて義父母のほうで子供たちを見てくれそうにないとき——義母は、ウイークデーの午前八時半から午後五時までの勤務時間と通勤に要する時間だけは黙って見てくれたが、それ以外はごめんだということを態度や言葉で表す人だった——は、波岡の家で預かり、世話をしてくれた。それなのにこんなふうに言われたのでは黙っているわけにいかない。それに、健一が亡くなったのだから家を出てもよいのだが、それでは義父母が心細いのではないかと思い、踏みとどまって生活費も目一杯出し頑張っている自分の前で母親のことを「ばばあ」と言われては……。(麻子は、自分についての悪口なら、さほど腹も立たなかったが、波岡の家の人間についての悪口は、自分さえ知らないことを推測して言ったりされるのだったから、許すことができず、いつまでも心に残った。)

そこで夕食の後片付けも終えた後、麻子は思い切って居間に行くと、こたつで茶を飲みながらテレビを観ていた義父母に向かって言った。

「私と直樹がいることで不愉快に思われるのでしたら、アパートに住んでもいいんですけど」

そして、何を言い出すのかといった顔で黙ってこちらを見ている義父母をそのままにして自分の部屋に行くと、部屋を片づけたり読みかけの本を読んでみたりしていたが、それでも苛々が治まらないので、「ちょっと義姉さんの家へ行ってきます」と言って家を出て、歩いて五、六分のところにある義姉の家へ行き、その顚末を話した。直樹と二人でアパートに入ってもいいのだと義父母に言ったことも、本心そう思っていたから、そのまま告げて。

ただし、初めは当惑気味に話を聞いていた義姉の夫から「話はわかった。出る出ないは好きにされていいんじゃないかと思うけど、その前に僕らのほうで、じいちゃん、ばあちゃんに話をしてみるから」と言われると、話をされたあとの展開を思い描いて急に怖くなったから、その時期を少しでも遠くへ持っていくよう、「出るとしても直樹の高校入試の結果が出てからになると思うんですけど」と、一応、付け加えてはおいたが。

その後しばらくはどこからも何の動きもなかった。

出るとしても直樹の高校入試の結果が出てからになると言い添えておいたから、義姉夫婦もそれを考え、今はまだ義父母には話していないのかもしれない。

そう思いながら麻子は、職場では年内に仕上げてしまわなければならない速記録の作成などに精を出し、家では年賀状を書いたり、読みたいと思って買っておいた本を読んだりしていた。

すると、あと数日で年末年始の休暇に入るという日の夜、義母がちょっと居間に来てほしいと言って麻子を呼びにきた。

行ってみると、義父もこたつの、庭に向くほうの席に座っていて、麻子が座ると、義父母が交互に問いかけてきた。

「今月の初めだったか、おまえ、直樹と二人でアパートに入ってもいいと、なんかそんなようなことを言うとったが、あれ、本気で言うたがか」

「……ええ。私も五十歳、あと十年しかありませんし」

あと十年というのは定年まで十年という意味で、せめてその十年間ぐらいはだれに遠慮をすることもなく、だれに干渉されることもなく、自由に生きたいと思ったのだ。麻子にとって定年後の時間は文字通り余生、何をしようと思っても限界を考えてしまう、おまけの時間でしかなかった。

「なら、藤井の家は守っていってもらえるがけ」

「それは私も藤井、直樹も藤井。墓は守りますし、法事などもやっていきます」

「ということは、わしらも見てくれるということか」

「それは、たとえ家を出ても、なんらかの形でお世話はします」

「最後まで見てくれるということやね」

「いえ、それは、最後までということは……ちょっと申し訳ないんですけど、約束できません。洋子も東京で就職したいと言っていますし、直樹も東京の大学に進学するかもしれません。それで、おかあさん、来て助けてほしいと言ってくれれば、やっぱり行ってやらなきゃなりませんし、私もどういうことで子供たちの世話にならなければならなくなるか、わかりませんので」

答えながら、麻子は考えていた。この人たちは、私がこの十三年間、どんなに不自由さや寂しさを覚えながら生きてきたか、それを考えてみたことはないのだろうか。そして、今こんなふうに問い詰めていることが私をますます逃げたい思いにさせているということに全く気がつかないのだろうか。

それでも、その一方では、そんなふうに聞かずにはいられない二人の気持ちもわかるような気がしたから、それ以上そこにいるのがつらくなって、話の途切れたところで頭を下げると、黙って自分の部屋へ引き上げた。

が、机の前に座り、読みかけていた本を再び読み始めてみても、居間に残した二人が気にならず、何ひとつ頭に入らなかった。テレビのスイッチを入れ、チャンネルをあちこち替えてみても同じだったから、布団を敷いて寝ることにした。こんなときは何も考えず、とにかく眠ることだと思いながら。それなのにやはり寝入ることができず、それどころか居間で交わしたやり取りが繰り返し頭に浮かんで、しまいには、こんなことも考えていた。あんなふうに向こうが次々と問い詰めてきたから、こっちはあのように答えたのだが、自分は間違っているのだろうか……。

直樹は私立高校の入試には合格したが、県立高校の入試には失敗した。

県立高校の入試では内申点が重要視される。それなのに直樹は三年生の二学期の初めに内履きを隠されてから、次第に学校へ行かなくなり、期末が近づいたころには試験の日以外、登校しなくなっていた。理由は、嫌がらせをされたり、言いがかりをつけて暴力を振るわれそうになったりしたからで、そのうちの何件かは担任の先生も知っていたのだが、それでも不登校は不登校である、良い内申点を付けてくれるわけがない。受験する前からそう思っていたから、麻子は、不合格だったと知っても、さほど落胆はしなかった。

直樹の通う高校も決まったので、入学手続き等、いろいろと忙しい日々を送っていると、春分の日、義姉の夫から、どこかで食事でもしながら話をしようかという電話があった。

そこで指定された『喫茶亭』へ行くと、待っていたのは義兄だけで、義姉はなぜか来ていなかった。

……夫婦で話し合った結果、義兄だけのほうがよかろうということにでもなったのだろうか。そう思いながら、聞かれるままに、それまでの生活を、かなり詳しく話した。別にぐちとしてではなく、知っていてほしいと思って。

健一が亡くなった後、精一杯頑張って、生活費は毎月十五万円、その後ベースアップもあったので、三年後からは十六万円、義母に渡してきたこと。それなのに、義父母が生活費として出していたのは、義姉《ねえ》さんから聞いた話では、二人で一万円だったこと。それで、それはおかしいんじゃないかと義姉さんが言ってくださって、その後その一万円が二万円になり、今は三万円になっているらしいこと。ボーナスが支給されたときは、それを袋ごと義父母に見せて、その中から地代、庭師に剪定《せんてい》や雪囲いなどをしてもらう、その代金、餅や冬野菜などを買う越冬資金というものを出させられ、残りは、電気料、電話料、NHK受信料などが引き落とされている麻子の預金口座に預金してきたこと……。

すると、義姉の夫は言った、「家を出るか出ないか、それは好きにされたらいい。一時《いっとき》出るもよし、永久に出るもよし」と。

あとになって気がついたのだが、この『喫茶亭』での話し合いは、義兄が義父母から頼まれて設けられたものだったのかもしれない。そうでないと、「出るか出ないか、それは好きにされたらいい。一時出るもよし、永久に出るもよし」などということを、住所も別にしている義兄の立場で言えるはずがないのだから。それに、これもあとになってわかってきたのだが、健一が亡くなったあと義父母は以前よりも頻繁に義姉の家に行くようになっていて、藤井の家のことについて何かと相談していたらしい。嫁では頼りないし嫁に聞かれたくないこともあったからではないかと麻子自身、思っているのだが、何にしても、その時点ではまだそうしたことは知らなかったから、麻子は一、二分迷った後、しばらく考えさせてほしいと言った。

突然の話に、とっさにどう答えたらよいか、わからなかったからだ。それに、次々に問いかけて最後まで自分たちを見てくれるのかと迫った義父母の心を思うと、そんな二人を置いて出るということがまたしても無責任で薄情なことに思えて、即座に、じゃあ、そうさせてもらいますとは言えなかった。

三

四月になると直樹は、呪縛《じゅばく》から逃れられでもしたかのように毎日、定時に登校するようになった。中学時代、直樹に嫌がらせをしていた少年たちもそれぞれ就職したり別の高校へ行ったりして顔を合わせることもなくなったからではないか、と麻子は思ったが、雨の日は電車を利用し、晴れた日は自転車に乗って元気よく出かけていく。

これこそが直樹本来の姿だ。自転車屋へ二人で行って彼が欲しいと言ったマウンテンバイクを買ってやると、それに乗って裏の自動車教習所跡地を楽しそうに走り回り、週末にはそれで市立図書館まで行って、義父にもらった掛け鞄を、借りた本で一杯にして帰ってきていた姿だ。

ようやく長いトンネルから抜け出せた思いで、ほっと胸をなで下ろし、四月一日付けで主任速記官に任命されて管理職的なこともやらなければならなくなった仕事を何とか処理して家へ帰っていると、ある日、義姉の態度がどことなくおかしいことに気づいた。理由はよくわからないのだが、じろっとこちらを見てきて、麻子がそのほうへ目を持っていくと、慌てて向こうへ目を逸《そ》らす。なぜだろうと思っていると、それから数日後、今度は義母が麻子に、義姉夫婦が機嫌を損《そこ》ねていると言った。

あとになって気づいたのだが、このとき義姉夫婦が不機嫌だった理由は、もしかしたらこういうことだったのかもしれない。自分たちが一所懸命じいちゃん、ばあちゃんに働きかけて、金銭的な譲歩や出てもよいという返事などを引き出してやったのに、しばらく待ってほしいと言ったきり返事もしない、おかしいじゃないか。

けれども麻子のほうは、十二月初旬に義母が口にした「波岡のばばあ」が気に障《さわ》って、一旦は「直樹と二人でアパートに住んでもいい」と言いはしたものの、「出るか出ないか、好きにされたらいい。一時出るもよし、永久に出るもよし」と言われると、健一と九年、その後十三年、住んできて思い出もたくさん詰まっている家を本当に捨ててもよいのか、という思いなどが胸に迫り、迷いも出てきたから、子供たちの意見も聞いてみなければならないし、結論を出すのはゆっくりでもよいだろうと考えていたのである。

それでも義姉夫婦にまでそうした態度をとられると居づらさを覚えるようになったから、出るとしたらいつごろがよいだろう、移り住むとしたら公務員宿舎がよいのだが、などと考えていると、洋子が、オーストラリアでホームステイをするため住民票を取りに来ると言って電話をかけてきた。そうなると、しばらくは住民票を移すこともできない。さらに、五月の連休には神戸に住んでいる義妹が夫や子供を連れて富山へ来ると言ってきたから、そこでまた自分のことは後回しにせざるを得なくなり、再び流されるように変わらない生活が続いた。

しかし七月下旬、義母がまたしても気に障《さわ》ることを言った。

その日、麻子が仕事を終えて帰宅し、自分の部屋へ行こうとすると、台所のキッチンテーブルの前に座っていた義母が茶封筒を麻子の前に差し出し、言った。

「これ、地代の請求書がきたけど」

いきなりだったから何気なく受け取って、自分の部屋へ行き、中を改めると、確かに百七坪の借地の地代の請求書だった。一年分を二回に分けて、上半期分はお盆ごろに、下半期分は年末に払うことになっている、その上半期分の請求書である。

その請求書をそうした形で自分に差し出したということは、今回も自分にそれを払えという意味だろうと麻子は思った。

けれども麻子はそれを、黙って払う気にはならなかった。金額はともかく、自分が地代を払うということに、払い始めた当初からずっと違和感を覚えていたからだ。

結婚する前、麻子は藤井の家の下の地面が借地であることを誰からも知らされていなかった。縁談を持ってきた父の姉からも健一からも義父母からも聞かされていなかった。松、モミジ、ツツジなどの木が雑然と植えられていた平庭を造園業者に入ってもらってちゃんとした庭に造り替えたいと健一が言い出したときに、そのときは事前に地主の承諾を得なくていいだろうかということを健一と義父母の三人で話しているのを傍《はた》で聞いて、初めて知ったことである。それなのに、どうして自分がその地代を払わなければならないのか。それでも自分のほうにそれを払う余裕があるのならともかく、共済組合から教育資金を借りて、そこから東京の大学に行っている洋子に授業料や生活費を送るなどしている今、とてもそんな余裕はない。三月下旬に『喫茶亭』で義兄と話をしたあと義父母が生活費として家計に出すお金は、二人で三万円だったのが五万円に引き上げられたと義姉から聞いた。それでも麻子の出すお金がそれだけ少なくなったかというと、そうした話は義母からは全くなくて、それまでと同じ額だったから、麻子の経済的不満はそのときもなお続いていた。

そこで麻子は普段着に着替えて台所に出ていくと、まだそこのテーブルに座っていた義母に請求書を返しながら言った。

「この地代、借地権者はお義父《とう》さんになっていますし、これからはお義父さんに払ってもらえないでしょうか。私は、洋子のほうへ授業料や生活費を送ってやらなければならないので、一杯一杯ですし……。それに、こうしたものまで払っていたら退職金と年金しかなくなるんで」

するとと義母は言った。

「退職金と年金しかなくなる……。そっでいいねかいね」

麻子は唖然とし、そのあとむしょうに腹が立った。この人は私のことをどう思っているのだろう。血の繋がっている息子ではなく、その嫁なのだ。その嫁に、息子が亡くなったためにいろいろと苦労をかけている。そう思うことはないのだろうか。幾分かでもそう思っていたら、こんなつれない言い方はできないと思うのだが……。それに、お金についてはどう思っているのだろう。家の外に出て働き、その対価としてお金を受け取るという経験をしたことがないから、そのありがたみもわからないのかもしれないが、私は法廷に出て、そこで交わされる言葉を全神経を使って速記し、その記録を速記官室に持ち帰って今度は読みやすさなどを考えながら正確に文書化するという、決して楽ではない仕事をして給料をもらい、そこから生活費などを出しているのだが……。何にしても、このあとも何やかやとお金を出させられ、それでも当然といった言い方をされるのなら、やはりこの家を出たほうがいい……。

けれども義母は、麻子がそんなことを考えているとは思いもしなかったのか、すっくと立ち上がると、黙って居間のほうへ行ってしまった。

地代は翌々日、請求書に書かれていた金額十万円弱を封筒に入れて義母に渡した。お盆までに払えばよかったのだが、そこまで引っ張っていたら胃炎にでもなりそうな気がしたので、不本意ではあったが、出したのだ。

すると八月の下旬、麻子は台所で義母に言われた。

このままこの家にいるのか、それとも出ていくのか、はっきり決めてほしい。決めたら、それを娘の家に行き、話してほしい。

地代なら八月の初めに何も言わずに渡した。それなのにこんなふうに言うとは、どういうことだろう、と考えているると、その後数日して、麻子は義姉から、こんな話を聞いた。「その地代のことも、ばあちゃんが、うちへ来たとき話に出て、うちの人が『そんな地代ぐらい、ばあちゃんたちのほうで払えんがけ』と聞いたんやけど、ばあちゃん、『払えん』の一点張りだったから、うちの人も『それじゃ、だめだ』と言って、それ以上言わなかったんやわ」と。

なるほど、そういうことか、それで義母があんなふうに言ったのかと、一応納得したものの、それでもわからなかったのは、地代を払えないと言った義母の言葉であった。

義父は定年まで電力会社に勤め、そのあとも直樹が生まれるまで二つくらいの会社に勤めていた。だから厚生年金もそれなりのものを受け取っていて、義母が自分を麻子の被扶養者にしてほしいと言ったときに共済組合のほうに提出させられた年金支払通知書には、昭和五十六年の時点で年金額は百四十五万円、義母の国民年金も合わせると百七十万円ぐらいになっていた。それに義母には、健一の死亡保険金の半分も支払われているはずなのに。

その保険は、麻子が自分の給料から差し引かれる形で掛けていたもので、死亡保険金の受取人は麻子一人になっていた。ところが、健一が亡くなる三か月前に義母がその保険について、車にも乗っていることだし死亡保険金をもう少し大きくしたらどうだ、ついでにその受取人には自分の名前も加えてほしいと言い出し、姑の言うことゆえ拒むこともできず、しぶしぶ、そのように変更していたものである。……その保険金の半分である七百万円も当然のように受け取っているのに、それでも払えないとはどういうことか……。

何にしても、このままいるのか、それとも出ていくのか、はっきり決めてほしいと言ったときの義母の口ぶりが、いつまでもはっきりせずにいられては自分たちの体が持たないといった感じのものだったから、麻子は自分に問うてみた。

どうする？　出る？　それとも出ないの？

「出たい」

即座に答える声が体の深い部分から聞こえてきた。「すぐにも出たい。そうしないと、多分もう出る機会はないだろうし」

そこで、東京にいる長女の洋子に電話で聞いてみた。自分の気持ちはそうなのだが、子供たちはどう思うか、それも聞いてみなければならないと思って。

それまでの経過を簡単に話し、

「おかあさん、この家を出ようと思うんだけど、そうしてもいい？」

と聞くと、洋子は言った。さほど間を置くこともなく「いいよ」と。

健一が亡くなったのは彼女が小学二年生のときであった。そのときは顔も小さく、手足も細く、頼りなげに見えたものだが、それから十三年、父親が亡くなった後の母親の様子や周囲の家庭を見てきて、そう思うようになっていたのかもしれない。

続いて直樹にも聞いてみた。

「おかあさん、今、じいちゃん、ばあちゃんから言われてるの、この家を出るのか出ないのか、はっきりするようにって。それで、あなたの気持ちを聞きたいんだけど、あなた、どう思う？

出てもいい？　出てはだめ？」

　すると直樹はしばらく考えた後、はっきりと言った。

「僕、出たくない。この家にいたい。だから、おかあさん、このままいようよ」

　彼にとっては生まれたときから住んできた家で、建物も庭も、忍者ごっこや仮面ライダーごっこなどをした思い出のあるものだったから、そこから離れるなどということは考えられないことだったのかもしれない。


　九月八日、土曜日の夜、麻子は義姉の家へ出かけていった。「今は出ない」と言うつもりで。直樹が出たくないと言う以上、出るわけにもいくまい、と思っていた。

　近くの酒屋でジュースの詰め合わせを作ってもらい、それを持って義姉の家に行くと、座るか座らないかに義兄が怒った口調で言った。

「今日こそは行く、今日こそは行くということだったから、こちらはそのつもりで毎晩待っていた。それなのに音沙汰なしで、今ようやく来るとはどういうことだ。僕らを馬鹿にしているのか」

　けれども、麻子としては「今日こそは行く」と言ったことは一度もなかったから、――あとになって義姉から聞いた話では、それは義母が言っていたことのようであった。義姉の夫がいつ来るのだと引っ切り無しに聞くので藤井の家に電話をしたところ、義母がそう答えていたというのである――何と応えてよいかわからず黙っていると、義兄は続いて直樹について、どんな教育をしているのだと問い詰めるように言った。けれどもそれも麻子からすると、何を頭に置いて言っているのかわからなかったし、それに、そんなことは義姉夫婦には関係のない話だと思ったから黙っていると、ようやく藤井の家から出る出ないの話になった。

そこで麻子が「今は出ない、いることに決めた」と言うと、今度は義姉が、「いると決めたのなら、金輪際出るという話はしてもらいたくない」と言って、さらに付け加えた、「最後まで見てくれるのなら藤井の家にあるものすべて、ごみの果てまで直樹と麻子にやると、じいちゃん、ばあちゃんは言っている」と。

麻子は黙って聞きながら思っていた。……金輪際出るという話はしてもらいたくない。……この人たちは自分たちの言っていることがわかっているのだろうか。金輪際という滅多に使うことのない強い意味の副詞まで付けて他人の人生を縛ろうとしているのだが。……それに、ごみの果てまでやるとは、なんといやらしい物言いだ。こちらは財産のことなど考えてもいないのに……。

だから、義姉の話が終わると麻子は言った。

「最後まで見るという約束はできません。洋子は東京で就職したいと言っています。直樹も東京へ出ていくかもしれません。それで私に助けてほしいと言ってくれれば、親としては行ってやらなきゃなりませんし、私もどんなことで二人に面倒を見てもらわなければならなくなるかわかりませんので」と、九か月前に義父母に言ったのと同じことを。

するど、義姉が言った。

「へえ、東京に行かれるがけ。そやけど、私ら、よぼよぼのもんちゃ見られんぞいね」

麻子は驚いて義姉を見た。この人は自分の言っていることがわかっているのだろうか。よぼよぼになったもんちゃ見られんと言うが、民法には扶養義務者として、「直系血族及び兄弟姉妹は互いに扶養をする義務がある」と書かれているではないか。それなのに見ることはできないとは、どういうことだ。

……小さいときから常に長女だろう、長女だろうと言われて何でも我慢させられてきた。学校へ行くときも弟の健一をおぶって行かせられた。だから私は成績が良くなかった……。

いつだったか、義姉が麻子にこう言ったことを思い出した。戦時中、富山県東部にあった変電所に義父が勤めていたときの話のようであったが、そのほかにも義母に対する不満はいくつも聞かせられた。麻子ちゃんにはそんなことをしないと思うけど、私たち娘には気に入らないと、大声で叱ったり叩いたり物を投げつけたりする、というようなことを。だから、もしかしたらそうしたことがトラウマになっていて、それでこんなことを言っているのかもしれないが、それでも麻子は、見るべきだと思うのだった。義姉にも、新潟に住む義妹にも、神戸に住む義妹にも、義父母を見る義務はあると思った。

けれども、それは言わなかった。言わなくてもわかっているはずと思ったからだ。それに、直系血族だとか扶養の義務だとかといった言葉を使って物を言うと、その場の空気が即座に硬化し話が進まなくなるのではないかと、そんな恐れも抱いていた。

最後に、義姉の夫は「堪忍しられ」と言った。何を思ってそう言ったのか、麻子にはわからなかった。きついことを言ったかもしれないが、それは、義父母からそう言ってほしいと言われていたから言っただけで、僕たちの言葉ではないから、それはわかってほしい。そういった趣旨ででもあったのだろうか。

義姉の家を出て、灯火も落ち、車が走ることもほとんどない暗い夜道を藤井の家に向かって帰っていきながら、麻子は改めて思った。これはやっぱり家を出るよりない。よぼよぼのもんちゃ見られん、と言うのだから、よぼよぼになっていない今、出るよりない、と。


九月九日、麻子は朝から頭痛、肩こりがひどかった。前の夜、眠れないままに義姉の家でのやり取りを思い出し、考え続けていたからだろう。

それでもなお、どうしたものかと迷ったから、思い切って博子に電話をしてみた。

博子は東京の書記官研修所速記部を卒業すると、麻子と同じように郷里である甲府へ帰され、そこで速記官をしていたのだが、十年前に任用試験を受けて現在は甲府地方裁判所で書記官として働いている。登山が好きで、始終山へ出掛けているようだから、もしかしたら今日も家にはいないかもしれない、と思いながら電話をかけてみると、珍しいことにすぐに電話に出た。そこで七月初旬に地代の請求書を見せられてからのことを話し、あなただったらどうする、と聞くと、博子は言った。

「出るよ」

「そう？」

「うん。だって、嫁には夫の親を扶養する義務はないんだから。それに、どんなにお金を出し介護もしていましたと言っても、嫁には夫の親の遺産を相続する権利は全くないんだし。もっとも、寄与分を請求して最高裁まで持ち込み、新しい判例を出してもらおうというくらいの意気込みがあるのなら、話は別だけど」

博子との電話が終わったあとは、紀子にも電話をしてみた。文学の集いで知り合ったのだが、寡婦になった時期も近かったから話も合って、藤井の家のことについても時々相談していたからだ。ただ、紀子の場合は次男の嫁で義父母とは同居していなかったから、義父母との間に起こる問題はあまりなかったようではあったが。

博子に言ったような話をすると、紀子は即座に言った。

「藤井さん、出られ（出たらいい）」

四

九月十一日の夜、麻子は居間で義父母に言った。

「なりゆき上、家を出させていただきます」

するると、義父が言った。

「どうして出る？」

そこで麻子は言った。

「お義父《とう》さん、お義母《かあ》さんとはこうしてやっていけないことはないような気もしますが、このまま私がこの家にいては娘さんたちがだんだん出入りされなくなるような気がします。それでは私も居づらいので出させていただきます」

本当の理由はそんなことではなくて、義姉が「よぼよぼのもんちゃ見られんぞいね」と言ったからであったが、それをそのまま言っては義父母がかわいそうな気がしたので、急遽そうした理由に変えたのだ。それに、娘さんたちがだんだん出入りされなくなるような気がすると言ったのは本当のことで、五月に神戸の義妹が一家で来富したときも、昼間は藤井の家に来ていても、夜は義姉の家に泊まっていた。義姉の話では、藤井の家の生計は主に麻子の出すお金によって賄《まかな》われていると言ったところ遠慮をするようになったのだということであったが、それでも麻子は寂しく、気になっていた。

すると義父は言った。

「娘たちなんか来なくてもいい。おまえ、おれ」

麻子は、初めて義父の心を知ったような気がした。二、三か月に一度、行きつけの居酒屋へ行って、少しの酒でご機嫌になり、タクシーで帰ってくるという、いかにも入り婿という生き方をしていて、何を考えているのかよくわからないとずっと思っていたのだが、実は自分のことをこんなふうに思っていてくれたのか。そう思うと、それまでの苦労が報われたようで嬉しく、心も揺れ動いたが、それでも麻子は言った。

「そんなわけにはいきません」

九月十二日、麻子は義姉の家に行き、義姉夫婦の前で言った。

「いろいろ考えましたけれども、出させていただきます」

それについては義姉が一言、「そうですか」と言っただけであった。すでに大体のことは義母から聞いていたのかもしれない。

それからは、いろいろと忙しくなった。

最初にしなければならないのは移住先を探すことだったが、公務員宿舎への入居を申し込んでみると、住んでいた堀川町から北東へ四キロばかり行った町にある宿舎が運良く空いていて、すぐに入居できることになった。

そこでその旨を義父母に告げて、九月二十九日の土曜日、利便性や間取りを確認しようと直樹を連れてタクシーで見に行った。

利便性は、バス停もスーパーもすぐ近くにあって、裁判所までは少し遠くなったが、直樹の学校までは近くなったから、堀川町よりもよさそうだった。部屋は、五階建ての共同住宅が六棟建てられた団地の中の一棟の二階にあって、間取りは三ＬＤＫ、直樹と二人で住むには十分な広さだった。さらにベランダからは立山連峰が一望できたから、麻子は大いに気に入ったが、直樹はまだ堀川町の家に未練があり、不満だったようで、「必ずあの家に帰ってやるからな」と、だれにともなく呟いていた。

所番地や間取りがわかったので翌日、引越し業者との間で引っ越す日を十月三日と決めて、あとは電気店や家具店に行き、冷蔵庫、洗濯機、カーテン、直樹用のベッドなどを購入した。直樹のベッドは堀川町の家にもあったのだが、義父母に会いに行くときに使うかもしれないと思い、洋子のベッドと共に持ち出さないことにしたのだ。

そして十月一日、有給休暇を取って荷造りを始めた。よく晴れていたので庭に面した六畳間のガラス戸を開けて、まず茶棚のものを段ボールに詰めていると、義母が「これも持っていかんにゃ（持っていかないと）」と言って花瓶や湯飲み茶碗などを持ってきた。麻子が出張で萩や益子へ行ったときに土産として買ってきて座敷の床の間に飾ったりサイドボードに入れて使ったりしていたものだが、それを一度にではなく、一つ、また一つと運んでくるので、麻子は次第に寂しくなり、思わず引きつった声で言った、「今後出入りするな、ということですか」

と。花瓶や茶碗が自分そのもので、それが放り出されているように思えたのだ。義母は何も言わず、居間のほうへ去っていった。

茶棚が終わると書棚の本に取りかかった。書棚は六畳と四畳半の部屋のほかに洋間にもあったから、本の量も大変なものだったが、それを六畳にある書棚のものから先に荷造りしていると、庭のほうから、

「金木犀が咲き始めたがいね。健一の好きだった花が」

という義母の声が聞こえてきた。

手を止めてガラス戸の前に行き、そこから声のしたほうを見ると、義母が居間の前のテラスに立って金木犀を眺めていた。

麻子は書棚の前に戻り、再び荷造りを続けながら思った。あれは一体、だれに聞かせようと思い、言ったのだろう。居間にいる義父にだろうか。それとも私にだろうか。……「健一の好きだった花が」と、ことさら健一の名を挙げて言ったことからすると、多分、私に聞かせようと思い言ったのだと思うが、だとすると一体、どういう思いからだろう。……私を引き止めたくて言ったのかもしれない。だけど、プライドの高い人だから弱いところは見せたくなくて、あんなふうに言ったのかもしれない。たとえそうでも私としては、今更、考え直す気にはなれないけれど……。

さらに荷造りを続けていると、義母が来て「お茶を出したから、一服せんけ（しない）？」

と言った。「ああ、はい」と応えて居間に行き、出してもらった茶を飲んでいると、義母が「大変だったら手伝うよ」と言った。「なあん（いいえ）、大丈夫です。私一人でやれますので」と言って断ったが、自分の部屋に戻ったあと麻子は考えた。

あんなふうに言ってくれたということは、出たいと思う私の気持ちをわかってくれたということだろうか……。

翌日、荷造りの仕事がまだ少し残っていたので、午後から有給休暇を取って家に帰ると、義母が「麻子ちゃん、ちょっと」と行って居間のほうへ手招いた。何だろうと思い、行ってみると、義父もそこにいて、「何かとお金もかかるだろうし」と言って三十万円と小さな仏壇を渡された。仏壇は幅が四十センチ、高さが五十センチばかりのもので、それに見合う仏具や健一の戒名が刻まれた位牌なども添えられていたから、何日か前から用意していたのだろう。思わず目頭が熱くなり、出るのをやめようかと、一瞬そうも思ったが、それでもすぐにそれを打ち消し、礼を言って受け取った。

すると夕方、義姉が来て、「カーテンでも買って」と言って五万円と銅製の鍋が差し出された。思ってもいないことだったし、そういうことをされる筋合いもないと思ったから、「いえ、こういうものは……」と言って一、二歩、後ずさりしたが、すぐに、これでは後味が悪くなるかもしれないと思い直し、「そうですか。ありがとうございます」と言って頭を下げ、これも受け取った。

なぜか目尻が涙で濡れるのを覚えながら。

そして、そのあとも荷造りを続け、このあとはもう業者に運び出してもらうだけ、というところまで作業をすると、麻子は居間に行き、思い切って義父母に言った。

「また遊びに来てもいいんでしょう」

健一が亡くなっても、その後十三年間、自分を殺して藤井の家のために頑張ってきた。それなのに、これっきり出入り禁止というのでは寂しいと思ったし、洋子と直樹のためにもそれだけは確認を取っておきたかった。

すると義父が言った。

「いつでも来たらいいねか（いつでも来たらいい）」

麻子は思わず声を上げて泣いた。

家を出る話をし始めてからの一か月余り、胸の奥深くに閉じ込めていた義父母に対する情のようなものが、この一言によって揺り起こされ、涙や声となって噴き出したのかもしれない。止まらなかった。

十月三日、麻子は、六畳間からガラス戸越しに外を見ていた。荷造りはすべて終わり、義父母への挨拶も済ませたが、引越し業者が来るまでにはまだ少し時間があった。

どこからか流れてくる甘い香りに懐かしさのようなものを覚えながら、よく晴れた空から目を庭のほうへ落とし、それを東から西へと動かしていくと、黄金色の花を無数につけて、どの木よりも華やいでいる木が目に止まった。二日前に義母が「咲き始めたがいいね、健一の好きだった花が」と言った金木犀だった。そのときは花の色も薄黄色で、麻子のいた六畳間からはまだよく見えなかったが、今日は花の数も増え色も濃さを増して、濃緑色の葉を押し上げんばかりに咲いている。

麻子はガラス戸を開けて六畳間の前にある濡れ縁に出ると、つっかけサンダルを履いて、その木の近くまで行ってみた。そして、先程から懐かしさを覚えていた香りが、その四片の花びらで成る細かい花から放出されていることを確かめると、ふと気が向いて庭を巡ってみた。踏み石を踏みながら築山の上まで上り、そこから庭全体を見下ろした後、今度は山を下って石橋の上まで歩き、そこから、那智黒石を敷きつめて川に見立てた、その川や川べりにある雪見灯籠、鹿威《ししおど》しなどを眺めるというふうに。

すると、その庭を造るために健一が造園業者と一緒に幾つもの庭を見て回っていたことや、出来上がったあと直樹を抱いて満足そうにそれを眺めていた、その後ろ姿などが思い出され、この庭は健一亡き後、義父母にとっても自分にとっても健一そのものだったのではなかろうかと、ふと、そんなふうに思えてきた。だから、夏の剪定、冬の雪囲いとお金がかかり、草むしりや殺虫剤の散布などと手数もかかったが、それでも三人で協力して何とかこれを維持してきたのではなかったかと。もらってきた侘び助椿や夏椿を植えるときも、紅白の梅を日当たりのよい築山の麓に移植したときも、造ったときのデザインだけは壊さないよう、庭師に相談してやってきたのではなかったかと。

……それなのに私は今、この庭を捨て、建物も周囲もほとんどコンクリートという無機質な建物に移り住もうとしている。こんな私を健一はどう思って見ているのだろう。薄情だと思い、見ているだろうか。

……そんなことはない、よくやってくれた、ありがとう、と思いながら見てくれていると、私としては思いたい。これからは残された時間を、だれに気兼ねをすることもなくのびのびと生きていってほしいと思いながら見ていると。なぜなら私は、健一と過ごした時間よりもさらに長くこの家にいて、義父母にもできるだけ尽くしたのだから。それに、ここを出ても私にはまだ、洋子と直樹を育て社会に出すという仕事が残っているのだから。

引越しは、堀川町の家には麻子がいて、公務員宿舎のほうには実家の弟とその嫁、妹の三人にいてもらったから、本以外のものはその日のうちにほとんど片づいてしまった。あとは、自分の書斎として使おうと思っている四畳半の部屋に入れた本の段ボールを片付けるだけであったが、それはあとからゆっくりと分類しながら書棚に納めるつもりだった。

手助けしてくれた三人が家へ帰っていった後、麻子は自分の寝室として使うつもりでいる和室の床の間に仏壇を置いた。そしてその中に、義母が丁寧に包装してくれた紙や布を取り除きながら仏具や位牌を納めていると、最後に、小さい額縁に入れられた健一の写真が出てきた。麻子としては初めて見る写真で、麻子の記憶にある健一よりは少し細面だったが、意欲的で正義感も強い男だったことが太い眉や唇を見れば読み取れる、学生服姿の写真であった。

麻子は公務員宿舎のベランダから立山連峰を眺めていた。積み上げてあった段ボールから本を取り出しては、それを書棚に並べるという作業を前日の夕方からやり始めて、少し前にあらかた片づいたので、一息ついているところであった。

立山連峰は薄紅色に染まっていた。それを、峨々《がが》たる劒岳、雄々しい立山、ゆったりと大きい薬師岳というふうに左から順に眺めていると、堀川町にいる義父母のことが思い出され、藤井の家を出ると決めたころから自問自答を繰り返してきた思いがまた頭に浮かんだ。

……年取った二人を残して出たのだが、これでよかったのだろうか。もしかしたら酷なことをしたのではなかろうか……。

しかし山が逆にまた長い時を伝えてきた。……自分は健一没後十三年間、あの人たちの生活を支えてきた。三十六歳から五十歳という、人生で最も充実感を覚えられるはずの時間を費やしてきた。だから、もうそういうことは考えなくてもよいのだ……と。

引越しを終えた翌々日、実家の母が言ってくれた言葉が思い出された。

母は、階段で足を滑らせて再び腰を痛め、夏の終わりごろから整形外科病院に入院していた。その病院へ勤め帰りに立ち寄って、家を出た経緯を簡単に話し、公務員宿舎に入居したことを告げると、母は言った。

「もう前だけを向いて進みなさい」

立山連峰は薄紅色から薄紫色に変わり、薄墨色の靄《もや》の向こうに沈み始めていた。それでもなお麻子は、目を凝らしてその風景を見続けていた。母が言ってくれたその言葉を繰り返し考えながら。そして迷いも失せると、自分に向かって言った。

これからは何事も、この山々に向かって問い掛け、この山々から返ってくる言葉に応えるような生き方をしよう、自分を見つめてくれているものに応えるように。

お札《さつ》の糸巻き

テレビの画面は大阪中座から日生劇場へと移り、『松の功』を踊る坂東玉三郎を生中継し始めた。

それが年増《としま》女の化粧法なのか、眉を落とし、まぶたに紅を広くぼかすように塗った玉三郎は、まなじりに朱を入れる娘とはまた違う艶《あで》やかさだ。水墨画風に松を描いた白地の着物の裾を滑らせてしっとりと舞う姿は、初春にふさわしい清々しさで、威厳さえ感じられる。

「きれいね」

麻子が、林檎の皮を剝《む》いていた手を止め、ダイニングルームにいる母の背に向かって言うと、

「ほんと」

母はテレビに見入った姿勢のまま、こっくりと頷《うなず》く。

母は心底、芝居や踊りが好きなようだ。歌舞伎の出し物によっては「うーん、ちょっと難しかったわ」と言うこともあるが、それでも最後まで画面から目を離さない。

母の話では、彼女の芝居好きは彼女の母、つまり麻子の祖母に感化されたもののようであった。

祖母は、売薬業の夫の留守を守りながら富山市郊外で一町近くの田を作っていた。気丈で、子供に対する躾《しつ》けも厳しかったそうだが、街に歌舞伎や芝居などが来ると、必ず母を連れて出掛けたという。

「そんな日は朝から大忙し。重箱にあれこれ詰めたり隣の村で着替えをしたりするから」と母が懐かしそうに言うので、

「隣の村で着替え？　どういうこと？」

と麻子が聞くと、

「母さんの姉の家が隣の村にあったの。そこでよそ行きに着替えて出掛けていくわけ」と母は応えて、コンパクトミラーを見ているかのように顔の前に左の手のひらを立て、化粧パフでファンデーションを塗っているかのように右手の指先で鼻の頭を叩きながら「もちろん、これも念入りにしてね。どうしてそんな手の込んだことをしたかというと、村からめかし込んで出ると何かとうるさかったから。とにかく、朝の早くから一日がかりだったわ」と言って、黒目がちな目を輝かせて笑うのだった。

母は、二日前のおおみそかに近藤外科医院から一時帰宅していた。回診が終わるころ、同居している麻子の弟の敦が車で迎えに行ってくれたのだ。そして、その夜と元旦の夜を自分の部屋で過ごすと、今日、一月二日の午後一時ごろ、敦の連れ合いの美幸が運転する車で麻子の住

む、この公務員宿舎へやってきた。

「久しぶりに洋子ちゃんや直樹ちゃんの顔が見たいし」

と、帰省している麻子の子供たちの名を出し、言い訳めいたことを言っていたが、それだけが理由ではなさそうだと麻子は思っている。母が一時帰宅した家は、北朝鮮から引き揚げてきた後、父と二人で苦労して建てた家であった。が、父が亡くなり、母も病院で過ごす時間のほうが長くなるにつれ、ゆっくり寛《くつろ》げる場所でなくなっていったようなのだ。若い人たちに嫌われず、その生活を乱さないためには長居をしないことだと自分で自分に言い聞かせているように思えるふしも、あった。


母が入院したのは、近藤外科医院が初めてではない。五十代半ばに初期の子宮癌ということで県立中央病院に入院し、六十代半ばからは腰や足の骨を痛めて家の近くの総合病院や整形外科医院に入院している。

近藤外科医院に入院したのも、転んで腰の骨を傷めたからだ。

一昨年の五月半ば、日曜日の午後であった。早めに夕食の用意をしていると、美幸から電話があった。

「お義母《かあ》さんのことですけど、朝廊下で転んで、それから立つことも座ることもできなくなって、貼り薬を貼って寝てれば治ると言って布団の上で横になっておられるんですけど、食事もあんまりとられないし、私、心配で。義姉《ねえ》さん、忙しいかもしれませんけど、ちょっと見てあげてもらえません？」

「わかったわ。だけど、敦は？　敦はいないの」

と聞くと、

「ええ。具合の悪いことに、出張で昨日から東京へ行っておられて。今日の最終便で帰るとは言っておられたんですけど」

それでなお困っているのだと美幸は言った。

すぐに行くと答えて自転車で駆けつけると、母は想像していた以上に大変そうであった。寝ているのも話すのもつらそうで、トイレに行くのも廊下を這って行っているという。

この状態のまま明朝まで放っておくわけにもいくまい。そう思い、新聞を見ると当番医は、車なら五分ばかりで行ける外科の近藤医院だった。電話をかけ、これからすぐにそちらへ向かうので診てもらいたいと頼み、美幸の運転する車で母を連れていった。

近藤医師は、診察の結果、レントゲン写真を示しながら言った。

「多分、転んだ拍子にこの部分、第四腰椎にひびが入ったんじゃないかと思うんですよ。ただし、ほかにも古いものとして、潰《つぶ》れたようになっている箇所がありますがね」

「そういえば五、六年前、階段から足を滑らせたことがあって、そのとき骨が潰れたということで何か月か入院していたことがあります」

「じゃ、これは、そのときのものでしょうな。それから、加齢によるものと思いますが、骨と骨との間隔が狭くなっているところもありますし」

「そうしますと、入院して治療を受けたほうがよいということでしょうか」

「まあ、これだけ痛がっておられますから、そうされたほうがいいと思いますね」

「そうですか。……あのう、救急外来で来てこのようなことをお願いするのはどうかとも思うんですが、こちらに入院させていただくわけにはいかないんでしょうか」

とっさにそう言ったのは麻子であった。この状態で明朝まで待つのは、母にしても敦夫婦にとっても大変だろう。それに、明朝、以前にかかった整形外科で診てもらい、やはり入院しなければならないという話になっても、その病院のベッドが空いているかどうか、それはわからない。そのようなことが瞬時にひらめき、性急と知りつつ尋ねたのだった。幸い、空いているベッドがあるから入院はできると言われ、横にいた母を見ると彼女もこっくりとうなずき同意したので、即刻入院することになったのである。

テレビ中継は、日生劇場から『義経千本桜』がかかる浅草公会堂へとカメラを移した。着付けをしてもらいながら市川右近が張りのある声でインタビューに応じている。

母は、その画面にも背を丸くして見入っていた。長年和裁をやっていて、頼まれれば他人の着付けもしてきた人だから、舞台裏でのそうした風景も興味深いものなのだろう。

思い返すと、母は芝居や踊りを、見るだけではなく、自ら作ったり演じたりもした。

麻子は五歳から小学校の三年生まで、母の実家で暮らしていた。昭和二十一年の暮れ、父、母、妹の瞳、そして麻子の四人で北朝鮮の新義州から引き揚げてきて、父母が家を建てるまでの間、そこに身を寄せていたのである。

当時、その家には、乳飲み子のころから祖母に育てられた、麻子と同じ年の晴恵がいた。母の次兄の子だが、母親は産後の肥立ちが悪くて晴恵を産んで間もなく亡くなり、父親は戦地からまだ引き揚げていなかった。

その晴恵と二人で、小学校の体育館で催された演芸会に何回か出たことがある。そのときに演出をし、衣装を考え、裏方を務めたのは、先生ではなく母であった。

今でも記憶しているのは、母が縫ってくれた揃いの支那服を着て、

手品やるある、みな来るよろし
うまくできたら拍手喝采おくれ
チライ、チライ
チライ、チライ、チーライライライ

と歌いながら手品紛《まが》いのことをしたことだ。

手品紛いと「紛い」を付けるのは、仕掛けがわかるようなちゃちな物であったからだ。たとえば、扇を翻《ひるがえ》すと花瓶から水が噴き上がるというようなことをやったのだが、仕掛けは、花瓶

の底とその下のテーブルに穴を開けておき、下に母が潜んでいて水を注入したボールを両手で絞《しぼ》るという、それだけのものであった。

去年の夏、父の墓参りをしたあとも、母は麻子の公務員宿舎に来て一泊した。そのとき、このことを話すと、母は言った。

「テーブルに敷いたカーテンが揺れるから下に人が潜んでいるのはわかるんだけど、それでもあの頃はみんな喜んでくれたのよね」

「みんな？」

「そう。大人も子供も」

「大人も来てたの？」

「そうよ。じいちゃん、ばあちゃんも、孫が出るというので重箱弁当まで作って」

「そう言えば運動会には、母さんだけでなく、ばあちゃんも見に来てくれていたような……。そして昼の休み時間には、わたしらも一緒になって筵《むしろ》の上に広げた弁当を賑やかに食べたような……」

と、その後四十数年が過ぎて、最近ではもう思い出すこともなかった小学校の体育館やグラウンドの記憶を麻子が手繰《たぐ》り寄せ、「それにしても、学校で催しているものなのに、どうして母さんが演目を決めたり振りつけすることができたの」と、さらに聞くと、「先生から相談されたのよ。何をやればいいか思いつかない、妙案はありませんかって。それで、こんなのはどうでしょうかと言うと、ああ、それはおもしろそうですね、ぜひ、やって下さいって。当時は、戦争も終わって世の中全体に解放感が拡がっていたし、学校も、いろんな人の意見を取り入れようという方針になってたんじゃないの」

「ああ、そういうことか。だったら、わかる。……で、花瓶から水が噴き上がる、あの演出はどこから思いついたことなの？」

「あれは、朝鮮でそんなようなのを見たことがあったから。で、何となく真似してみただけなんだけど」

「それから、あのチャイナドレス、あれは母さんが縫ってくれたんだよね」

「そう。引き揚げてきてから配給された布団を潰して二人お揃いのものを作ったんだけど、ピンク地に花柄の生地で、赤でトリミングしたら可愛くなって」

「うん。覚えてる。よく覚えてる」

「で、横にスリットをここまで入れたもんだから、それがまたかわいいと、拍手喝采で」

母は、右手の人差し指を自分の左のくるぶしから膝辺りまで滑らせると、目の奥をきらりと光らせ、くすりと笑った。

最近、麻子は、こんなことを思ったりする。母を弔《とむら》う祭壇に飾るのは、婦人会活動をしていた頃の写真が最もよいのではなかろうかと。麻子は、夫が三十六歳の若さで急逝してからというもの、明日の朝、果して生きているだろうかと思いながら床に入ることが多くなった。だから、母と自分と、どちらが先に逝くか、それは神のみぞ知るだと思っているが、それでももし自分のほうが後に残ったら、そうしてやりたいと思っている。というのも、麻子には、そのころの母が最も生き生きしていて美しかった気がするからだ。

麻子が中学生のころ、母は婦人会活動に熱心だった。当時は今と違い、婦人の地位向上に資するためということで、どこでもその活動は活発で、母は町内の婦人会の会長や副会長を通算八期も務めた。

そのころの母の活躍振りは、アルバムを開くと、一目でわかる。やれ料理教室だ、人形作りだ、意見発表だと飛び回っていた写真が数多く残っている。中でも傑作なのは、男役で民謡を踊っている写真だ。ねじり鉢巻きに法被《はっぴ》を着けて、太股もあらわに舞台の真ん中でポーズを取っている。鼻の下に髭をつけ、喜劇を演じている写真もある。校下の婦人会の競演会に参加したときのものだが、母はそのシナリオを書き、演出をし、さらに脇役も務めている。

「あの、母さんがちょび髭をつけて出ている喜劇、何というんだった？」

「『モダン床屋』？」

「そう。それ。あのシナリオは、どんなふうにして考えたの」

「あれはね、引き揚げてくる船の中でそんなような芝居を見せてくれたのよ」

「だれが」

「アメリカ兵が」

「へえ。どうして」

「多分、私らの心を慰めてくれようとしたんじゃないの」

「だけど言葉は、日本語じゃなくて英語だったんでしょう」

「英語と片言の日本語と、チャンポンだったんだけど、何となく通じたのよ。で、それを思い出して、それ以上に面白くしようと、ない知恵をしぼって」

母は黒い眼をきらきらさせて愉快げに笑った。


テレビは歌舞伎座から市川猿之助による『毛抜』を流し、五時間近い時間をかけた初芝居の生中継を終えた。

「ふーう」

母が大きくため息をつき、両手を後ろについて体をそらした。それから、くるりと麻子のほうを振り向くと、「こういうのになると、ついつい夢中になって見てしまって」と満足した顔を見せ、「どうもありがとう」と他人行儀に言った。

母には昔からそうしたところがある。たとえ我が子に対してでも、挨拶すべきところではきちんと挨拶をする。照れてとかく省略しようとしたり、不機嫌なときにはなかなかそんな言葉の出ない麻子にはとても真似のできないことである。

「お茶でも飲む？」

麻子が尋ねると、

「そうね。のどが乾いたわね」

母はそう答えて、床に手を突きながらゆっくりと立ち上がり、少し前屈みになってひょこひょこと廊下へ出ていった。初芝居を中継していた五時間もの間、トイレに行くことも忘れていたらしい。

息子の直樹が帰省土産に買ってきた静岡の煎茶を淹《い》れていると、戻ってきた母はテーブルの前にちょこんと座り、大事なことを言い忘れていたかのように言った。

「この間、テレビで『がめつい奴』を中継してたんだけど、それを見てたら、昔東京で三益愛子のを見せてもらったことを思い出して」

「えっ、私に？」

「そう」

「そんなことがあったかな」

「あったわよ。瞳も一緒に連れていってくれたじゃないの。それから、その翌日には、はとバスで東京見物もさせてもらったし……」

三十数年前、麻子は二年間、東京にある研修所で裁判所速記官になるための研修を受けていた。そのときに母と、十九歳で亡くなった上の妹の瞳を東京に呼んでそういう楽しみをさせたというのである。麻子にはまるっきり記憶にないのだが、三益愛子の『がめつい奴』は当時、確かに見ている。映画ならともかく、同じ演劇を二度見るということはしないから、それからすると母の言うとおりなのかもしれない。それにしても、随分前のことをよく憶《おぼ》えているものだ。麻子は感心すると同時に、こんなふうに憶えていてくれるのなら、もっとどこへでも連れていってやればよかったと、今更感を覚えつつ悔やんだ。最近のように膝や腰が痛いと言って始終病院に入っていては、どんなに良い催し事があろうと、おいしい料理屋を見つけようと、簡単に連れていってやることはできない。

「立山にも連れていってもらったよね、高い雪の壁を眺めながら室堂まで行くバスで。たしか洋子ちゃんや直樹ちゃんも一緒だったと思うけど。それから宇奈月温泉にも連れていってもらった。朝、起きてみると、前の山にうっすらと雪が積もっていて、まるで墨絵のようだったから、こんな風景を見せてもらえるなんて、なんと果報者かと思いながら眺めたものだけど」

母は茶を飲んだあとの茶碗をテーブルの上に置くと、それを両手の細い指でそっと包み、昔を懐かしむように言った。

夕食の主菜は、鶏肉のほかに鮟鱇や渡り蟹、すり身なども入れる水炊きにすることにした。東京や静岡で独り暮らしをしている洋子や直樹には富山の魚を、母には熱々《あつあつ》のものを、と考えると、頭に浮かぶメニューはそれをおいてほかになかった。

土鍋を出し、材料があるかないかを調べ、ポン酢が足りないような気がしたので、近くのコンビニまで買いに行くことにした。

母は、麻子が台所に立って間もなくから、刺し子をやり始めていた。

自宅より病院で過ごす時間のほうが長くなっても、母はそうした生活について不満を言ったことがない。むしろ、十分でない体で退院して若い者に気遣いさせるよりは病院にいるほうがよいのだと考えているらしく、入った病院の雰囲気に合わせて嫌われないように生活している。

ただ、世の中がどうなっているか知らずにいるわけにもいかないと言ってテレビの持ち込みと新聞の配達を許可してもらい、それでも退屈すると文庫本を、麻子の下の妹の道代に差し入れてもらい、読んでいる。

さらに近藤外科医院に入院してひと月ばかりすると、指先を動かしたほうが脳を刺激し惚《ぼ》け防止になるらしいと言って、道代に材料を買ってきてもらい、簡単な手芸をするようになった。

最初にやったのは、和紙で花を作ることであった。もともと何をしても器用な人ではあったのだが、バラ、ガーベラ、黒百合、コスモスなど様々な花弁と姿を持つ花を、ほとんど何も見ずにそのものそっくりに作った。だから、母の病室や入院後友人になった人の病室の壁や卓上には、季節に合った花が飾られるようになった。

花の次には、小箱作りに凝《こ》った。不要になった箱を看護婦からもらい受けて小物入れやティッシュボックスに作り直すのだが、身と蓋の寸法の採《と》り方など、一作毎にうまくなるようであった。しかも、幅広く使う和紙と縁取りをする和紙の色の組み合わせには長年和裁をやった感覚が生かされているようで、入院患者ばかりか見舞客からも作ってほしいという申込みが続いた。

最近は刺し子の茶布巾を作っている。道代に買ってきてもらった晒《さら》し木綿を真四角に切って、それを二枚重ね、自分でデザインした形に色糸でこまかく刺し縫っていくのである。

「今度は刺し子？　とにかく、じっとしていることはないのね」

麻子が病室に入っていっても気がつかずに針を使っていることもあって、耳もとで声をかけると、

「えっ。ああ、忙しいのに、いつもありがとう。……うん。あまりにも退屈だったから」

母は、子供がいたずらでも見つけられたように少しばかり慌て、

「だけど、あんまり根を詰めないようにしないと」

と麻子が注意すると、

「うん。看護婦さんからも言われているの、血圧が上がったらやめるようにって」

そそくさと布や縫い針を片付けるのである。

道代の話では、母は最近、血圧が不安定だという。そのうえ、風邪がこじれて慢性的な喘息にもなっている。

「長い入院生活で体力が減退してるんじゃないの」

と、麻子が心配になりそんなふうに言ってみると、

「うん。それで次々と病気が出ている可能性もある」

道代も同じ見方のようで、

「短い期間でも在宅でみてやることができればいいんだけど」

と麻子が言うと、

「うん？　……うん。うん」

と道代も大きく頷きながら応えるのだが、かといって、二人とも仕事を持っている身、どうしてやることもできない。

結局、麻子としては、できるだけ足繁く病室を訪ねて母と会話をすること、盆と正月に母が一時帰宅して麻子の公務員宿舎にも来たときには、作りたての温かいものを食べさせ、母の好きな芝居や踊りをテレビやビデオで見せてやること、そのくらいが精一杯だというところに落ち着くのだった。


公務員宿舎を出ると、雲一つない青空で、東には剱岳、雄山、薬師岳などといった三千メートル級の山々が猛々《たけだけ》しく、あるいはおおらかに肩を並べる立山連峰の大パノラマが見えた。雪を被《き》て厚みも増し、西に傾き始めた太陽に赤く染まりながら暮れていくそれらの山々を眺めながら五百メートルばかり自転車で走り、ポン酢以外にも翌日の朝食用にとハム、卵などを買って公務員宿舎に帰ると、高校のクラス会に出席していた直樹が帰宅していて、母と何やら話していた。新義州だとか釜山という地名が聞こえたことからすると、北朝鮮に住んでいたころのことか引き揚げのときのことかもしれない。

「先生、お元気だった？」

買ってきたものを冷蔵庫に入れながら麻子は聞いた。帰宅時間が早いのが気になったからだ。

「いや、来ておられなかった。のっぴきならない用事ができたといって」

「そう。じゃ、ちょっと締まらなかったわけね」

「うん、まあね」

「で、二次会は？」

「カラオケに行くとかと言ってたけど、大学に行ってる人間も少ないし、話が合わないから帰ってきた」

「そう。……まあ、日が日だもんね。それに、高校時代のクラス会なんて、案外そうしたものかもしれないよ」

と言って麻子がエプロンを着け、野菜を洗い始めると、直樹が再び母に話しかけた。

「だけど、結婚したとき、じいちゃんもばあちゃんも富山にいたんでしょう」

「そう」

「それがどうして新義州に」

「それはねえ」

と言って母は語り始めた。

……結婚したときじいちゃんは、溶鉱炉の前で汗だくになって働くような仕事をしてたの。それで、体も丈夫でないのにあんなひどい仕事をさせておくわけにはいかない。そう思った私はじいちゃんの仕事を探すようになった。もっとあの人にふさわしい仕事はないだろうか、体ではなく頭を使ってできる仕事、例えば公務員のような、と思いながら。すると、刑務官の採用試験について書かれたポスターが目に入った。そこで、それを受けてみてはどうかと言ったところ、じいちゃんもその気になって受験、一発で合格した。ただし、身長が低かったこと、視力が弱かったこと、この二つの理由から内地ではなく朝鮮総督府での採用で、初任地は新義州の刑務所ということだった。考えてもいない任地だったから、行こうかどうしようかと随分迷った。だけど、ここで断ったら二度と公務員になる機会はやってこないかもしれないと思ったから、「朝鮮！　そんな遠くまで何のために行かんならん。行くとしても、おまさ（お前様）まで一緒に行くことはない」、そう言って猛反対した母の手を振り切り海を渡ったのだ……と。

「ふうん、そうだったんだ。……で、その、海を渡ったのは昭和何年？」

「私と麻子は半年ほど後《おく》れて行ったんだけど、じいちゃんが行ったのは、麻子がまだ生後九か月のときだったから、たしか昭和十六年の十二月……」

「十二月！」

「そう」

「何日？」

「さあ。……ちょっと日までは思い出せない」

と母は応えたものの、そのままで済ませては直樹に悪いとでも思ったか、ふと思い出したように麻子のほうへ振り向き、

「ねえ、父さんの手帳に何か、そのへん、書いてなかった」

と聞いてきた。そこで、

「たしか、十二月十一日となってたと思うけど」

と、麻子が応えると、

「そう。じゃ、その日に間違いない。あの人が違ったことを書くはずはないから」

母はそう言って、再び語り始めた。「で、どうだった？　向こうでの暮らしは」と尋ねた直樹の言葉に導かれるように、「それはもう、よかったよ。日本にいたときと比べると給料は高いし、官舎住まいだから付き合う人たちの質というか品もいいし……」と。

そうした二人の話にときどき耳を傾けながら、麻子は、父が海を渡った時期について考えていた。

母が言った「父さんの手帳」とは、中表紙に父自身の手で「異国の記」と書かれている、手のひら大の手帳のことだ。父の数少ない遺品の一つだから麻子も大切にしているのだが、記載されているのは文字通り、新義州に向けて出発した日から戦後、富山へ引き揚げるまでの五年間のことだけである。しかも、移動時の記載などは年月日と時刻、地名だけで済まされている

から、日記というより備忘録のようなものなのだが、それでも、当時の交通事情や社会情勢を教えてくれることが要領よく書かれている。例えば、富山から朝鮮半島へ渡り、すぐに新義州へ行ったのではなくて、京城の朝鮮総督府刑務官練習所に入所して二か月半の研修を受けた後、昭和十七年三月一日から新義州刑務所で勤め始めたのであること。昭和二十年五月に臨時召集され、北朝鮮東部の陣地などで衛兵として勤務していたが、八月九日にはソ連機二十機余りによる空襲を受けて、火の海と化した町や逃げ惑う人々を目の当たりにしていること。停戦を知ったのは八月二十日の午後、西に向かって行軍しているときで、無条件降伏と知ったのは翌日、日本軍の宣伝ビラによってであること。八月二十六日の正午に平壌で完全武装解除され、朝鮮の子供たちにののしられたり保安隊の人間に捕まり取り調べを受けたりしながら、一週間後、新義州に辿《たど》りついてみると、妻も子供たちも哀れな姿であったこと、等々である。

だから、最近とみに終戦前後のことが知りたくなり、いろいろと調べている麻子には図書館や書店にもない資料とも思えているのだが、ただわからないのは、朝鮮総督府の刑務官になるために富山を出発した日時が「昭和十六年十二月十一日午後八時三十分」となっていることである。

昭和十六年十二月十一日ということは真珠湾攻撃の直後ということだが、それについて父が何も書いていないのはどういうことだろう。敗戦と知った後では、ある程度その心情も吐露しているというのに。……まだ、何も知らされていなかったのだろうか。それとも知らされてはいたが、奇襲が成功したという内容だったから何の心配をすることもなく海を渡ったのだろうか……。

母と直樹の話は続いていた。

「とにかく日本にいたときより数段上の暮らしができたから、これなら親不孝も許してもらえるんじゃないかと思って過ごしていたんだけど、それが三年数か月後、戦争に負けて、向こうで築いたものは勿論、こちらから持っていった家具や着物まで、ほとんどを捨てて引き揚げなければならなくなって」

「そうなんだ。で、すぐに引き揚げてきたの」

「ううん」

「えっ。どうして？」

「すぐに引き揚げようと思い、準備をしていたら、ソ連軍が進駐してきて移動を禁止されてしまったから。それに八月の末には三十八度線も封鎖されてしまったし」

「じゃ、そのまま官舎に住んでいたということ？」

「そう。だけど、だんだん二所帯同居、四所帯同居というふうに集められていって、最後には教会のような建物を四つに区切った中で寝起きしたことも」

「へえー。じゃ、食べるほうは？　配給でもあったの？」

「ううん。配給されるようになったのは、大分あとになってから」

と言って、母はまた語り始めた。

……敗戦と知らされた直後はとにかく大混乱で、食べ物の配給などは全くなかった。だから、役所から支給された二か月分の給料と退職金、それから銀行から一か月に千円、引き出すことが許されていたから、その引き出したお金、そうしたお金で食べ物を買って暮らしていた。そうするうち、日本人世話会というものができて配給もあるようになったけれども、配られるのはコーリャンとか粟とか、そんなものばかりだったし、それに、それだけの量では足りるものでなかったから、天井裏に隠しておいた私の着物を一枚ずつ持ち出し、朝鮮人やソ連人を相手にお金や食べ物に換えたりした……と。

「ふうん。だけど、お金や食べ物に換えるとしても、どこでどんなふうに？」

「食べ物は道で売っていたし、ヤミで売りにも来てたのよ。平たいお餅のようなものだとか野菜なんかをね。それから、人のいい朝鮮人に仕事を手伝わせてもらったこともあった。そうすると、手間賃として食べ物なんかがもらえたから」

「仕事？　どんな仕事？」

「飴屋の飴作りの手伝いだとか、船の帆を縫う仕事だとか」

「船の帆？」

「そう、帆船の三角の帆。大きさは直樹ちゃんの背丈ぐらいはあったと思うけど、それを新聞紙で型紙を取ってきて裁断し、三つ折り絎《ぐ》けにするの。その仕事を官舎の奥さんたちにも教えてあげたら、みんな、いい内職だと喜んでくれて」

直樹に促されて久しぶりに饒舌になっている母の話を聞きながら、麻子は考えていた。

どんなひどい状況に置かれても押しつぶされることもなく、むしろ周囲を鼓舞して生きてきた母のこの明るさと強さは、天性のものなのだろうか、それともその後に育まれたものなのだろうか……。

「それから、おとうさん、直樹ちゃんのじいちゃんのことだけど、留置場から戻ると、水汲みや肥樽《こえだる》かつぎ、大工の下仕事なんかをしたり」

「留置場？」

「そう。ソ連軍が進駐してきて間もなく北朝鮮に保安隊というものができたんだけど、その隊員に連行されて留置場に入れられたの」

「どうして？」

「おとうさん、新義州刑務所の刑務官、朝鮮総督府の役人だったから。で、それまでに朝鮮人に対してどんなひどいことをしたか、根掘り葉掘り長時間にわたって取り調べられて」

「ふんふん。で、どうなったの？　調べられて、そのあとは」

「結果によっては、報復ということで叩かれたり蹴られたりしたみたい。中には殺された人もいたとか」

「じいちゃんも叩かれたり蹴られたりしたの」

「おとうさんは、それほどひどい目に遭わなかったと言ってた。恨まれるようなことをしてなかったからでしょう。それでも何遍も連行されて留置場に入れられていたから、そのたびに弁当を持って行っていたんだけど、あるとき、一度子供の顔を見せてやったら喜ぶかもしれないと思って麻子を連れて行ったら、返してきた箸箱の隅に手紙を入れてよこして」

「えっ。どんなふうに？」

「おとうさん、器用な人だったから、手紙を書いて、それを細く縒《よ》ってこよりのようにして、箸箱の隅に入れてよこしたの。で、開いてみたら、もう二度と麻子は連れてくるなって」

「どうして」

「顔を見るのがつらいって」

麻子は、既に十三回忌の法要も済ませた父を思った。

——引き揚げ後、再び刑務官になり、その制服ゆえか、いかつく見えて甘えにくかった父。昇格試験に合格していながら付け届けをしなかったばっかりに出世のチャンスを逃したと、母がぼやき気味に話していた父。その父がそのような手紙を書き、生きるためとは言え、水汲みや肥樽かつぎのような下働きまでしたのか……。

洋子がタクシーで帰ってきた。この春、友人が韓国人と結婚することになり、その披露宴に招待されている関係で打合せに行っていたのである。

全員揃ったので、テーブルの上にミニプロパンを置いて、野菜や肉、魚、豆腐などを盛りつけた皿を並べながら、麻子は洋子に聞いた。

「その結婚する相手の人って、どんな仕事をされてるの」

「貿易商だって」

「そう。だけど、国が違うと考え方や習慣も違うでしょうに、そのへん、心配はしてないわけ」

「してないんじゃないかな。だって彼女のおかあさん、向こうの人だし」

「ああ。それなら心配することはないかもしれない」

と応えながら、麻子は考えるのだった。自分より四、五歳若い人間までは今もなお何らかの形で戦争を引きずっている。加害者としての痛みだとか被害者としての恨みだとか、そういったものを抱きながら。しかし、洋子たちの世代になると、もう、そうした意識はほとんどないのかもしれない……。

コンロに火を点け、ビールで乾杯し、一昨日から昆布でしめておいた鯛の刺身や蒲鉾などを食べていると、間もなく鍋の中の魚や野菜が食べごろになった。そこで麻子が母の皿に鱈と白菜を入れてやると母は言った、「ありがとう。病院では何でも冷めてるからおいしくなくて」

そして、「ふうん。だったら、ときどき病院を抜けてきて、ここで食べていったら?」と直樹が言いながら、母の皿が空になるのを待って鮟鱇の身を入れてやり、「それでも引き揚げてくることができたということは、その後、その移動禁止命令が解かれたからということ?」と聞くと、

「ううん。世話会の人たちも、一日も早く帰国させてほしいと言って北朝鮮やソ連軍に嘆願したりしてたみたいだけど、なかなか許可してもらえなくて」

と母は言って、一息つくと再び語り始めた。

「そこで、もう、こうなったら脱出するしかないんじゃないか、という話も出てきて。というのは、どこどこの人たちが自力で三十八度線を越えることに成功したとか、どこどこの集団は脱出するのを見逃してもらえたとか、そんな噂も聞こえてきてたから。で、じゃ、そうしようということになって、お握り、パン、それから豆の炒《い》ったもの、米の炒ったもの、とにかく持てるだけのものを持ち、身に着けられるだけのものを着けて、昭和二十一年の九月初旬、朝早くに収容所をこっそり出発したの。おとうさんは着替えや毛布、麻子は食べ物、私は二歳の瞳をおぶって。ああ、それから、お札《さつ》の糸巻きを幾つも持って」

「お札の糸巻き？」

洋子と直樹がほとんど同時に箸を止め、母に聞いた。

「そう。お金は一人当たり千円まで携帯していいと言われていたんだけど、それだけでは足りるはずがないから、紙幣を小さく畳んで縦横に糸をかけて。お金とは分からないようにして肌着のポケットなんかに入れて。それで、一つずつトイレで糸を巻き戻しては使うという」

「へえー。いろいろ考えたんだ」

「そう。それから、おとうさんは、人形の底に穴を開けて、そこにお札を隠して布や紙を貼って分からないようにしたり。だから、麻子と瞳にひもじい思いをさせたことはなかったけれど、リュックの中はそんなものばかりになったから、荷物を改めたソ連兵が、日本へ帰って小間物屋でも開くのかと聞いたくらい」

「それで？」

「そうだと答えたら、しかし、こんなものを持っていっても役には立たんだろうって。どうなることかと胸が痛くなったけど、それ以上は聞かずに次の家族に移っていったから、急いでリュックの底に詰め込んで」

それで、大体二十五人ぐらいで新義州を出発した、と母は言った。

……ところが、進むに連れて人数が増え、最終的には五十人ほどになり、男の人の先導で南を目指して歩いた。人目を避けて川を渡り、山の中の石ころ道や道なき道を選んで。ソ連兵や保安隊に見つかれば、出発地まで逆送されるおそれがあったし、質の悪い兵士や一般人による略奪、暴行、脅迫なども続いていたからだ。途中、麻子のズックが破れ、何度も取り替えた。悪路を歩き続けたので、どの子の靴もぼろぼろであった。それでも歩き続けて、夜は木の下や川原などで野宿した。一枚の毛布に四人が抱き合って眠るというふうにして。とにかく大変だったが、文句を言う者は一人としていなかった。みんな、他人に迷惑にならないように、ただそれだけを考えていた。子供も親の言うことをよく聞き、ぐずることもなかった……。

二人の孫に促されて、母は久しぶりに五十年前の記憶を手繰っていた。その声を耳に挟みながら、麻子はまぶたに映る風景を見ていた。

月も星の瞬きもなく不気味に静まりかえる青墨色の空の下、コールタール色に沈む川を数十人の人々が足音を忍ばせながら渉《わた》っている風景だ。体の前には水筒や幾つもの袋をぶら下げ、背負った大きなリュックの上にさらに毛布やござを載せている男。丸坊主にした頭と炭を塗りつけて黒くした顔をすっぽりと手拭いで包み、背中にはリュックを、胸の前には乳飲み子を紐でくくりつけている二十代の女。十月も半ばというのに半袖、半ズボンといった服装で、栄養失調のためにぐったりしている妹を引きずるようにおぶっている七、八歳の少年。そういった人々が、石につまずき、流れに押し流されそうになりながら、肌を刺すように冷たい水を徒渉《としょう》していく姿である。たまたま後ろから驚いて飛び立つ鳥がいると、追っ手ではないかと竦《すく》み上がり、行く手に何か影がよぎると危険が待ち受けているのではないかと脅えた視線を投げながら、黒く長い影になって名も知らぬ川を渉っていく……。

それが現実に見聞きしたものか、母の話を聞いて想像したものか、それともテレビか映画で見たものなのか、そのへんは麻子自身、判然としないのだが、いつのころからか、まぶたに焼きついて、ふとしたときに浮かび上がる風景だ。

「そう。大変だったんだね。でも、一応無傷で引き揚げてきたと」

「まあね。だけど、食べるために娘を差し出す人も見たし、栄養失調で死んだ子を海に捨てるのも目にした。怖くて死のうと思ったこともあった」

「えっ、死のうとまで思ったの？　いつ？　どんなとき？」

「戦争が終わって間もなくソ連軍が進駐してきたんだけど、そのソ連兵や朝鮮人がたびたび襲ってきたのよ、民家ばかりでなく官舎にも。ソ連兵は専ら女を出せと言って。朝鮮人は家具や衣類を奪おうとして。で、怖くてならないから、二軒長屋の官舎にいるときは、隣合わせになってた押し入れに秘密の通路を造って、そこから逃げるようにしたんだけど、ある日、男の人がみんな連行されて女子供ばかりになったときに、二軒向こうの官舎の奥さんがソ連兵数人に暴行されてしまったの。それで、もう、こんな思いをしながら生きていたくないと思うようになって、隣の奥さんと話し合って、青酸カリもあるし、いっそのこと今晩子供と一緒に死にましょうと話して」

「青酸カリ？」

「そう。辱《はずかし》めを受けたときは、日本女子、それを使うようにって、瓶に入ったものが配られていたから。それで、そうしましょうというので、瞳にはおなか一杯お乳を飲ませ、麻子にはきれいな着物を着せて、いざ首を絞めようとすると、麻子、にこっとかわいい顔をして笑うのよ。それで、とてもそんな恐ろしいことなどできないと思い直して、それで隣の奥さんはどうしただろうと思って、そっと押入れの戸を開けて声を掛けてみたら、向こうも同じで、とてもできないとぽろぽろ涙をこぼしてるの。だから、食べるのに困ったり足手まといになって子供を殺したという話を引き揚げてくるまでに随分見聞きしたものだけど、そんなことをした親の心が私にはいまだにわからない」

麻子も初めて耳にした話であった。

一月四日の朝食は母と二人でとることになった。洋子は、四日から仕事だということで三日の昼の列車で東京へ戻っていった。直樹は、姉を駅まで送ったあと、同じ大学に通う友人の家に泊まりに行った。

結局、洋子や直樹の顔を見たいと言っていた母が孫二人と時を過ごしたのは丸一日ぐらいであった。麻子にしても、子供たちとゆっくり話せたという気分はない。

「子供も大きくなると、こんなものなのね」

母も、自分たちきょうだいが今の洋子や直樹と同じ年ごろには、似たような思いを味わったのかもしれない。そう思い、言ってみたのだが、母は聞こえたのかどうなのか、かすかに口元を緩め、こっくりとうなずいただけであった。

朝食を済ませたあと、お握りを作った。

年末、病院から家へ帰るとき、母は一月四日の三時か四時に戻ると言ってきたという。敦たち親子が美幸の実家に年賀の挨拶に行くときに車に便乗させてもらって戻る段取りだったのだ。ところが、敦たちの出発時間が向こうの家の都合で早くなったために病院で昼食をとらなければならなくなった。そこで急遽、麻子が昼食を用意することになったのだ。

海苔ととろろ昆布の二種類を作っていると、

「とろろ昆布のお握りも作ってもらえるのなら、お願い、もう一個余計に作って。隣のベッドの人にも一つあげたいから」

母が台所に立つ麻子に向かって両手を合わせた。

その人は年末に病院の中で転び、足を骨折したという。手術したばかりで、正月にも家へ帰ることができなかった。

「一つでいいの？」

「うん。一つでいい。その人、とろろ昆布のお握りが好きだから」

お握りをタッパーに詰めたあと、ほかに持たせられるものはないかと冷蔵庫をのぞいた。前日茹《ゆ》でておいた青菜が目に入った。

「ほうれん草とオクラの茹でたのがあるんだけど、それも持っていく？」

「うん。もらっていっていいのなら」

「いいわよ。私なら、また茹でればいいんだから」

「じゃ、少しだけ。それから、晴恵ちゃんが贈ってきた守口漬け？　あれも、あったら少しだけ」

「分かったわ。多分、晴恵ちゃんも母さんに食べてほしいと思って贈ってきたんだろうし」

晴恵とは、北朝鮮から引き揚げてきた後三年ばかり身を寄せていた母の実家にいた麻子の従姉妹のことだ。今は夫の仕事の関係で名古屋に住んでいるが、ときどき帰ってきては叔母になる母を見舞っている。

食べやすいように一口大に切って小さいタッパーに入れていると、麻子はいつの間にか自分が母の母親になったような気がしてきた。里帰りした娘が婚家へ戻るときに、母親がいろいろ持たせて帰す、あれと一緒だと思ったのだ。

「みかんと林檎も少しずつ入れておくわね」

「ありがとう」

一応準備が整ったとき、玄関のチャイムが鳴った。

ドアを開けると美幸だった。

「どうぞ」

と麻子は言い、中へ招き入れようとした。

母さんを病院に連れていき、その足ですぐに美幸の実家に向かうから。敦からはそう聞いていたが、それでもお茶ぐらいは出さなければならないだろうと思ったのだ。

けれども美幸は腕時計に目をやりながら言った。

「えっ。ええ。だけど、上がってると、さとに行くのが遅くなってしまうから」

彼女の実家では毎年、正月やお盆の時期にきょうだいが集まり賑やかな酒宴をしている。それに加わるためにはゆっくりしていられないということのようであった。

「そうなの。じゃ、無理は言えないわね」

と言って後ろを振り返ると、母は既に身支度をして部屋から出てくるところであった。耳が遠いながらも話の雰囲気から、美幸が家へ上がらないことを察知したらしい。そして、玄関の上がりがまちに来ると、右手に持っていたものを差し出し、麻子に言った。

「これ、直樹ちゃんに見せてあげて」

見ると、手のくぼに納まるくらいの大きさの厚紙に二色の絹糸を巻きつけたものであった。

「何？　これ」

「直樹ちゃんに話していたお札の糸巻き。こんなふうにお札を芯にして糸を巻いていったんだって」

「ああ。そう言えばいいのね。わかった」

何気なく受け取りエプロンのポケットに入れたが、麻子は内心、驚いていた。二日の日、直樹に話していたから、どういうものか見せたかったのだろうが、昨日もテレビを観るか、自分と話をするか、刺し子をするかしていたのに、いつの間にこのような仕事をしていたのだろう、と思ったからだ。

しかし、母は、そんな麻子の気持ちになど無頓着な様子で、突っ掛けサンダルを履くと、後ろを振り返って言った。

「それじゃ、麻子、いろいろとありがとう」

「えっ。いえいえ、どういたしまして。……ああ、荷物は私が持つから」

美幸のあとについて玄関を出た母を追って麻子も慌てて外に出ると、母は公務員宿舎の階段を下りていくところであった。美幸にもらったというポンチョ風のコートを羽織り、小さいバッグを左手に引っかけ、階段の手すりにすがりつくようにしてコトンコトンと下りていく。そのあとを母と同じリズムで下りていきながら、麻子は思うのだった。あと何度こうして母の里帰りを迎えることができるだろう。

走り出した車を手を振って見送ったあと、エプロンのポケットに入れたお札の糸巻きを取り出し、改めて見てみると、それは、一辺が四センチばかりの正方形の厚紙に二色の絹糸を巻きつけたものであった。牡丹色の糸は縦横に、山吹色の糸はたすきに、十数回ずつ、緩みなくきっちりと巻かれている。

――このようなものを肌着のポケットに忍ばせておき、一つずつ糸を巻き戻しては私や瞳の食べ物に換えていってくれたのだろうか……。

手の平に載るサイズで、重量などほとんどないものであったが、麻子には、ずっしりと重いものを母から託されたような気がした。直樹に見せたあとも決しておろそかにはできない、大切なものを手渡された気がした。

花束

タクシーに乗ると、「富山空港まで行くんですけど、その前に堀川町のほうへ回ってもらえませんか」と麻子は言った。

堀川町には、三年前に義父が亡くなったあと、義母が一人で住んでいる家がある。そこへ義母を迎えに行って、それから長女の洋子の結婚式と披露宴が行われる山梨県の清里まで、飛行機と車で向かう話になっていた。

堀川町のその家には以前、麻子も住んでいた。結婚してから夫の健一が亡くなるまでの九年間と、健一が亡くなった後の十三年間の、合計二十二年間である。が、七年前に高校一年生だった長男の直樹を連れてそこを出て、公務員宿舎に入った。理由は、経済的にも時間的にも自由になりたかったからだ。

それでも、あとに残した義父母のことは気になったから、義母が転んで手首を骨折したと聞けば手紙を添えて食べ物などを送ったし、義母から来てほしいという電話がかかったときは、行って話し相手をしたり草むしりやごみ出しなどをした。義姉について、近くにいても庭の草一本抜いてくれないだとか、ごみ出しもしてくれないなどと、義母が口説いていたからだ。（実際は、その後義姉から聞いた話によると、草むしりは義姉の夫が幾らかしてくれていたらしいのだが……）

洋子や直樹については、義父母の孫だから、その消息は知らせなければならないと思い、良いことだけを知らせるようにした。洋子が大学を卒業し大手のアパレルメーカーＭＬ社に入社できたことや、直樹が静岡の大学に入学できたので住所をキャンパスの近くに移したことなどである。

洋子が秋に清水博人さんと結婚するという話も、三月末に知ったあとすぐに知らせたし、洋子もその後一人で、あるいは博人さんと一緒に富山に来たときに挨拶がてら堀川町の家を訪ねて話はしてきた。

インタホンを鳴らし玄関のドアを開けると、義母はすでに靴を履いて玄関スツールに腰掛けていた。濃紺のパンツスーツ姿で、襟もとには白いブラウスを覗かせ、胸にはプラチナのブローチを付けている。

「おはようございます。じゃ、行きましょうか」と声をかけると、スツールの肘掛けを力にして、ゆっくりと立ち上がったが、時々膝が痛いと言って整形外科に通ってはいるものの、背中も腰も曲がっているわけではないから、立ってしまうと、八十五歳にはとても見えない。

タクシーに乗せたあと、その横に乗り込むと、かすかに甘い香りがした。直樹の運転する車で小矢部へ八重桜を見に行ったときか、それとも朝日町の寺へ石楠花《しゃくなげ》を見に行ったときだったか、そのへんはもう定かでないが、義母も連れていってあげようという話になって堀川町の家へ迎えに行くと、義母が麻子に香水の瓶を見せて照れ笑いをしながら言った、「年を取ると自分では気がつかないにおいがあるそうだから、直樹に嫌われないためにも、ちょっと、こういうものをね」と。多分、今日もその香水をつけて出たのだろう。

富山空港から羽田空港までは飛行時間も一時間ちょっとだったし、窓からは日本海や雲海、新雪に輝く山などが見えたから義母も退屈することはなかったようであった。

羽田に着くと、直樹の運転する車ですぐに甲府へ向かった。

直樹はこの春、大学を卒業し東京のＩＴ企業に就職した。それで住所も小金井に移したので、そこから迎えに来たのである。

車に乗り込むと、義母はさっそく後ろ座席から直樹に声を掛けた。

「元気だった？」

「うん。元気だよ」

「少し太ったがでないけ」

「そうかな」

「仕事はどう？」

「うーん。まあまあかな」

そのうち、疲れが出たのか、うとうとし始めた義母の横に座って、次第に山深くなっていく窓外の風景を眺めながら麻子は考えていた。

洋子と博人さんから、二人が結婚するという話を聞いたのは、直樹の卒業式に出席し、その前後に直樹の引っ越しの手伝いをする、そういう予定を立てて上京した三月下旬であった。その夜は洋子のマンションに泊まる話になっていたので洋子に電話をすると、マンションへ行く前に食事をしようと言われた。それで、指定されたとおりに東京駅の銀の鈴広場で待っていると、洋子が若い男性と一緒にやってきた。紹介されたところによると、ML社に同期入社した清水博人さんだという。そのあと三人で中華料理を食べて、さらに近くの喫茶店へ移動したが、そこで博人さんが背筋を伸ばし、かしこまった口調で言った。

「洋子さんと結婚させてください」

麻子はすぐには答えることができなかった。洋子からも聞いていないことだったたし、それに、博人さんとはどういう人か、それもわかっていなかったからだ。中華料理を食べたときに出てくる料理を手際よく小皿に取って渡してくれたから、気配りのできる人だとは思った。話し方も明るく考え方も前向きであるように見えたから、感じのいい青年だとも思った。が、それ以外のことはまだなにもわかっていない。これでは答えようがないではないか。そう思いながらコーヒーカップに手をかけようとしたとき、博人さんはさらに言った。

「実家は祖父の代から甲府で衣料品を扱ってきた商家で、父の代で店舗も二店舗に増やしたんですが、僕が大学に入った年に父が亡くなり、その後は母と僕の姉二人でその二店舗をやってきました。それで、洋子さんと結婚するという話を実家に帰ってしましたら、いずれ家業を継ごうと思っているのなら、今帰ってきてやり始めてはどうかという話が出てきました。それで洋子さんと相談し、じゃ、そうしようかという話になりましたので、この際二人とも退社し、その店をやろうと思っています」

麻子は驚き、再び答えに窮した。結婚しても東京に住み、今までどおりML社に勤めるのかと思っていたら、この際、二人とも退社し、甲府に行って博人さんの家の家業を継ぐと言ったからだ。家業は衣料品店だから、これまでにしてきた仕事と無関係ではないが、しかし洋子はそれでよいと思っているのだろうか。総合職として採用されるとすぐに新しく立ち上げられたブランドの営業を任せられ、一年前からは企画のほうに配置されて、仕事にやり甲斐を覚えていると言っていたのに……。

けれども、洋子の目を見ると、別に思い悩んでいるようには見えなかった。そうなると、たとえ親でもどうこう言うべきではない。そこで麻子は言った。

「そうですか。二人でよく相談してそう決めたということでしたら、私からは何も申し上げることはございません。……どうぞよろしくお願いいたします」

甲府に着くと、まず最初に、洋子と博人さんが結婚後住むことになっている新居へ行った。新居は、甲府市の西に位置する中巨摩《なかこま》郡にあった。新興住宅地なのか、五分も歩くと広い道路に出ることができて、その道路沿いにはスーパーマーケットや幼稚園、小児科医などもあったから、若い夫婦が住むには好ましい環境のように思われた。

一休みしてから博人さんのお母さんのところへ挨拶に行った。手土産として、麻子は富山名産の詰め合わせを、義母は富山の代表的なお菓子である『月世界』を持って。それから再び洋子たちの新居へ戻り、今度は結婚式と披露宴の会場となる清里のホテルへ向かった。

ホテルは、八ケ岳南麓の清里高原に、白い鳥が翼でも広げたような姿で建っていた。フロントで受付を済ませ、案内された部屋でお茶を飲んだあと荷物の整理をしていると、義母がしばらく横になりたいと言ってベッドに入り寝てしまった。

……八十五歳という年齢で富山から清里まで飛行機や車で移動し、その間に博人さんのお母さんを訪ねて、孫の洋子が引け目を覚えないように、と思ってのことだろうか、藤井の家も昔は富山市中心部で陶磁器を扱う店をやっていたんだとか、洋子の父は生きていたら今ごろ取締役ぐらいにはなっていたはず、などということを、慎ましやかに、しかし最後までしっかりと話していたのだから、肉体的にも精神的にも疲れていて当然だ。夕食まではまだ一時間以上、間があるし、それまでできるだけ静かに休ませてあげよう。

そう思った麻子は、荷物の整理もそこそこに、足音を忍ばせて部屋の外へ出た。部屋の外は長い廊下で、人影もなく、ひっそりしていた。隣の部屋には直樹がいるはずだが、そこからも何ひとつ音は聞こえてこない。

エレベーターで一階まで下り、正面玄関とは反対方向にあるドアのほうへ歩いた。客室の窓から見えたきれいな庭はたしかこの方向になるはず、と思いながら。

ドアの前まで行ってみると、やはりそこにその庭はあった。麻子が立っている床より二、三メートル低いところにあって、きれいに刈り込まれた青芝の庭の真ん中には、ゆっくり歩いても十五、六分で回れそうな池が、薄紅色に染まり始めた空を映していた。視線を少し上へ向けると、庭の向こうには深い森が広がっていて、さらにその向こうには南アルプスだろうか、青灰色の高い山並みが見えた。

麻子はドアを開け、そこに始まる階段を下りていった。下りると、しばらく迷った後、池の上に浮かぶように建っている、十字架をいただく建物のほうへ歩いた。

ほとんど葉を落とした白樺の林の中を、少し痛くも思える冷たい風を頬に受けながら歩いていくと、そこが標高千五百メートル近い高原であることに改めて気付かせられ、そのように澄んだ空気の中で結婚式を挙げようとしている洋子がこの上ない幸せ者に思え、その幸せがいつまでも続きますようにと、手を合わせて祈りたくなった。

翌日、目覚めてホテルの部屋のカーテンを開けると、目の前には、水を含ませた筆先に絵の具を付けてさっと掃いたかのような、グラデーションを成す蜜柑色の空が広がっていた。目を東へ移すと、茄子紺《なすこん》色に聳《そび》える南アルプスの稜線に近い空は濃い蜜柑色で、その右手奥には、いただきの雪が薄紅色に染まった富士山がすっきりと見えた。目を近くへ戻して足もとを見ると、そこはまだすべてが闇に沈んで庭の輪郭も見定めることができないのに、白樺の幹と、十字架をいただく鐘塔と、チャペルの壁だけが金色に輝いていた。

結婚式は午前十時から、池の上に浮かぶように建っているチャペルの礼拝堂で行われた。鐘が鳴り、牧師が式の開始を宣言すると、入場曲が流れ、博人さんと洋子が礼拝堂の入り口に現れ、聖壇に向かって進み始めた。モーニングコートを着た博人さんの腕に、純白のウェディングドレスを着た洋子が軽く右手をかけ、左手には、季節的にも用意するのが難しかったらしいという富山県の県花であるチューリップの白い花束を抱いて。普通なら新婦は父親と共に入場し、聖断の前で待っている新郎の手に渡されるところだが、洋子の場合、父親は亡くなっているので、そういう形にしたのだろう。そして二人が聖壇の前まで進んだところで列席者全員による賛美歌斉唱となり、そのあとは、牧師が説教ばかりでなく司会進行全般を取り仕切る形で式は進められていった。聖書を朗読し、結婚式の意義を説き、結婚後の二人の生活について、在ペルー日本大使公邸占拠事件で人質を救出するために尽力されたペルーの神父シプリアーニ大司教が、事件解決後、日本に来て、「日本人は高い教養があり、よく働くけれども、忙しすぎて考える時間もないのではないか。隣人との関係や自分とは何かということについて考える時間も必要なのではないか」と話されたというエピソードなども折り込んでされる説教を聞きながら麻子は考えていた。

……自分と健一の場合は神前結婚式だったから、神職が結婚を報告する祝詞《のりと》は大和言葉でわかりにくかった。その他の儀式も、形式ばっていたから厳かではあったが、あまり親しみは覚えなかった。その点、教会式結婚式では賛美歌の歌詞もその他の儀式で使われる言葉も日常使っている言葉だからわかりやすいし、説教も、今のように記憶に新しい話などを盛り込んでされると、思わず引き込まれるし、心にも残る……。

説教が終わると、誓約になった。牧師が新郎新婦それぞれに対して「あなたは、その健やかなときも病めるときも、これを愛し、これを敬い、これを慰め、これを助け、その命の限り助け合って、生涯を共にすることを約束しますか」と問い掛けて、新郎新婦それぞれが「はい、誓います」と答えると結婚が成立するという、教会式結婚式では最も重要視されている儀式である。問われて「はい、誓います」と即座に答える洋子の素直な声を聞きながら、麻子は再び考えていた。

……自分の場合も神前で誓いの言葉を読み上げる誓詞奏上《せいしそうじょう》という儀式はした。健一が読み上げた後、姓名を名乗り、そのあとに自分が下の名前だけを名乗るというものであったが、その書面には確か、信頼と愛情を持って助け合い励まし合い、よい家庭を築いていきます、といったことが書かれていた。が、いざ生活を始めてみると、義父母との同居だったから思い描いていた生活とは随分違っていて、健一に対しても不信や不満を覚えることも多かったから、実家に戻りたいと何度思ったことか。けれどもなかなかそうもできず、辛抱しながら生きていると、結婚して九年目、健一が突然、亡くなってしまった。奏上した誓詞の締めには、幾久しくお守りくださいということも書かれていたし、神職が上げる祝詞にもそのような文言《もんごん》が入っていたと思うのだが……

誓約のあとも、指輪の交換、結婚成立の宣言、結婚証明書への署名というふうに二人の意思を確かめる儀式が続いた。そして列席者全員によって賛美歌がうたわれ、祈禱が上げられると、博人さんと洋子は腕を組んで礼拝堂から出ていった。チャペルを出たところで、待ち構えていた友人たちが飛ばす淡いピンクや白の花びらを嬉しそうに浴びながら。花の香りで辺りを清め幸せな結婚を妬《ねた》む悪魔から二人を守る意味が込められているというフラワーシャワーであった。

披露宴は、ＭＬ社の社員が大勢出席し、歌やスピーチで盛り上げてくれたので明るく楽しいものになった。

盛大な拍手の中、博人さんと洋子が手をつないで入場してきた。博人さんは結婚式のときと同じモーニングコートに赤いバラのブートニアを付けて。洋子は、結婚式のときに着ていたドレスの襟に白いファーを付け、髪には赤いバラを挿し、左手に赤いバラのボールブーケを下げて。結婚式のときはブートニアもヘッドドレスもブーケも白のチューリップだったのだが、披露宴ではそれを赤のバラに替えたのだ。

二人がメインテーブルに着くと、司会者の女性が宴の始まりを告げ、引き続き、二人の生い立ちやなれそめなどを紹介した。それが終わると新郎新婦、それぞれの主賓からの祝辞で、最初に指名された、博人さんの店がテナントとして入っているショッピングセンター協同組合の代表取締役社長からは、祝辞のほかに次のような言葉があった。

――清水家とは同じ商店街に店を持っていることから親しくお付き合いしてきました。今のショッピングセンターも、つくることに賛否両論あった中、博人さんのお父さんが、これからはショッピングセンターの時代だからと頑張られて、十年前にオープンまでこぎ着けたものです。残念なことにその後二年ほどで病気で亡くなられましたが、博人さんには、こうしたお父さんの意思を継ぎ、二代目として清水家の店を、そしてショッピングセンターを盛り立てていってもらいたい……。

次に指名されたML社の営業課の課長――入社後、洋子から、よくその名を聞いていた課長で、洋子には父親のように接してもらえていたようであった――からは、祝辞のほかに、麻子の知らない次のような話があった。

——洋子さんには、私の下に配属になるとすぐ、会社が発表したばかりの新ブランドの営業を任せました。心遣い、気配りがよくできる反面、非常に繊細なところがあるので当初は大丈夫かなと心配しましたが、二年目からはしっかりと仕事をするようになりました。実はこのたび、この席に出席するために、本人が会社に提出した履歴書と身上調書をそっと見せてもらってきたのですが、そこに本人は自分の長所を積極的、負けず嫌い、几帳面などとし、信条はタイム・イズ・マネー、愛読書は『星の王子さま』と書いています。まさにこのとおりの人です。優秀な人材で、昨年の春に企画事業部のマーチャンダイザーとして引き抜かれ、さあ、これから会社の中枢でというときにこういうことになって、会社としては大きな財産を失った気がしています……。

祝辞のあとは、ケーキ入刀が行われ、博人さんのおじさん——この人も甲府で洋服店をしているということであった——の音頭によって乾杯すると、フランス料理による食事になった。

その食事の合間にも、博人さんと洋子、それぞれの上司や友人から次々と有り難く楽しいスピーチがなされたが、それらの中で麻子の心を強くとらえたのは、ML社の企画事業部の課長の話と同期入社した女性の話であった。

課長は言った。

——洋子さんには、私の下に配属になるとすぐ、世界的ブランドのセカンドラインのMD、マーチャンダイザーとして仕事をしてもらいました。ハードなセクションで女性では務まりにくいところなのですが、洋子さんはそれを一手に引き受けてやっていました。とにかく段取りがいい。仕事を十与えても十五くらいのことをこなす……。

こうした場では新郎も新婦もほめられるものだ、だからそれを鵜呑みにしてはいけない、と思いながらも麻子は嬉しかった。自分のところにかけてきていた洋子の電話からも、大丈夫かなと心配になるほど気を入れて仕事に取り組んでいる様子が想像できたからだ。

同期入社の女性からは、当時本人からも心細そうな声で電話がかかってきたからよく覚えている、洋子が円形脱毛症になったときの話が出た。

――洋子さんとは入社後、同じブランドを担当していたんですが、ある朝、洋子さんが私に、もう会社へは行けないかもしれないと言って電話をしてきました。どうして？　と聞くと、頭が禿げたから、と言うんです。その後、医者で診てもらって治ったようですが、そんなふうに洋子さんには非常に繊細なところがあります。これからはそういった点を、博人さんにはしっかりと見てあげてほしい……。

食事中には二人の生い立ちから現在までを紹介するスライドショーも行われたが、そこからは、どちらかというと博人さんについて、多くを知ることができた。例えば、小学三年生から中学三年生までボーイスカウトに入っていたこと、高校ではバスケットボール部の部長をしておりスキーやスノーボードも得意なこと、ＭＬ社に入社したあとも同期や先輩とバーベキューやスキーに出掛けていたが、そのときには大抵、洋子も加わっていたこと、などである。

麻子はまたしても、自分が知らずにいた娘の数年を教えられた気がした。円形脱毛症になるくらい頑張ってはいたけれども、仕事ばかりをしていたのかというと、そうでもなくて、スキーやバーベキューなどにも出掛けて青春を謳歌していたことを。

博人さんの先輩だろうか、一人の男性がよく通る声で歌を歌い始めた。続いて、洋子と同期と思われる女性たちが歌い、歌い終わると今度は洋子も誘って別の歌を歌い始めた。いずれも、洋子たちの世代には人気のある歌手の歌のようで、それを幸せそうに歌う洋子を眺めながら、麻子は過ぎてきた二十数年を振り返っていた。

……幼いころは風邪の症状がなかなか取れず、始終、小児科や耳鼻咽喉科に連れていっていた。どうかした拍子に肘関節が脱臼し、それが癖のようになって整形外科へも何度か走った。それでも小学校へ上がってからは医者へ行くことも少なくなり、お盆や正月に親戚の者が集まり飲み食いしていると、一人で、あるいは従姉妹と一緒に、当時人気のあったダンス・ミュージック系アイドルの歌を踊りながら歌い、その場を盛り上げてくれたりした。……高校受験では志望していた高校に入れず、かなり気を遣った。が、本人は心配したほどには気落ちしておらず、ほっと安堵したものであった。……大学受験のときもすんなりと行ったわけではない。試験日も間近というのにバスケットで足を痛めて松葉杖をついて上京しなければならなくなったし、別の大学の試験を受けに行ったときも、泊まっていた宿から、風邪を引いて熱が出たと言って電話をかけてきたりした。……大学に入ってからも、何もなかったわけではない。楽しく充実した日々を送っているものと思っていたら、九月下旬、学友からの電話で、喘息で入院したことを知らされた。慌てて休暇を取って上京し、主治医に会うと、ストレスが原因したのではないかということであったが、病院と下宿の間をタクシーで何度も往復して洗濯や食事の世話をした。……大学三年生のときには、下宿していた三軒茶屋のアパートに泥棒が入りアルバムや下着や電話器が盗まれるということがあった。警察に届けたが、同種の事件が多発しているのだと言って、それほど熱心には捜査してくれず、このままでは怖いというので、間もなく別のマンションへ引っ越した。……そんなふうに、振り返れば、一人住まいで大丈夫かと心配になるようなことが時々あって、その度に不安げな電話をかけてきていたものだが、その後、次第に強くなり逞《たくま》しくもなって、今、このように新しい人生へと踏み出そうとしている……。

歌が終わると、新郎新婦からお客様へのプレゼントだということで、博人さんと洋子が列席者一人一人に甲州産ワインを配り始めた。にこやかに、ときどき列席者の人と談笑したり写真を撮ったりしながら、バスケットに入っているミニボトルを配っている二人の姿を見ていると、麻子には、これから二人で築いていく家庭生活が明るく楽しいものであることは間違いないように思えてくるのだった。

新郎新婦からそれぞれの親へ花束が贈呈されるということで、麻子は案内されて、会場の入り口近くに立った。

すると洋子が手紙を読み始めた。時々、感極まってか、のどを詰まらせ、横に立っている博人さんに寄りすがるようにして。

「お父さんが亡くなってから二十年、片親であることを人に話したとき、意外な顔をされてきました。両親が健在である家と同じように塾に通ったり自由に海外旅行をしたりしている生活面や屈託することのない性格からだと思いますが、本当にたくさんの愛情を受けて育ちました。ですから、父親がいないことで我慢したり、つらい思いをしたことは一度もありません。今になってそれが、お母さんにとっては大変なことであったと考えられるようになりました。お母さんは父親の強さと母親の優しさの両方を私に与えてくれたのです。私もこれから一つの家庭を作り上げていくわけですが、生まれるであろう子供に、お母さんのようにたくさんの愛情を与えられる母や妻になりたいと思っています。これからも私たち二人を見守っていてください」

麻子は思わず泣き出していた。そこでそのような手紙が娘によって読まれるとは知らされていなかったからだ。

泣きながら思っていた。……そうか、健一が亡くなってからもう二十年になるのか。職場と家を行き来して自分がしなければならないことをするだけで精一杯だったから、亡くなって何年などと考えたことはなかったけれども。……たしかに塾へ行きたいと言ったときも、オーストラリアに留学したいと言ったときも、その費用についてあれこれ言ったことはない。県外の私立大学に入学試験を受けに行く費用も、入学したあとの授業料や生活費も、親として当然のことと思い、黙ってそれを用意した。日本育英会から奨学金を受けたり裁判所共済組合から教育資金を借りたりして……。

手紙を読み終えると、洋子からは博人さんのお母さんへ、博人さんからは麻子へ、大きな花束が贈呈された。会場内に飾られている花や新郎新婦の衣装とのバランスを考え作られたものなのだろう、色は赤と白を基調にしたもので、花の種類はバラ、チューリップ、アネモネ、ユリ、グロリオサなど、他種類のものであった。その持ち重りのする花束を受け取り胸の前へ引き寄せて、麻子はまたしてもその影で泣いていた。

翌日、麻子はホテルを出て、義母と一緒に直樹の車で羽田空港へ向かった。

博人さんと洋子は、朝食のときにちらっと顔を見せはしたが、その後、バリ島へ向かうため、先にホテルを出たようであった。

羽田空港から富山行きの飛行機に乗り、着用サインが消えたのでシートベルトを外すと、麻子は思わず、ほっと溜め息をついていた。ようやくこれで一人、自分から離れていった。そう思ったのである。

……これでもう洋子には、風邪を引こうと、おなかが痛かろうと、そばで見てくれる人がいる。どうしようかと迷うときにも相談に乗ってくれる人がいる。……直樹もまた、そう遠くない日にこの自分から離れていくことだろう。小金井に引っ越したとき、かわいい女の子を連れてきていたし。

それでいいのだ、と麻子は思った。

麻子はいつのころからか、子供たちについて、こう考えていた。弟や妹のことを思い家計のことも考えて進みたい道を選ぶことができなかった自分のようには生きてほしくない、と。それに、何か行事をしようとすると必ず難しいことを言い出してごたごた揉《も》める親戚がいる、郷里には戻らないほうがいいかもしれない、と。

だから、今、現に洋子が自分から離れ、そのうち直樹も離れていくだろうと思っても、麻子はそれを寂しいとは思わないのだった。


富山空港に着くとタクシーで、まず堀川町のほうへ行ってもらった。そして、義母の住む家の前で降りると、タクシーにはしばらくそこで待っていてほしいと頼み、家に入って義母が居間のいつもの席に座るのを見届けてから、

「いろいろとありがとうございました」

と言って頭を下げた。披露宴のときに客席を回るなどして気を遣ってくれていたことについて礼を言わなければならないと思ったのだ。

それから、

「疲れられたでしょう。今夜はよく休んでくださいね」

と言って居間を出ようとすると、義母が後ろから、

「麻子ちゃん」と声をかけた。

「はい」

と言って振り向くと、義母は言った。

「ご苦労さま」

驚いた。そんな言葉など、かつて一度も掛けられことがないように思ったからだ。

「ああ。はい」

と応えて玄関へ向かったが、タクシーに乗り込んだあと、麻子は考えた。

……あれは一体、何について言ったのだろう。この数日間のことについて言ったのだろうか。それとも、健一が亡くなったあと、ここまでやってきた、その苦労を思い、言ってくれたのだろうか……。

しかし、いくら考えても、そのへんは、義母に聞かない限りわからないことであった。

公務員宿舎に帰ると麻子は真っ先に、披露宴で博人さんから贈られた花を広口の花瓶に活けた。それからそれをダイニングルームのテーブルの上へ持っていくと、椅子に座ってゆっくり眺め、そのあと今度は和室の仏壇の前へと運んだ。

仏壇は幅が四十センチ、高さが五十センチばかりのもので、堀川町の家から公務員宿舎へ引っ

越すときに、義父母が買って健一の位牌や遺影と共に渡してくれたものであった。

一言も言わずに逝ってしまい、自分一人に苦労をさせた。

健一については二十年、ずっとそう思い、恨めしく思ってきた。それなのに、どうしてその花を健一の前に供えようとしたのか。

そのへんは、自分でもよくわからないのだが、花束贈呈の前に洋子が自分に向かって読んでくれた手紙によって心が洗われ、健一だって洋子をエスコートしてバージンロードを歩きたかったはずだ、花束も贈呈されたかっただろう、と気がついたからかもしれない。

あるいは、この二十年の間にはいろいろなことがあった、一難去ったらまた一難というように病気や怪我をする人間が出て、もうどうにでもなれと投げやりになったりしたが、それでも私自身は風邪で休んだこともほとんどなく今日まで無事に勤めることができた、これは健一が見守ってくれていたからではないか、そう思ったのかもしれない。

花を供え、合掌し、ダイニングルームへ行こうとすると、後ろのほうで声がした。たしか「お疲れ様」と言ったように思うのだが、そのほうを見てもだれもいない。空耳だったのだろうか……。

「有沢橋」初出一覧

「有沢橋」　『文芸思潮』六三号　平成二八年四月
第一回文芸思潮最優秀賞
「ペアウォッチ」『かいむ』二号　昭和五八年一〇月
「蛍」　『ペン』八号　平成二五年七月
「秋黴雨」　『とやま文学』一七号　平成一一年三月
第一七回とやま文学賞
「朝が怖い」　『青嵐』三号　平成三年九月
「家を出る」　『ペン』一四号　令和元年八月
「お札の糸巻き」『青嵐』七号　平成七年九月
「花束」　『ペン』一三号　平成三〇年八月

あとがき

長い間、小説らしきものを書き、それを同人誌に発表してきました。けれども、思いつくままに書いていましたので題材はばらばらで、発表していた同人誌も数誌に及んでいました。そこで、一度整理したほうがよいのではないかと思い、『文芸思潮』の五十嵐勉先生に見てもらい相談しましたところ、題材別に分類し、まず事件物で単行本を出してみてはどうかと言っていただけました。

そういうことで発行しましたのが『雪解靄』（平成二十四年刊）でございます。

『雪解靄』は、新聞等で取り上げられたこともあって、多くの方に読んでいただけました。地方に住み、だれに教わることもなく書いていた人間としましては思ってもいなかった出来事で、今もなおその幸せを噛みしめております。

『雪解靄』が一段落したあと、今度は家族物を出すことになりました。そこで、文芸思潮最優秀賞をいただいた「有沢橋」や、とやま文学賞を受賞した「秋黴雨」など六編を選び、さらに新しく二編を書き加えて、連作短編集のようにしてみました。

それがこの『有沢橋』ですが、このような形にするようご指導くださいましたのも五十嵐勉先生でございます。

表紙の絵は、藤井武先生（春陽会会員、日本美術家連盟会員、富山県洋画連盟常任運営委員）にお願いしました。描かれているのは立山連峰と神通川です。この山に励まされ、この川に慰められて、私は長年生きてまいりました。それをこのように美しく描いていただけて、本当に嬉しく思っております。

新型コロナウイルスの感染が世界的に拡がり、大変な思いをされている方も多くいらっしゃる中で、出版などという悠長なことをしていてよいのだろうかと何度も考えました。けれども、これを心待ちにしてくださっている友人や家族、自分に残されている時間の少なさなどを考え、踏み切ることにいたしました。

出版に際しましては、美しい装丁で飾ってくださいましたデザイナーの野村美枝子様、誠心誠意対応してくださいました百瀬精一様をはじめとする鳥影社の皆様に大変お世話になりました。心よりお礼申し上げます。

令和三年七月吉日

神通　明美